中俄文学互译出版项目·俄罗斯文库

俄罗斯当代戏剧集

5

苏玲 主编

[俄] 维·杜尔年科夫 米·杜尔年科夫 等 著

苗军 赵艳秋 等 译

中国国际广播出版社

《中俄文学互译出版项目·俄罗斯文库》由中国国家新闻出版署和俄罗斯出版与大众传媒署批准，中国文字著作权协会和俄罗斯翻译学院负责组织实施。

社会转型时期的艺术之"新"

（代序）

　　1991 年苏联解体改变了世界政治的版图，也成了俄罗斯历史长河中一道重要的分水岭。具有辉煌历史和优秀传统的俄罗斯文学艺术，如何去体察感知社会变幻莫测的温度，如何去丈量描述俄罗斯民族奥妙无穷的精神空间，是俄罗斯社会转型时期这二十多年来世界目光所高度聚焦与密切关注的。

　　对于中国读者和观众而言，俄国时期的普希金、果戈理和契诃夫，苏联时期的斯坦尼斯拉夫斯基、梅耶荷德和罗佐夫、阿尔布卓夫、万比洛夫等经典作家和戏剧大师，都是耳熟能详的名字。但是，20 世纪末苏联解体至今，俄罗斯剧坛发生了怎样的变化，产生了哪些新的、有代表性的戏剧家和戏剧新作，我们却感觉陌生。《俄罗斯当代戏剧集》就是在这样的背景下应运而生的。在所选的作家中，绝大部分是 20 世纪八九十年代登上文坛或在 21 世纪初崭露头角的年轻剧作家。而所选剧目，也大多创作于最近二十年。对中国读者而言，可称得上是"新面孔新作品"。

　　众所周知，俄罗斯是戏剧大国，具有深厚的戏剧艺术传统。

随着苏联的解体，活跃于20世纪七八十年代的戏剧"新浪潮"开始进入尾声。而被学界以"新戏剧"命名的戏剧浪潮开始由弱渐强，成为新世纪俄罗斯剧坛的主流。从"新戏剧"的创作主题、艺术风格和审美特征来看，它具有鲜明的反传统性，聚焦的目标常常是社会边缘群体，反对以剧本为中心和以导演为主导的表现模式，反对戏剧的教化功能，呈现出一种超自然主义的审美倾向。在我们所选的作家中，尼·科利亚达、马·库罗奇金、亚·罗季奥诺夫、瓦·西戈列夫、杜尔年科夫兄弟、普列斯尼亚科夫兄弟、娜塔莉娅·莫西娜、亚历山大·阿尔希波夫等，都是"新戏剧"潮流的代表作家，而尼·科利亚达可以说是"新戏剧"的旗帜性人物。

21世纪初的俄罗斯戏剧创作，尤其是以科利亚达为代表的"新戏剧"浪潮的活跃，与1985年以来苏联进入的转型期社会现状密切相关。20世纪的最后十余年，苏联文坛开始大量刊发之前被禁的苏联文学作品和国外的后现代主义先锋作品，其中也包括大量的西欧戏剧作品，如残酷戏剧和荒诞剧等。当时正值20世纪后半叶俄罗斯"新浪潮"戏剧发展的鼎盛时期。因为万比洛夫对20世纪后半期苏联戏剧的影响，"新浪潮"戏剧又被称为"后万比洛夫"戏剧。而作为"新浪潮"戏剧代表作家，柳·彼得鲁舍夫斯卡娅、维·斯拉夫金、亚·加林、柳·拉祖莫夫斯卡娅、米·罗辛、弗·阿罗、谢·兹洛特尼科娃和亚·卡赞采夫等正如日中天。在社会动荡、人心悲凉和信仰危机的时刻，"新浪潮"的剧作家们加大了对黑色现实的描写力度，因其对社会现实阴暗面毫不留情甚至放大尺度的批判，这一时期的"新浪潮"戏剧又被称为"黑色戏剧"。

从本丛书所选的23部戏剧作品来看，作家出生的年代在20世纪40年代到80年代之间，作品的类型有常见的传统悲剧、喜剧和讽刺剧，也有较为少见的滑稽剧和音乐剧，其内容和主题几乎涉及苏联历史上许多重大的事件，尤其是苏联解体以后俄罗斯的社会现实，呈现出了鲜活的戏剧艺术生态。用传统的考察视角，我们可以在这些剧作中发现大致相同的特点。首先，作家们几乎无一例外地将目光聚焦在了社会小人物、边缘人物和社会底层人物身上；其次，作家们热衷于表现外省苦闷的日常生活场景，或是城市中狭小局促的室内空间，使人的生存与个人命运具有了深刻的哲学意味；第三，戏剧人物往往置于"临界"状态，常常一触即发，其行为和言语在极为自由的状态下极易走向极端，要么热情洋溢情绪高涨，要么歇斯底里大声争吵，在种种极端场景下崇高与卑俗、严肃与幽默、哭与笑等截然不同的两面得到了同时的呈现；第四，虽有弱化情节及强化戏剧人物情感和情绪的倾向，但戏剧家们大多没有脱离心理现实主义戏剧传统，对人物的心理和情绪刻画极具现实主义乃至于自然主义的笔法；第五，剧作家们既善于用纪实性手法表现戏剧场景，又善于以虚拟性手法使自己游离于戏剧场景之外，以作者的身份讲述创作过程，对剧中人物进行点评；第六，剧本对音乐、灯光、布景、造型和化妆大多没有严格要求——这也许意味着，以导演为主体的20世纪戏剧艺术正走向式微；第七，从剧作家的身份来看，近半数所选剧作家都有导演或表演经验，有的甚至是专业演员和导演出身，不少剧作家还是影视剧的编剧，可谓一专多能。

在俄罗斯戏剧史上，出现过两次"新戏剧"浪潮。一次发生在 19 世纪末 20 世纪初，也就是契诃夫的时代；第二次发生在 20 世纪末和 21 世纪初。也就是说，世纪之交的俄罗斯社会和剧坛呈现出了略带规律性的同频率共振。在这样的律动中，我们可以更清晰地看到历史延续的印迹和文学艺术血脉的走向。不论是新世纪"新戏剧"浪潮的主流剧作家，还是处于创作探索期的戏剧新秀，从本丛书所选的 23 部较有代表性的剧作看，俄罗斯当今的戏剧艺术依然首先是俄国和苏联时期深厚戏剧艺术传统的传承，我们可以看到心理现实主义、新感伤主义、新自然主义、后现代主义等艺术潮流的不同影响和体现，也能感知到戏剧家们在新的社会历史时期对艺术的不同诉求和努力探索。从关注人特别是小人物的复杂情感到丰富的精神世界，到过去作品中很少表现的"低级"、负面现象，如生育、流产等生理现象，或军队和监狱生活等暴力现象，到以罪犯、妓女和乞丐等社会底层人物为主人公的黑暗生活悲剧，剧作家们既难以脱离戏剧艺术的道德使命和人文关怀，也没有放弃对戏剧人物、戏剧冲突和戏剧语言等艺术形式方面基于传统的创新。所以，科利亚达、西戈列夫等这种时代感很强的作家现在都声称自己是契诃夫、果戈理、万比洛夫和罗佐夫的"学生"和"继承者"，不断告诫自己"不要忘记契诃夫和莎士比亚"，认为自己专注于描写那些被侮辱与被损害的人是因为自己的创作"来自果戈理的《外套》"。面对千姿百态、精彩纷呈的戏剧现状，虽然有批评家认为当代戏剧创作，尤其是较为普遍的实验性创作过于强调对观众的"休克疗法"，容易走向极端，或过于重视对俄罗斯社会阴暗面的揭露，有迎合西方国家否定俄罗斯政治文化现状之嫌，但是，21 世纪初俄罗斯剧作家是如何在继承俄罗斯优秀戏剧传统与展现时代与个性风格间求得平衡与寻求出路，我们大可从这 23 部剧作中窥其一斑。

感谢国家新闻出版署和俄罗斯出版与大众传媒署发起的"中俄文学互译出版项目"，感谢中国文字著作权协会和俄罗斯翻译学院的组织工作，使得这套厚重的、饱含着中国老中青三代译者辛苦努力的《俄罗斯当代戏剧集》得以面世。希望这些作品能够把最新的俄罗斯剧坛讯息带到中国的读者和观众面前，在中俄戏剧交流史上贡献一份微薄之力。

由于内容的庞杂和戏剧语言的复杂性，译文中一定有不少谬误和欠妥之处，敬请读者们批评指正！

苏玲

2018 年 7 月

（苏玲，编审，中国社会科学院外国文学研究所《外国文学动态研究》主编，中国外国文学学会俄罗斯分会理事。曾发表《二十世纪俄罗斯戏剧概论》《大师与玛格丽特》等著译成果。）

目　录

展 品

维亚切斯拉夫·杜尔年科夫　著

苗军　译

作者简介

维亚切斯拉夫·叶夫盖尼耶维奇·杜尔年科夫
（Вячеслав Евгеньевич Дурненков，1973— ），创作
了20部剧作，有的是与其兄米哈伊尔·杜尔年科夫一
起创作的。作品发表在《戏剧》《当代剧作》《电影艺
术》等杂志上。2005年曾出版论文集《文化阶层》引
起反响。其作品被莫斯科艺术剧院、叶尔莫洛娃剧院
等重要剧院搬上舞台。

译者简介

苗军，中国人民大学外国语学院俄语系副教授。参
与了教材《世界文学欣赏》的编写和"中俄文学互译出
版项目"《第三次呼吸》的翻译工作，并在《外国文学动
态研究》上发表了评析俄罗斯小说家瓦列里·波波夫创
作的论文《沿着悲剧的轨道快乐地前行》。

人　物

祖耶夫一家：

格娜——四十岁多岁的妇女，一家之主。

罗曼——她的儿子，18 岁。

克利姆——她的哥哥，45 岁。

萨沙——她的弟弟，40 岁。

外祖父——格娜、萨沙和克利姆的父亲。

莫罗佐夫一家：

尤拉——一家之主，四十多岁。

奥莉娅——他的妻子。

瓦利娅——他们的女儿，20 岁。

米沙——他们的儿子，18 岁。

外祖母——奥莉娅的母亲。

沃龙科·弗拉基米尔·阿纳托利耶维奇

切尔诺维茨基·谢尔盖——他的助手。

帕什捷特——本地流氓。

托利亚爷爷——波伦斯克的坐地户。

傻瓜阿廖沙，18岁。

城市居民们，旅游团成员们。

事件发生的地点——波伦斯克市。时间——当代。

蓝色天空下的一小片土地。
空气清新却并不甜腻。
犹如嘴唇上沾满的面包碎屑，
灯光和星星是天空的眼睛。

我背靠着木棚的墙壁。
没有欢闹的声音也没有阴影。
大地——她总是那么亲切，
你意味的东西越少，就愈加亲近。

就让人们把我埋葬在这里，
在这里我获得了暂时的欢喜。
和那潮湿、无语的沃土
我们更容易和谐相处。

为了回到这一片虚无之后，
鼓起鼻翼，低声轻语
"蓝色天空下的一小片土地。
空气清新却并不甜腻。"

——鲍里斯·雷日 [①]

① 鲍里斯·雷日（1974—2001），俄罗斯诗人。

第一场

瓦利娅·莫罗佐夫带领的旅游团来到了城市的广场上。

瓦利娅 （边走边继续自己的讲解）1917 年之前在波伦斯克总共有
25 家酒馆，这已有些超过了县城的标准，但那时的法律资料
并没有记载刑事犯罪增高的情形。顺便说一句，至今我们这
个城市的犯罪率也是这个地区最低的。我们这里没有自己的
警察局。是的，是的，确实是这样。很可能原因在于这里有
这样的民风和这样的人们。教堂的左边我们看到的是企业主
拉杜金兄弟的房子，他们是从事酒类生产的。拉杜金兄弟生
产的伏特加、葡萄酒和酒类饮品直接供应给皇宫沙皇大人饮
用，并且可以和斯米尔诺沃的酒有一比。国君午饭的时候常
喝一杯果子露酒，这正是我们波伦斯克的果子露酒。我恳请
你们不要走进房子里，因为它处在随时可能倒塌的状态。我
们看到的这个教堂是按照拉斯特雷利[①]的学生建筑师扎祖林
的设计图样建造的。现在教堂的用地上还有一座生产果泥的
工厂。这里生产四种果泥，最美味的是苹果泥。这样，我们
继续往下看，在教堂的右边我们可以看到救济所的废墟，这

---

① 拉斯特雷利（1700—1771），俄国建筑师，巴洛克式建筑的代表人物。

个救济所曾在列文茨基伯爵的监管之下。当时这里居住着近一百人，基本上是一些因火灾而失去家园的人们。从前用 пожарники 称呼那些房子被烧掉的人们，也就是 погорельцы，而 пожарные 则是指救火的人。总的说来我们知道的不多。顺便说一下，这里有自己的文学历史。也许你们知道作家舒姆斯基，他不止一次来过这里。舒姆斯基和乌斯宾斯基曾有过通信。他在信里写了以下的话："波伦斯克很美，抛下一切到这里来吧。这里居住着你作品里所有的主人公。"这座教堂后面有城市花园，在 1910 年的时候费多尔·夏利亚宾①曾在这个花园里演唱过。很遗憾，这个花园只有林荫道保留下来了。现在那里矗立着伟大的卫国战争士兵纪念碑，这里曾进行过具有局部意义的残酷的战斗。我们过一会儿再看林荫道和花园。现在我们去博物馆，看看我们的陈列品。这个男孩儿是和谁一起的？我都请求过不要到那里去了，因为一切都可能在一秒钟内倒塌。带他离开那儿。当时曾经有过一个方案——要把波伦斯克重新翻修，成为一个露天的博物馆。城市——博物馆。这个方案的思想很简单，就是展示 19 世纪一个普通的外省城市。要知道，我们知道的不多。那时的人是怎样生活的？他的快乐，他的问题，他所关心的事情。一个普通城市的生活。那时在波伦斯克居住着两千人。我们热爱我们生活的地方。现在我们就要去博物馆参观我们数量不多但很有趣的陈列品。走吧。

---

① 费多尔·伊万诺维奇·夏利亚宾（1873—1938），俄国男低音歌唱家，被誉为世界低音之王。

[所有人都走进了建筑里面。广场上只剩下了沃龙科和切尔诺维茨基。

沃龙科 （读着博物馆旁边一面围墙上的告示）"我能治愈山羊乳腺炎"。

切尔诺维茨基 你有什么看法？

沃龙科 鬼知道呢。这里很像我的家乡。就是说，像我的列琴斯克。只是不明白，这里缺少了点什么。

切尔诺维茨基 是的，这里有很多东西。基本上原始的结构都具备。这里有教堂。地方也足够，可以进行游艺活动。

沃龙科 我搞不懂，到底缺少什么。

切尔诺维茨基 没有行政楼。

沃龙科 是的，他们也没有警察局，如果刚才你听见了的话。也缺少了其他的什么东西。天太热了，头疼起来了。我想喝水。他们的商店在哪里？

切尔诺维茨基 一个大叔走过来了，我们马上过去问问。

[萨沙·祖耶夫穿过广场走来。

切尔诺维茨基 伙计，能告诉我们一下，你们的商店在哪里？

萨沙 （停下来，平静地眯着眼睛看着两个外地人）有烟抽吗？

[切尔诺维茨基递过一包香烟，沃龙科打着打火机。萨沙不慌不忙地抽起烟来。

切尔诺维茨基 那么商店到底在哪里呀？

萨沙 不知道。

沃龙科 你不是本地人，还是怎么着？

萨沙 是本地人呀。

[沃龙科和切尔诺维茨基互相交换着眼神。

沃龙科　不，伙计，你喝得可不少。你用手给我们指一下，往哪里走。

[萨沙没有从嘴里拿掉香烟，而是把胳膊肘弯曲成一个很有特色的手势。

切尔诺维茨基　不明白。

萨沙　我可以解释。

[切尔诺维茨基估量地望着宽肩膀的萨沙。

沃龙科　（抓住切尔诺维茨基的胳膊肘）谢廖沙，算了。（对萨沙说）好吧，伙计。我们自己能找到。

[萨沙转过身去，平静地走开。

切尔诺维茨基　（看着他的背影）真是个热心的大叔。

沃龙科　他们的风气就是这样的，是的。

切尔诺维茨基　你看又来了一个。

[傻瓜阿廖沙穿过广场快速走来了。他走到和这两个男人并排的时候，满脸堆笑，从怀里掏出从杂志上撕下来的一页纸，上面是一个半裸的女人像，腼腆地递给他们。

沃龙科　（和切尔诺维茨基交换眼神）不，我们不要这个。这个我们已经有了。你走吧，走吧。

[阿廖沙像个孩子一样委屈地把纸藏到怀里，迅速离开原地，跑了。

头疼得到了极限了，我得吃点儿什么药片了。刚一离开家，头马上就疼起来。好像故意的。要不我们走吧，自己去找一找？

切尔诺维茨基 你看大家已经回来了。

[瓦利娅带着旅游团回到了广场上。

瓦利娅 现在咱们这样。我给你们指指商店和卫生间在哪里。我们顺路再看看城市花园。请求大家别走散，一个小时后车就来接你们。

第二场

祖耶夫家。傍晚。格娜正在收拾桌子准备吃饭。外祖父坐在角落里的椅子上。萨沙走进来。

萨沙 大家好。

格娜 萨什卡，你来得正好，坐下和我们吃饭吧。帮助爷爷挪动一下。

（转向另一个房门）罗姆卡！罗姆卡，来吃晚饭。

[罗曼手里拿着书走进来。

萨沙 你好呀，外甥，咱们一起把爷爷挪过来。

[罗曼和萨沙走到爷爷跟前，一块儿把他从椅子上抬起来，安置到饭桌旁。大家都坐下了。格娜把一罐淡褐色的液体放到桌上。萨沙从里面给自己和姐姐都倒了满杯的酒。他们碰杯，喝酒。除了爷爷，大家都开始吃起来。

格恩，牛怎么样啦?

格娜 是这样。我们决定凑钱，算了算，工资大约要六千。可仍然没人愿意放牛。

萨沙　六千？我去吧，怎样？

格娜　什么？你现在在工厂里挣多少钱？

萨沙　也就这么多吧。他们答应给涨工资，但是没法相信。

格娜　那你去吧。夏天在户外。

萨沙　（用手捋喉咙）你看这算怎么回事呀。从七岁就开始了。还
　　　要给你们照看玛什卡，如果它见到公牛跑起来了，我哪里追
　　　得上呀。

格娜　好吧，罗姆卡暂时先去。

罗曼　这应该是我的事吗？

格娜　儿子，这应该是大家的事。

萨沙　（对罗曼说）外甥，我不明白，你汗衫上的这是谁啊？一个
　　　什么物理学家？

罗曼　这是个唱歌的。叶戈尔·列托夫①。

萨沙　长得像尤尔卡·米亚索耶多夫。

格娜　不，更像年龄大的那个。

萨沙　我买了"尼瓦"牌轿车，很满意。

格娜　那你还抱怨没钱。

萨沙　谁不抱怨呀。周围所有的人都在抱怨。

格娜　大家也都在买车。

罗曼　什么颜色的？

萨沙　白色的。

格娜　而我这个傻子还以为真的没钱呢。

萨沙　（对罗曼说）他唱什么的呀？

---

①　叶戈尔·列托夫（1964—2008），俄罗斯诗人，摇滚乐手。

罗曼 谁？

萨沙 就是这个，汗衫上的。

罗曼 歌曲。我很喜欢。

格娜 这个，萨沙，就像用锯在锯脑袋。没完没了，没完没了。还带骂娘的。

罗曼 妈，你够了！喂，你又来了？

萨沙 今天又看见了这帮坏蛋。

格娜 马斯洛夫家的人？

萨沙 游客。在博物馆旁边。说不定什么时候我就得失去控制。这一切都让我发疯。

格娜 不过莫罗佐夫一家倒很好。瓦利卡带他们参观所有的一堆破烂儿，然后再去父亲的商店里。你看全家都有事干了。

萨沙 是啊，我可不操心这些人。

罗曼 有什么不好的？人们到这里来，他们感兴趣。

萨沙 我不是女人。我可不让别人端详自己。

罗曼 他们端详的是房子。

萨沙 可这些房子里住着人。而你只要把胳膊肘给他们看看，然后他们就会把所有的姑娘拐去当妓女，你将来也得给他们洗车。

罗曼 那我在消防队干什么？也是洗车呀。

萨沙 你在那里是给自己洗车，你将来是给这些人洗车。

罗曼 那又怎样？如果挣得多？

萨沙 妈妈马上就把饭咽下去，她会有话和你说的。

格娜 我给你洗车！我和爸爸早就给你什么都洗了。只要我别听到这种话。

罗曼　那就不要问。

　　　　〔萨沙起身。

格娜　萨什，咱们再倒点酒。

萨沙　不，格娜，我走了。以后怎么也得再喝点。克利姆打电话了，这几天他就回来了，到时再一块儿坐坐。关于牛的事儿倒是个主意，我会考虑。好吧，咱们再喝最后一杯。

　　　　〔格娜给他和自己都倒上酒。

　　　　好吧，为了咱们不成为女人。

　　　　〔他们碰杯，喝酒。

第三场

　　　　莫罗佐夫家。傍晚。奥莉娅正在收拾桌子准备吃饭。外祖母坐在小沙发上看着没有声音的电视。瓦利娅走进来，疲惫地坐到椅子上。

奥莉娅　这一天过得怎么样？

瓦利娅　正常吧。今天给弄来了一个大旅游团——三十个人。

奥莉娅　你父亲说过了，他们把啤酒都买光了。

瓦利娅　他们答应八月底再给派过来两个旅游团。如果事情这样进展的话，就得扩大规模了。

　　　　〔尤拉和米沙走进来。尤拉手里还拿着一张纸。

尤拉　现在一切都清楚了。你看拉杜金家住这里，这里是帕尔沙科夫家。市场就从这里穿过。瓦利娅，过来，看看。

〔瓦利娅走到他身边，看着这张纸。

好样的，米什卡①！你看，把这一切画得多清楚呀！应该再请个画家，让他把这一切画得漂亮一些。也可以做个地图。很棒吧？

瓦利娅　很好！只是这里以前是个酒馆，客栈是在这里。你们把这个搞混了，只不过这两座房子很像罢了。

米沙　我再重做下。

奥莉娅　大家都上桌吧。

〔大家都坐到了桌边。外祖母继续看电视。

尤拉　米什，明天一早我就去基地。啤酒卖光了。你午饭前看一下店。

米沙　那瓦利卡呢？

尤拉　瓦利卡在市场上卖瓜子。你的姐姐叫瓦利娅。

米沙　好吧，瓦利娅。她比我更胜任这事。

尤拉　她是博物馆的工作人员，她不该去站柜台。我不在家的时候，你自动当我的副手。就这样。

米沙　明天没有旅游团，我还得挺难受地杵在那里。我是什么呀，我是二道贩子怎么着？

尤拉　那你是谁？

米沙　（挺直双肩）我是个未婚夫。

奥莉娅　哎呀呀，你可真是的。

瓦利娅　听他说，他又不是傻子。

---

① 米什卡、米什是米沙的小称。

尤拉　你要是个未婚夫，就更应该给自己挣个筹办婚礼的钱了。

米沙　还在你那儿挣钱呢！你看我的旅游鞋都旧了，记得有人答应过……

尤拉　旧的你有啥不满意的？孩子们，我在你们这个年纪……

米沙　爸，这你已经说过一百遍了。我都烦了。

尤拉　那能怎么办，如果有些人看不起这些，家里怎么过活？

奥莉娅　尤尔，咱们把米沙送到苏沃洛夫陆军学校 ① 去怎么样？那里发公家的衣服，还给饭吃。

瓦利娅　他这年龄已经去不成了。如果人家收了他，也喂不饱他，那里的饭分量太小了。他会去抢小孩子的食物，然后人家就会把他撵回来。

米沙　应该在我小时候就把我打死。

瓦利娅　谁知道你能长成这样啊？还以为你能出息成人呢。

尤拉　我打你打得还是少。我要是和自己的老爹说穿戴的事……

瓦利娅　（模仿父亲的语调）他马上一拳就打在你脑门儿上。决不废话。

尤拉　就是。不，应该重新开始打你。当然，这已经晚了，但鬼知道呢，万一有效呢？

奥莉娅　尤尔 ②，不过你别打头。

尤拉　能改变什么吗？瓦利娅，给奶奶把电视调到放电影的频道，要不马上就播新闻了。

---

①　苏沃洛夫陆军学校，俄罗斯寄宿的中等军事学校，招收 15—16 岁的 8 年制学校毕业生，为军事院校培养考生。

②　尤尔、尤拉是尤里的小称。

〔瓦利娅起身，走到奶奶身边，按遥控器。

第四场

莫罗佐夫家的商店。柜台后面站着尤拉，他面前是托利亚爷爷。

尤拉 （明显失去耐性了，把一个打开的本子凑近托利亚爷爷的脸）托利大叔，这都写着呢，你还欠十个卢布的债呢。

托利亚爷爷 那又怎么样？我过一周就发退休金了。你怎么那么抠门呀？记上两瓶，我就走了。扯得太多了。

〔格娜走进了商店。

尤拉 你还是先把欠的钱还上。

托利亚爷爷 我这心都不跳了！我不总是一发退休金就还你吗！什么时候骗过你？以前不也是赊账，然后再还你钱。不是这么回事吗？你这里什么都得记上！你可不会吃亏，你为了一个戈比都能上吊！快写吧，我还得赶着去干活呢。快点儿，要不我可就直接在这里尿裤子了。

尤拉 （斜眼瞄了一下格娜，他不便在她面前和一个老人争执）就这么着吧，我给你一瓶。你什么时候把欠的钱都还了，那我们还有的商量。（把一个瓶子放柜台上，然后在本子上做记录。）

托利亚爷爷 （阴郁地抓过瓶子）法西斯。这样写"我，法西斯分子莫罗佐夫，赊给共产党员索巴廖夫"。就这么写。

尤拉　托利大叔，你现在是回家吗，啊？

托利亚爷爷　法西斯，你会遭报应的，等五月九号人家得烧了你的鸡窝。（嘟囔着骂人的话走了）

格娜　（停顿了一下，走到柜台旁）生意怎么样？你在欺负人呢，尤里安德列耶维奇？

　　　　［尤拉没有回答，而是伸手用手指碰了碰她的脸颊。格娜没有躲闪，反倒贴到他的手上。

尤拉　他们这些人也是想欺负谁就欺负谁呢。

格娜　你应该待人温和点，稍微温和点。

尤拉　我是个汉子，可不是什么软木塞子。

格娜　我知道你是汉子。你的孩子们不在？

尤拉　谁都不在。我们去侧屋吧。我马上把商店关门。（走出柜台，把门用钥匙锁上）

　　　　［格娜走到货架子旁。抓了一个大块儿的巧克力在手里，感兴趣地端详着。尤拉走过来从后面抱住她。

格娜　现在什么没有呀！我们那时，你还记得吗？都有什么？软果糕和水果软糖。

尤拉　还有果泥。

格娜　我那时看都不能看它。那时科利姆在工厂工作，一桶一桶地往回拿。现在只有家酿烧酒了。

尤拉　咱们过去吧。（拉着她向侧屋方向走去）

格娜　（转身对着他，把巧克力给他看）我想要的就是这种。

尤拉　再拿一块。

格娜　很贵吗？

尤拉 老婆子。你会把所有的牙齿都弄坏的。

〔他们笑着。尤拉抓住她的手，用力拖她去侧屋。

第五场

　　傍晚。奏着音乐。罗曼在俱乐部门口儿抽烟。瓦利娅走出大门口。

瓦利娅 你好，罗姆。

罗曼 你好。

瓦利娅 出什么事啦？你在这直转圈儿，也不看我。

罗曼 我就该一直看着你？

瓦利娅 是的，有的时候可以这么做。我是女孩，我喜欢别人看着我。（笑着）

罗曼 女孩。你自己也觉得好笑……

瓦利娅 台阶上的花是谁放的？

罗曼 瓦利，你能不能别没完没了地问这个呀？

瓦利娅 我知道是你。我很高兴。谢谢！

〔帕什捷特走过来。他不太清醒，稍微有点摇晃。

帕什捷特 你们好，年轻人！你们看我也决定休息一下。（用头指向俱乐部方向）那里怎么样，开心吗？

瓦利娅 你进去不就知道了。

帕什捷特 你怎么那么凶？

瓦利娅 罗姆，给我一支烟。

罗曼　这是最后一支了。(转过身，扔来一个烟头)

帕什捷特　你怎么对她这么无礼?

罗曼　我只有最后一支了。

帕什捷特　噢，好吧，兄弟，这样我们可就什么都谈不成了。小子，你发脾气了。谁不发脾气呢。但你得回答。我说得对吗?(瞪大眼睛，看着他)

瓦利娅　放过他吧，帕什捷特。

帕什捷特　(对着罗曼)我可没听见。

罗曼　这都很正常呀。

帕什捷特　这正常?按你的意思，这正常?(靠近他)我是这么说的。这不正常。你明白吗，小子?

罗曼　明白。

帕什捷特　(转身对着瓦利娅)女士，我说得对吗?

瓦利娅　是的。

帕什捷特　你确信?

瓦利娅　确信。

帕什捷特　(一摇一摆地沿着俱乐部的台阶向上走)你们所有这些人，狗杂种，都不听话了。你们，狗杂种，所有的人都该收拾。(消失在门口)

瓦利娅　(望着罗曼)害怕了?

罗曼　他喝得醉醺醺的，你跟他能弄清什么呀?

　　　　[米沙快步走过来。

米沙　发生什么事啦?

瓦利娅　什么都没发生。

米沙　我走过来时看见帕什捷特威胁你。罗姆^①，怎么了？

罗曼　没什么，他醉了。

米沙　他纠缠她了？

罗曼　没有，他纠缠我了。

瓦利娅　纠缠了，他纠缠了。罗姆卡打抱不平了。

米沙　清楚了。（沿着台阶急速走去，消失在俱乐部里）

瓦利娅　说实话，这花是你放的吧？

罗曼　是我。

瓦利娅　傻子，一下子就能搞明白，我们这还有谁能想出这些来呀？

罗曼　怎么，这很难吗？

瓦利娅　不知道。我最后一次收到花还是毕业的时候。

　　　　〔门开了，米沙揪着帕什捷特的衣领把他拖下楼梯。

米沙　喂，怎么不出声？快认错，快！

　　　　〔帕什捷特跪在地上，嘴里含混不清地嘟囔着。米沙用脚踢他，他向一边倒去。

　　　　他不会再这样了。瓦利，我们回家吧，否则马上一来人帮他，我一个人可对付不了。

瓦利娅　好的，我们走吧。

米沙　罗曼，你也快往家跑。至于你打抱不平，好样的。握个手吧。

　　　　〔罗曼握他的手。

　　　　你怎么握得不像个男人呀？

　　　　〔他握得用力些。

------

① 罗姆、罗姆卡是罗曼的小称。

（他笑着）你应该摇晃摇晃。没什么，等我开了自己的健身房，我很快就把你身材练得很标准，女人们也会喜欢你。

瓦利娅　别废话了，咱们快走吧。（转身对罗曼）回头见，罗玛。

罗曼　回头见。

　　〔瓦利娅和米沙离开了。帕什捷特手脚并用地爬起来。罗曼走到他跟前，小心地用脚踢他的肩膀。他倒在了地上。

第六场

　　莫罗佐夫家商店的侧屋。尤拉穿着汗衫坐在椅子上，格娜坐在他膝盖上。

尤拉　还是和你在一起觉得好。

格娜　我不信，一个字也不信。

尤拉　我知道，这话我听多少次了？

格娜　多少次？

尤拉　我现在就告诉你。从 82 年起。

格娜　这都是过去的事了，尤尔，都过去了。

尤拉　等一下，格娜……11 月 7 日。我和奥利迦[①]去帕夫利克那里，你和科利卡[②]已经在那里了。然后我去送你们，科利卡已经准备好了。我拖着他，挽着你的胳膊。就在那时候一切就开始了。这是 82 年，因为春天的时候帕夫利克就去参加贝阿

---

① 　奥利迦是奥莉娅的大名。

② 　科利卡、科利亚是尼古拉的小称。

铁路建设去了。

格娜　这你还记着呢。

尤拉　我们把科利卡安顿在沙发上，自己坐在厨房里。当时我口袋里还有半瓶酒……

格娜　尤拉，咱们别说这事了……

尤拉　后来他从沙发上摔下来。我们勉强来得及穿好衣服。

格娜　尤拉……

尤拉　你知道，我有时会回忆起他。你可别生气。他没的说，是个汉子。但不是当家人。

格娜　你是当家人。

尤拉　难道我不是吗？什么都是自己弄，都靠自己。一切都砸了的时候，我也不会像有些人那样去酗酒。我可以问心无愧地看着自己孩子们的眼睛。

格娜　（转过身注视着他）你想说什么？

尤拉　我想说的已经说完了。

格娜　这样啊。有意思。也就是说，你的孩子们都安排得非常好？尤拉，你是个多么棒的人呀。可是至于科利亚，你怎么说呢？他哪里能赶得上你。可是我也可以问心无愧地看着自己孩子的眼睛。这你明白吗？

尤拉　那你都置办下什么了？

格娜　（跳了起来）你和我说这个。我不想自己的孩子好，还是怎么的？我怎么，是个坏母亲吗？是这样吗，尤拉？

尤拉　我不是说你……

格娜　尤拉，你知道，你说的是什么吗？我为了他喊破了嗓子！

和任何一个人！

尤拉　别生气。

格娜　是的，我一直在挣扎！一个人！什么都是自己！难道我不是母亲吗？这些你知道什么呀？！你哪怕用任何方式帮助我了吗？你以为我活得容易？你不要以自己来评判别人。

尤拉　（站起来）别冲我喊。

格娜　你不是当家人，你是个真正的蠢货！

尤拉　是这样？

格娜　那你以为呢？我不需要你，尤拉。就是过去我也不需要你。

尤拉　你以后自己会为这些话后悔。自己又会来找我。不是这样吗？

格娜　不是这样。是你，尤拉，会为这一切后悔。而且非常后悔。我会把这一切都记在你头上。科利亚的事也记在你头上。

尤拉　哎，你呀，想起科利亚啦？好样的，我尊重你。

格娜　我想起他了。我每天都会想起他，尤拉。他会原谅我的。而你却要为这一切遭报应，完完全全的报应。

尤拉　你把这一切都干干净净地推到我身上了。你知道怎么办吗？从这儿离开。

格娜　是的，我不会留下来的。（走到门口，又停下来）克利姆要回来了。他早就想和你谈谈了。我上次阻止了他，现在我不会阻止他了。你了解他的。

尤拉　那让他来过问吧。

格娜　你可以躲到自己女人的裙子下边，或者躲到地窖里去。我是不会阻拦他的。

尤拉　转告他，我和他断绝关系了。早就彻底地断绝了。

格娜　一定转告。（走出门）

尤拉　（神经质地往地上吐了一口）这一家子，婊子！

第七场

　　　　山丘，从上面可以看到整个城市的景色。沃龙科和切尔诺维茨基喘息着。

沃龙科　这里不错，还挺美的。

切尔诺维茨基　是啊，这可是个知名的地方。画家们常到这来，说是典型的俄罗斯风景。

沃龙科　是的，风景倒没什么问题。我担心的是剩下的事。

切尔诺维茨基　我们此刻望去，一切一目了然。工厂，教堂。你看，看见这里的沟壑了吗？建设工厂的时候，地基挖错了。碰到了什么个活动地层。存在一种危险性，在一天之内这里的整个工厂就会消失。

沃龙科　（拍着脑门）想起来了。我知道这里缺什么了。这里没有城市公园。也没有旅游车。我们列琴斯克就有公园，这里没有。可不，还有飞起来的秋千。我记得，我曾经攒了一个月的钱。两个小时就全花掉了，荡得都吐了。回到家里的时候整个人都是死灰色，母亲还以为伙伴们把我灌醉了。我倒在沙发上，天花板在旋转。母亲摊开一块什么破布，把脸盆放在上面。这里缺的就是这个。

切尔诺维茨基　好吧，也许随着时间的推移，这里会有的。一切都在前面。

沃龙科　（沉思地）至于室内靶场就是另一回事啦。这个我也喜欢。维索茨基曾在我们那儿打过靶，当你命中靶子的时候，它就停止了歌唱。好吧，这一切都是抒情诗。这里还有什么好的地方？

切尔诺维茨基　有到莫斯科的线路。加油站就在旁边。（笑着）空气很特别，人也很好……

沃龙科　是的，有好空气。头痛得厉害。你说过关于这里的……什么历史的事。

切尔诺维茨基　这方面也没问题。这里住着一个傻子。是叶卡捷林娜二世的直系后代。博布林斯基伯爵，就这样，然后还有一个什么人，还有其他的，不过他是家族的最后一个人。有文件，一切都可以得到证实。

沃龙科　（感兴趣地看着自己的助手）是叶卡捷林娜本人的后代？

切尔诺维茨基　昨天我在博物馆里看到了所有材料。我们昨天还在广场上见到此人了。

沃龙科　他完全是个傻子？

切尔诺维茨基　完全。

沃龙科　那能用他干啥呀？

切尔诺维茨基　他国外有亲戚。是一些非常有钱的人。

沃龙科　为什么不把他带那边去？

切尔诺维茨基　他父母在世的时候拒绝了。他也是不久前才剩下一个人的。据说，他已经收到了什么材料，他们想把他带到法国去。

沃龙科　让他们见鬼去吧。

切尔诺维茨基　什么意思？

沃龙科　我们认他当儿子。他就会留在这里，就可以向他要修缮的费用。

切尔诺维茨基　能行吗？他可是有亲戚的呀。

沃龙科　我也有啊。问题能解决，我们在这里需要些门路。而这个方案很有意思。你知道他住哪儿吗？

切尔诺维茨基　我编了一个居民花名册。我们可以今天就开始走访。

沃龙科　好吧，那我们就去认识下这个可怜的人。（转身望着这座城市）好在没有旋转木马。这样安静些。

第八场

祖耶夫家。格娜在给外祖父剃头。

格娜　爸，不过，你的头发长得太多了。应该向坦卡借个推子，你就又年轻了。这里应该留着。鬓角也是。应该看看你的照片，看你年轻时是什么样子。剃个一模一样的。低点头。（把他头往下按按）再低点儿。我这个傻瓜，还去吗？然后自己又后悔。这里好像平了。（倾听台阶上的响动）罗姆卡下班了……

　　〔克利姆走进来，帕什捷特也从他身后晃进来。两个人都是醉的。

克利姆 （走到格娜身边，拥抱她，亲吻她脸颊）你好，妹妹！（向爷爷俯下身去，亲吻他）老爹，你好！（用手指着帕什捷特）这是这个……我们是一起的……

格娜 看见你们是一起的了。坐桌子那里吧。我剃完了。

　　〔克利姆坐在桌旁，帕什捷特也嗵的一声并排坐下。

克利姆 过得怎么样？

格娜 （在他们对面坐下）挺好的。

克利姆 看着我的眼睛。

　　〔她注视着他。

　　让我们为了见面干一杯吧。

格娜 要不别喝了？你们这样已经正常了。你又开始……

克利姆 别当着别人面揭短。我们稍微喝一点儿。你怎么，不高兴我来吗？

　　〔帕什捷特打着嗝。格娜从橱柜里拿出一瓶伏特加，两个酒杯，放在客人面前。咯吱吱地拧开瓶盖，把酒分别斟上。收拾好瓶子，又坐回原来的地方。

　　现在我看到你的心意了。你自己呢？

格娜 没什么。我就这样坐会儿。

克利姆 我们说得太多了。（端起酒杯）为祖耶夫一家干杯。

　　〔帕什捷特和克利姆喝酒。

　　（对帕什捷特说）我回家了。我是在这里长大的。（指着爷爷说）这是我老爹。这是我妹妹。她叫格娜。如果叫全名的话，叫安格林娜。老爹想让她叫这个名字。老爹是个强硬的人。原来我们这里住过一个牧师，而且是个可恶的家伙。当时老爹和伙伴们，一些共青团员们在一起，当时就是这样的情况……他们好好地和他谈，让他收拾他的破烂东西。他眼睛直盯着前方，什么都不看。于是他们就放火烧他，把门窗都钉上，不让他爬出来。这之后老爹就开始病得很厉害。当妹妹出生的时候，老爹给她起名安格林娜①。于是身体状况就开始好转了……

格娜 你胡说八道什么呢？根本没有这事。你净听老头的胡话了。

克利姆 我相信。老爹，就是这样的人。就算现在他也是这样。你看他什么都明白，他看着我们在想，男人现在都绝迹了，只剩了些毛头小子……

　　〔帕什捷特惊奇地看着爷爷。

　　现在没有那样的人了。中午喝两大杯，晚上再喝两大杯。这还不是节日。我一次都没见着他醉过。一次都没有。

格娜 你白把这个小伙子带回来了……

克利姆 我没让你说话。廖什②，想喝酒吗？

　　〔帕什捷特认命地点着头。

　　走到她身边，向她要酒。只是礼貌点，我看着呢。去吧。

帕什捷特 （起身，对格娜说）我现在是和朋友在一起……（找不到词，试图借助手势描述点什么）

克利姆 （对格娜说）你听见了吗？这是人的声音……

---

① 这个名字的俄语是天使的意思。
② 廖什是名，帕什捷特是姓。

帕什捷特　我们喝百分之一维德罗的酒①，然后就走。

克利姆　我们还要等很长时间吗？

　　　　[格娜叮当作响地把瓶子放到桌上。帕什捷特给克利姆倒酒，克利姆一下子就喝光了。帕什捷特给自己的杯子倒满酒，酒都洒到了桌子上。

　　　　你要是愿意，我可以教你喝丙酮②？

帕什捷特　不，我最好还是喝伏特加吧。

克利姆　那很简单。喝完之后，只要有力气就一直跑。那样就会活下来。

　　　　[帕什捷特笑了。克利姆面色阴沉起来，他起身，揪住他的后脖领子。

　　　　[帕什捷特不笑了，害怕地看着克利姆，并不试图挣脱。

　　　　怎么不笑了？你像人一样地来到这座房子里，我也像接待人一样地接待了你。

格娜　放开小男孩。

克利姆　你，狗杂种，以为，既然放你进门，你就怎么样都可以吗？

格娜　克利姆！（走到他近前，把手放到他肩上）

　　　　[帕什捷特不尝试挣脱。

克利姆　我们在这座房子里住了一辈子。我们在这里什么日子都纪念过。我们办过婚礼，也办过葬礼。我在这里参的军。我

---

　　①　百分之一维德罗是旧时的计量单位。

　　②　丙酮，一种无色透明液体，有特殊的辛辣气味。溴代苯丙酮常被不法分子做毒品原料。

们所有的节日都一起庆祝过。你，狗杂种，最喜欢的是哪个
节日？

帕什捷特　（打着嗝）生日。

克利姆　这嘴脸。（用力把他从自己身边扔开）

　　〔帕什捷特摔倒在地上。格娜帮助他站起来，把他送到
门外。

　　（看着爷爷）事情就是这样的，老爹。我马上就会代替
你。你别难过。

格娜　怎么，消停啦？

　　〔克利姆走到她跟前，拥抱她。

　　（抚摩他的头）你可真是个傻瓜。

克利姆　有没有人欺负你？

格娜　我自己还想欺负谁就欺负谁呢。

克利姆　我在这守着大家。我不会让你，也不让罗曼受别人欺负。
和我在一起，你就无忧无虑地生活吧。

格娜　你算什么鬼守护者。

克利姆　我大概会留在这里。我不能再那样生活了。那不是生活。
我尝试了，但怎么也不行。所以就这么回事。简短地说，我
回来了。现在我们重新开始生活。

第九场

　　莫罗佐夫家。尤拉、奥莉娅、沃龙科和切尔诺维茨基坐
在桌旁。奶奶坐在角落里的电视机前。

沃龙科　我们的建议是这样的。你们早就认识他吧？他不怕你们，你们也不怕他。而且这又是暂时的。我们会支付一切费用。你们自己也知道，我们和你们还要继续一起工作。我不隐瞒，我们在这里需要自己人，也就是说，基地的人员。所以，正如所说的，那就请接受决定吧。（站起来并且开始在房间里踱步）奥莉娅疑问地看着丈夫。

尤拉　不能不这样吗？

沃龙科　为什么不这样呢？一切都是可以的。可以一生都在赤贫中度过。似乎谁也不会剥夺你的这种生活。也可以坐着等待，等一切都吹了。请便。我们不是来强迫别人的。不是那个年代了。我们早就是成年人了，那么就像成年人一样谈一谈。这里有明确的好处，要让这里有好的生活，你们只需迎着这种生活向前走一步。

尤拉　我们同意。

奥莉娅　那别人会说我们什么？

　　　　　〔尤拉惊讶地看着她。

　　　　　你们会这样吗？就这么从街上领一个外人回来？

沃龙科　是的，不能。但如果我们未来生活的顺利取决于这一点的话，那就可以。

切尔诺维茨基　我们不是建议你们认他当儿子。只不过监护一下。委员会过来，看看，他在你们这里一切都好，说实在的，也就完事了。

奥莉娅　当然，请原谅。您有孩子吗？

切尔诺维茨基 没有。但我理解你。

奥莉娅 你不理解。要为他们负责。这种事可不常见，哪怕是为了生活得更好。你看现在生第二个孩子会给你钱，那怎么样，那就多生孩子？总的来说这不是主要的。

尤拉 奥莉娅，我们以后再说吧？

奥莉娅 等一下。这是我的妈妈。（指着奶奶）她们家里一共有八个人。三个都是从街上捡来的。谁也没有因为这个付给奶奶钱，委员会也没来过。要知道，据我记得，我认识娜佳和伊戈尔，他的父母。和娜佳可以说关系不错。而他穿的衣服和鞋子也总是不比别人差。和我们的孩子们一块儿跑着玩儿。我们这里的生活一切都在大家的眼皮底下。谁会相信我们，就这样把他带家来了？

沃龙科 大婶，我开始就和你说了，不是白做这件事的。

奥莉娅 那有什么区别？人们会说什么？"一个人生活了三年，这就被莫罗佐夫家领走了，为什么呢？"这就是人们会说的话。

沃龙科 您这么害怕别人？他们会停止打招呼吗？会有什么变化，您告诉我？

奥莉娅 什么也不会改变。只是人们会有各种猜测。

尤拉 否则的话人们就什么都不说我们了？

奥莉娅 总之就会是这样。

沃龙科 这就是痛苦之处。

奥莉娅 你们会怎样？你们走了，又来了。

尤拉 你最好还是别说话了。

奥莉娅　尤拉，你别不让我说话……

　　　　［尤拉非常吃惊地看着她。

　　　　这些钱对我们也不会有什么好处。

尤拉　奥莉娅！

沃龙科　等一下。我一点也不明白。您一会儿因为钱的事责备我们，原来，一会儿又是害怕流言蜚语，您这怎么也得有个明确的意见呀。

奥莉娅　就是说，是这样的。我们就这样把他领回来。不需要钱。就在我们这里生活。

　　　　［停顿。

沃龙科　请原谅，如果我们什么地方侮辱了你们。我的理解是，我们该走了。还想提醒你们，我们的所有建议还都有效。确实，我非常感谢你们。希望我们不管怎么样还能听到彼此的信息。再见。

　　　　［沃龙科和切尔诺维茨基离开了。

尤拉　你呀。

奥莉娅　不，尤拉，不是我的事。我们以后别说这个了。

尤拉　怎么就不说了呢?! 你想想，你说的是什么? 这就是（用手掌的侧面敲自己的脖子）往我这里砍，砍我呀。

奥莉娅　我们能行的。

尤拉　我有时候都想掐死你。

奥莉娅　再重复一遍?

尤拉　我不重复。

奥莉娅　现在我们一起去找他。

尤拉　我的心情有点变坏了。

奥莉娅　想喝酒吗？

尤拉　应该喝。奥利，你说，你这么做是认真的吗？

奥莉娅　现在我们去喝点，走吧。路上你给我采一束花。

尤拉　为什么我要承受这一切呀？

奥莉娅　我想这样。

尤拉　我不是说的花的事。

奥莉娅　我也不是。

第十场

　　傍晚很晚的时候。罗曼坐在博物馆大门口的台阶上。瓦利娅从里面走出来，看见他，微笑着。

瓦利娅　你在等我？

罗曼　没有，就这么坐着呢。

瓦利娅　明白了。花在哪里？

　　　　[罗曼递过来一束花。

　　　　（把头埋在花束里面，吸着花香，然后并排坐下）谢谢。我上中学的时候一直梦想着搞插花艺术，自己还做了一些花束。

罗曼　我记得，甚至还办了展览。

瓦利娅　你记得什么呀，你当时完全是个小炷子。

罗曼　你也就比我大两岁。

瓦利娅　你知道我是什么时候记住你的吗？是那时你在体育课上
　　把手弄坏了。整个学校都在说这件事。

罗曼　当时是垫子没铺好，我都跳起来了，才发现。

瓦利娅　你知道你很讨人喜欢吗？

罗曼　说我吗？

瓦利娅　不是，说我。

罗曼　我倒没想过这个。

瓦利娅　你的鼻翼长得很好看，非常美。

　　　　　〔罗曼吸着鼻子。

　　　　（笑着）只是你的刘海儿不好看。

罗曼　我把它剪掉。

瓦利娅　要是我说，你往下跳，罗曼……

罗曼　就往粪坑里跳。

瓦利娅　怎么样，粪坑你也跳？

罗曼　为什么不跳？

瓦利娅　罗姆，我需要另一个人。我想要我自己为了什么人跳到
　　粪坑里。你明白吗？

罗曼　我尽量吧。

瓦利娅　你别生气，我很喜欢你。真的。

罗曼　说完这种话人们就该分手了。

瓦利娅　你从哪里知道的？

罗曼　是的，电影里一般都是这么说的。（起身）我走了？

瓦利娅　坐回去。

罗曼　（坐下）你办了展览，你还记得吗？你的展览会上有一束

花，是野蔷薇，还有一些树枝。我把这花的上面给吃了。嘴里后来很长时间一直有一种味道。不知为什么特别强烈地记住了。

瓦利娅　那怎么，我现在要在你面前学狗爬吗？

罗曼　爬也没用。

瓦利娅　好吧，那你笑一下。

〔罗曼勉强地微笑着。

我很喜欢你的诗。只是这些诗非常天真。你早就写诗了？

罗曼　从上中学时起。第一首是三年级写的。

瓦利娅　你应该去读文学……

罗曼　那可不是职业。

瓦利娅　任何地方都能得到你要得到的东西。只不过是你个性不强罢了。你哪怕是努点力也好呀！

罗曼　你有什么想达到的目标吗？

瓦利娅　我想早晨的时候穿上白色的浴袍。然后把它脱掉，钻进浴缸。一直坐在里面，直到厌倦。然后出来，再……

罗曼　重新给穿上浴袍。

瓦利娅　是穿上，你这没文化的人。这很棒吧？

罗曼　大吗？

瓦利娅　谁？

罗曼　浴缸。

瓦利娅　很大。

罗曼　能装几个人？

瓦利娅　八个。

罗曼　这已经是泳池了。

瓦利娅　这是一个现实的梦想。大大的浴缸，白色的浴袍。水龙头就像是银制的，闪闪发光。你能做到这些吗？

罗曼　我可以尝试。是那种卫生设施。我也有这样的梦想。你还忘记了装洗发液的盒子，还有非一次性的浴球。这样才是一整套。

瓦利娅　（若有所思地望着花）你刚刚说什么来着？你在中学的时候把我的花束给吃了？现在想不想吃？吃吧。来吧，来吧，干吗不吃？（把花束递给他）

罗曼　这里没有野蔷薇。

瓦利娅　（笑着）好吧，你送我回家吗？

罗曼　要不我们再溜达一会儿？

瓦利娅　我们穿过工厂走。好吧，别耽搁了。走吧。

　　　　〔他们从台阶上起身。

　　　　（望着夜幕）站住，等一下，我们家人来了。咱们藏起来吧。

　　　　〔他们走到拐角处。远处出现了尤拉和奥莉娅，他们从旁边走过。她的手里拿着花。瓦利娅和罗曼从暗处走出来。

　　　　我一点也搞不懂。他们怎么了？晚上还拿着花。

罗曼　没什么，人家在散步。

瓦利娅　不对，还是发生了什么事。这不是简简单单就这么回事。

　　　　我从小就不记得有这种情况，他们这样走在一起。

罗曼　我们呢？我们是发生了什么事还是没发生？

瓦利娅　也是目前还不清楚。

罗曼 你听我说，你知道吗？你现在自己回家吧？一切就都清楚了。

瓦利娅 （若有所思地望着他们离开的方向）可不是今天。他们把我吓着了。你会不会挽着胳膊走？

罗曼 你给我演示一下。

瓦利娅 （把他的胳膊弯起来，把自己的胳膊插进去，审视地望着他）面部表情放松。再放松。现在一切正常了。迈左脚，然后……

　　　[他们离开了。

第十一场

　　　祖耶夫家。傍晚晚些时候。格娜、萨沙和克利姆在打牌。爷爷坐在旁边。

格娜 就这样，镇静，镇静。看这个，先生们。

克利姆 随便出吧。

萨沙 同意。

克利姆 总之，这当然是骗人的。

格娜 不，你们看马上就出了。在这。把你们的烂牌拿出来。

萨沙 这样吧，我过了。

格娜 下家呢？

萨沙 克利姆，她有一整套牌。我了解她，她不会随便冒险的。

克利姆 我也了解她。她什么都没有。她是因为害怕才这样呢。

萨沙 不只是这样吧。她开始进攻了。我也了解她,她因为害怕
会杀人。

格娜 都出完了,我就这么坐着?

克利姆 好吧,你坐着。

　　[萨沙看着克利姆的牌,为难地哼哼着。

　　你刚刚的牌更好?

萨沙 是这样。

　　[传来敲门声。格娜放下牌,走过去开门。在门槛上站着
沃龙科和切尔诺维茨基。

沃龙科 你们好!祖耶夫先生们。我是沃龙科·弗拉基米尔,你
们大概听说过我。这是切尔诺维茨基·谢尔盖,我的助手。
就这么说吧,我们在进行走访。终于到你们这儿了。

　　[祖耶夫们沉默地看着客人们。停顿。

格娜 好吧,进来吧。

　　[沃龙科和切尔诺维茨基拿过椅子,在离开祖耶夫们有些
距离的地方一块儿坐下。切尔诺维茨基打开文件夹,拿出一
沓照片和图片。

沃龙科 你们知道我们的方案吗?

格娜 是的,听说过。

沃龙科 很震惊。

　　[停顿。沃龙科望着切尔诺维茨基。

切尔诺维茨基 (清清嗓子)我们的主要目标是把城市还给市民。
要知道波伦斯克不能说是成功的,它应该得到更多。你们同
意我的意见吗?

　　〔克利姆和萨沙沉默着。

格娜　那它应该得到什么呢？

切尔诺维茨基　更好的生活。也就是发达的基础设施。将会有资金投入城市中来。而这，你们自己也明白，就是新的工作岗位，更高的生活水平。也请你们相信，这不是新瓦休基[①]。

格娜　什么地方？

沃龙科　（疲倦地）你们的商店里会有上等的大虾。它们很大。你们这里也会有宜家家居店。很方便的。当然这一切不会马上都有，但会有的。就这样什么都不会马上有的。自己要以什么方式去争取。我们已经走访了二十户人家，有点扯远了，但事情的本质不变。我们将会生活得更好，更快乐。

格娜　我们就这么生活也没哭啊。

沃龙科　说正事吧。我建议和你们签订一个合作协议。互利副……呸……，互利……互惠的协议……你看，该死的，这个音总也发不好。看来，它是不愿出来。你们将为城市形象的宣传而工作，并且给自己挣工资。可以直接告诉你们，不用做什么特别的事情。不过就是像平时那样生活。一个星期大概有那么两次要换上 19 世纪中期城市居民的服装。（对着切尔诺维茨基说）给他们看看。

　　〔切尔诺维茨基把一幅画给祖耶夫们看。

　　两套衣服——节日的和平常的。还有什么来着？

---

　　① 此处新瓦休基讽刺地指代无法实现的幻想和计划。瓦休基是苏联文学家伊里夫和彼得罗夫的长篇小说《十二把椅子》中的地名，作品中主人公为其描绘了成为"新的莫斯科"的不可能实现的宏伟蓝图。

切尔诺维茨基 民俗表演。

沃龙科 哎呀，是的。好吧，也是一周三次。不超过一小时。就是在教堂旁边的广场上散个步。我们会每周请一次歌手，比如像夏利亚宾那样的，在公园里唱歌。我们请求他经常更换节目。教堂我们也会翻修。附近会有公共汽车站和纪念品商店。波伦斯克将成为开放的城市。还有什么问题吗？

切尔诺维茨基 弗拉基米尔·阿纳托利耶维奇，还有房子的事。

沃龙科 （环顾墙壁，天花板）是的，差一点忘了。你们比别人更走运。你们住的是老房子，它，如果我没弄错的话，是 1905 年建的？

切尔诺维茨基 1905 年建的。建筑的正面有数字。

沃龙科 太好了。这样的话，每周游客到我们这里来三次，当然在固定的时间。仍然是不用做什么特别的事情。可以吃饭，做事情。但确实，环境得改变。你看，只是这里，房间里的一切都不改变。世纪之初，你们自己也明白，是什么样的电视？这个还要另给经费。是的，这样的房子只有三座。尤里·莫罗佐夫将成为你们的协调人。

　　[格娜和萨沙不由自主地看着并没对听到的事情表达什么情绪的克利姆。

　　如果突然有什么人病了，或者需要出门。那就要换人家。每次游客参观之后马上就结算。

　　[停顿。

　　（皱着眉头，揉太阳穴）早就有这样的工作了。在欧洲，甚至到处都有。这不是游戏，所有这一切都是严肃的。想象一下，你们将要像你们的曾祖父一样生活。你们可以感受他们的生活。时代的联系又恢复了。这很重要，特别是现在。要知道最重要的是不需要做任何特别的事情。不过就是过日子就行了。

　　[萨沙从切尔诺维茨基那里拿过那张服装草图的纸，仔细地看着，开始笑起来。克利姆坐着，阴郁地看着自己的前方。格娜疑问地看着他。

　　我们也会收拾好你们的房子。在台阶旁边可以种植一些新的树木。放置各种长椅。你看草图上这里有。你们看，多么美呀。（直觉上明白克利姆是这里的主要的人物，把草图递给他）

克利姆　让它见鬼去吧……

　　[沃龙科伸过去的手继续拿着草图。克利姆平静地看着他的眼睛。紧张的停顿。

沃龙科　我接受您的拒绝。（起身，切尔诺维茨基也跟着站起身）祝你们一切都好，先生们。

　　[他们离开了。

格娜　他们把自己的图给忘了。

萨沙　（从桌子上拿起服装的草图，又开始笑起来）不，克利姆，你应该去。我能清楚地想象出你在广场上的样子。拿着拐杖。

克利姆　拿这儿来。（从萨沙那里拿过这张纸，揉成一团，扔到一边）谁是我们的头儿？莫罗佐夫？

格娜　让他安宁点吧，尽量……

克利姆　我要让他永远安宁。

格娜　我求你了。

萨沙　还好，老爹没听见。竟然会有这种事……

格娜　你们不听我说话。

萨沙　总之，已经不把我们当人看了。

克利姆　我决不让这种事发生。我在老爹面前发誓。（转身对着爷爷）还没有人嘲笑过祖耶夫家呢。爸，你别难过。我们要让他们所有的人，狗杂种的，满地爬。

第十二场

　　莫罗佐夫家。房间的布置已经改变了。电视消失了，但出现了真正的手摇纺车。取代椅子和桌子的是两个宽宽的长椅。尤拉穿着上世纪初的市民的服装。他仔细地打量着桌子，拿起铝制的盐瓶，把它藏到了橱柜里。他坐到桌边。奥莉娅出现了，也是一身古老的装扮，坐在丈夫对面。有一段时间他们都是沉默地彼此相望。终于她忍不住了，笑起来，他阴沉地看着她。

奥莉娅　你这么可笑还是参军回来那会儿。

尤拉　你看看你自己。

奥莉娅　怎么了？我喜欢。方便。我怀着米沙的时候，就穿过这样的连衣裙。

尤拉　（走到镜子跟前，打量自己）你知道，假如现在有人指着我们这种样子，就像现在一样，给我们看，说我们从前是这样的，那我们就会惊讶死。

奥莉娅　我现就要惊讶死了。

尤拉　我们曾经搞过业余文艺活动。我们演出了《塔拉斯·布尔巴》①。塔拉斯是由上尉扮演的，他本人就来自那些地方。我们也穿了服装。但是不知怎么看着就不像那么回事。

奥莉娅　想象一下吧，你是在剧院演出。

尤拉　没这愿望。好啦，我该走了。很快一切就开始了。

奥莉娅　来得及，坐下。

　　　　　　［他坐在对面。

　　　　　（拉住他的手）你怎么这副模样？你自己决定的呀？那就让一切这样吧。

尤拉　一切正常。

奥莉娅　我是看到你那么受罪。

尤拉　这是我的问题。

奥莉娅　不，是我们的。

尤拉　今天有游客到我们这儿来。你还记得都该怎么做吗？

奥莉娅　都该怎么做呢？

尤拉　别张嘴。别出声坐在纺车边就行了。

奥莉娅　要是他们问什么话呢？

尤拉　别吱声，瓦利娅会替你回答的。

奥莉娅　这不是难事。你听我说，就像机器人这么坐着，要不我唱个歌？

---

　　① 《塔拉斯·布尔巴》，是俄国著名文学家果戈理（1809—1852）的中篇小说，塑造了哥萨克英雄布尔巴的形象，歌颂了民族解放斗争和人民爱国主义精神。

尤拉　你唱什么？

奥莉娅　你想让我唱什么。哪怕唱个普加乔娃①的歌也行。我小点声。还有专门纺织时候唱的歌，奶奶唱过。只是记不全了。

尤拉　（从兜里掏出一张纸，看着）不，这里没写这些。（朗读）"市民在访问期间保持沉默。不要加入到对话中，不要打断导游。市民的举止要符合自己那个历史时期的规则。坚决禁止饮用含酒精的饮品。"

奥莉娅　那可以微笑吗？

尤拉　（看着那张纸）也没说这个。大概，不需要吧。

奥莉娅　可你还说容易呢。

尤拉　（起身）你知道吗？今天是第一天。我想了下，还是不往这里拉游客了。下次吧。我们先看看其他人是怎么弄的。

奥莉娅　我可不可以不换回自己的衣服？我想习惯一下。

尤拉　可以，今天可以。好吧，不要一切马上就开始，我们再按古老的方式生活一天。

第十三场

　　　　罗曼坐在桌前，面前是一本打开的书。格娜在挑米粒。罗曼合上书望着窗外。

格娜　读不进去？

罗曼　读不进去。

---

①　阿拉·普加乔娃，出生于1949年，俄罗斯流行乐坛的著名歌手。

格娜　这书是写什么的？

罗曼　幻想文学。

格娜　什么？

罗曼　我不知道怎么解释。你读的时候很有趣，但你合上书，又说不出什么来。

格娜　你怎么变得完全无精打采的样子？你病了，儿子？

罗曼　我没工夫生病。

格娜　那你这是出什么事了？

罗曼　妈妈，我也许要离开这里。

格娜　（凝视着他）你这说什么呢？是这样啊，有意思。你是什么时候想出来的？

罗曼　妈，咱们正常地谈谈。我再也不能在这里继续生活下去了。我为什么待在这里？我还哪里都没去过呢。

格娜　你自己想出来的？

　　　　　〔他低下头。

　　　　你不说？我来说，谁把你脑子弄昏的。你说呀？

　　　　　〔他沉默。

　　　　你想什么呢？你以为，那里人家都在等着你呢？那里有什么人需要你吗？你知道怎样在一个新地方开始生活吗？

罗曼　我在这里又能怎样？

格娜　你在这里有房子，自己的房子。

罗曼　除了它我还能看到什么？

格娜　哎呀，你是一个怎样的傻瓜呀！你想在那里看到什么？你以为，那里都涂着蜂蜜？你去和克利姆谈吧，他会跟你说的。

儿子，他这个人可不是好惹的，啊？

罗曼　好吧，我能不能哪怕去尝试一下呢？我所有的时间都得在你身边活着？

格娜　（手掌用很大幅度的动作把米粒推到一边，停顿之后说）我只有你一个。莫罗佐夫家愿意做什么就做什么，只是让他们自己家人去做。你得在这里生活。只要我一死，哪怕你到处跑都行。现在你得在这里。就到此为止吧。

罗曼　（大声啪地合上书）好吧，那我要结婚。

格娜　我让你结……

罗曼　总之，你想想吧。（跳起来，很快地走了，在门口撞上了克利姆）

克利姆　你们这是怎么了？

格娜　克利姆，你不希望我们有什么坏事吧？

克利姆　你怎么这么说？

格娜　我替罗姆卡担心。他要离开这儿。这是那个混账挑唆的。

克利姆　哪个混账呀？

格娜　瓦利卡·莫罗佐娃。

克利姆　哦……

格娜　"哦"是什么意思？

克利姆　什么地方有过这种事。

格娜　克利姆，我不能没有罗姆卡。你知道的。

克利姆　那能怎么样？说不定他在那里一切都很正常呢？

格娜　克利姆!!!（重重地喘息）他哪儿也不能去。你懂吗？

克利姆　（点头）我去广场看看。那里今天是五一游行。

格娜 哪儿也——不许——去。

克利姆（准备离开）我理解你，妹妹。别难过，他不会离开你到任何地方去。（走出去）

　　〔格娜用手掌机械的动作把米粒又扒拉回原处。

第十四场

　　在教堂旁边的广场上有几个穿着一百年前的旧式服装的市民。沃龙科和切尔诺维茨基挑剔地端详着这些"乔装打扮"的人们。

沃龙科 怎么样，好像所有的人都到了？

切尔诺维茨基 都到了。

沃龙科 车什么时候来？

切尔诺维茨基 半小时之后。

沃龙科 夏里亚宾那里怎么样？

切尔诺维茨基 基本准备好了。马上就要开始。他，该死的，把鞋子忘家里了，得穿着凉鞋演唱。

沃龙科 第一次就这么着了。以后都要按规则来做。

切尔诺维茨基 印刷厂打电话了，日历周一就会印好。四种都会印好。

沃龙科 这太好了。再过一周这里一切都就绪了，我们就可以离开了。

　　〔从花园里传来经过扬声器扩大了的"船夫曲"的声音。

好像一切正常。

切尔诺维茨基　好吧，别说，还真是夏利亚宾……

沃龙科　你懂这个？

切尔诺维茨基　我妻子喜欢他，我有时候和她一起去。这样慢慢地就开始懂了。

沃龙科　我除了维索茨基什么也听不了。从童年时候起就这样。咱们离开这里到暗处去吧。真是一点力气也没有了……

　　〔瓦利娅和罗曼向他们走过来。

瓦利娅　所有人都就位了。还要等很长时间？

沃龙科　我们稍微等一会儿。瓦利娅，我们再确切一下，一个小时在城里，一个小时到各家。哪里也别耽搁。

瓦利娅　没问题。那个三明治的事儿也别担心。都准备好了。

沃龙科　噢。那怎么样？我们开始吧？谢廖日，我们走吧，去和电工结账。你，瓦利，再把这些人巡视一遍，别出什么事。开工，同志们。

　　〔瓦利亚和罗曼朝一个方向走去，沃龙科和切尔诺维茨基走向另一个方向。

　　"乔装打扮"的托利爷爷抽着烟，靠在教堂的围墙上。克利姆向他走过来，手里拿着瓶啤酒。

克利姆　托利大叔，你好啊！

托利爷爷　（阴沉地）你好！

克利姆　托利大叔，你可真是盛装打扮呀，简直气都喘不上来了。你，大概，也只是在婚礼上这样打扮过。

　　〔托利爷爷阴沉地不说话。

　　这衣服怎么样？什么地方都不觉得勒得慌吗？你能坐得
　下来吗？

托利爷爷　走开，该去哪儿去哪儿。

克利姆　我就是要到这儿来。要知道我也是这个，怎么叫来着？
　市民。是的，确实，我穿的是自己的衣服，但我不拒绝加入
　集体中。大家都在娱乐，那我也娱乐。托利大叔你说，你是
　要一直站在这个地方吗？要是突然想撒尿呢？或者市民们都
　得忍着。

托利爷爷　离开这儿，法西斯。

克利姆　你说"法西斯"？你回过身去。看看那里。看到纪念碑了
　吗？你知道，这是给谁立的？你知道，我老爹也知道，还有
　五个人。谁真正了解它的意义。你可以随便说我什么。但那
　时你没有垮掉，可现在完了，你只看到钱，你已经准备甚至
　把囚号挂在脖子上。你这是什么，这不是被占领了？

托利爷爷　（剧烈地把烟头扔向一边）你听着，小崽子，婊子……那
　时候，你知道我是为什么而战吗？

克利姆　为什么？

托利爷爷　是为了你能……为了你能……

克利姆　为什么？

托利爷爷　从这儿滚！（转身背对着他）

克利姆　是的，我会走的，可你得留在这站着。

托利爷爷　（转过身）你想让我和所有的人一起躺着吗？你这狗杂
　种，我经历了整个战争。你知道，我为什么能活下来吗？因
　为我想活着，非常想！就是现在我也想！可是你，小崽子，

你凭什么责怪我？你知道，这是怎么回事吗？你因为我曾为你做过的一切给过我哪怕是任何什么东西吗？

克利姆　等等，等等。你平静点，只是平静一点。你是说，也许，确实，一切还可以更好是吧？是的，那样现在人们就可以喝着德国啤酒，你也可以领着德国马克退休金了？好吧，那样的生活有什么不好的，啊？

托利爷爷　哎呀，你这个狗杂种！（脸色变白，靠到围墙上，用手按住胸口）

克利姆　（关切地）这是怎么了？心脏不舒服？

托利爷爷　（小声，透过牙缝里说到）走开！法西斯……

　　　　[瓦利娅和罗曼向他们走过来。

瓦利娅　托利爷爷，您怎么了？

克利姆　帮助他站起来。

　　　　[克利姆和罗曼扶着托利爷爷从围墙那儿站起来。

托利爷爷　（皱着眉头，向前走了一步）我这个……我回家了。

瓦利娅　好的。如果您不舒服，就回去吧。我给您登记一下。

托利爷爷　你不明白。我彻底回家了。这些衣服你以后过来取走。尽管，这算怎么回事？这里大家都认识我。要知道在这里我……

　　　　（从头上把衬衫脱下来，把它扔给瓦利娅，走了）

瓦利娅　发生什么事了？他怎么，喝醉了？要知道已经和所有的人讲过了，这样是不行的。

克利姆　（对着罗曼）我们之间得认真地谈谈。非常认真地。

罗曼　能不能别现在呀？

克利姆 可以。（沉默地看着瓦利娅）你妈妈过得怎么样？

瓦利娅 谢谢，很好。您呢？

克利姆 （停顿之后）我？比大家过得都好。你完全长大了。

瓦利娅 别人的孩子总是长得快。

克利姆 这倒是。为什么你只戴了一只耳环？

瓦利娅 现在这样时髦。

克利姆 好吧，年轻人，你们那里怎么样？你们的动物园什么时候开始？我正想看看游客呢。

瓦利娅 克利姆叔叔，您说，您不会现在妨碍我们吧？咱们能不能太太平平地过去呀？

克利姆 瓦利娅，你想不想我再给你买一只这样的耳环？这样有点不美观……

瓦利娅 您保证，您不妨碍我们。

克利姆 我保证。就这样，我走了。你们的游客来了。

　　［驶进广场的汽车的声音。

第十五场

　　莫罗佐夫家。奥莉娅坐在桌旁，傻瓜阿廖沙并排坐在她身边。在他们面前的桌子上放着一本大大的打开的书。

奥莉娅 你看，这是些不同画家的画儿。这本书还是我上中学的时候别人送的。也给你父母送了这样的书。给全班都送了。这是世界上最好的画。最著名的。你看这个，我记得叫作……你看这里写着呢，静物写生。这就是把一大堆东西都放一块儿。

　　这美吗？

　　［阿廖沙点头。

　　我过去看着这幅画，就想应该是这样吗？ 17 世纪，梨子和我们的一样。整个画都是裂痕，因为它很老了，也因此更有价值。可是我们却相反——新的冰箱，新的鞋子。可那里却是这样。这点让人很难理解。

　　［门口儿出现了克利姆，他走进房间，坐在奥莉娅对面。他们沉默地望着彼此。

　　你这么做也没用。你走吧，现在还不晚。

克利姆　晚了。我哪里也不去。就这样，别说了。

奥莉娅　要是我恳求你呢？

　　［克利姆摇头。停顿。阿廖沙在翻阅画页，举起书，高兴地给克利姆看。画上是一个裸体女人像。

克利姆　（点头）很美。

奥莉娅　我以为你已经平静下来了。你在那里似乎结了婚。

克利姆　似乎是这样。

奥莉娅　你听我说，过去的已经过去了。你明白吗？是的，我也是活人，犯了错。难道我的一生都要因此而受折磨吗？如果你爱我，就请你让我安宁。

克利姆　那我呢？

奥莉娅　这我无所谓。

克利姆　或许，你是认真的。

奥莉娅 就是，就是。你看，你开始理解了。

　　［阿廖沙把另一幅裸体女人的画给克利姆看。

克利姆 我做不到。

奥莉娅 可是应该这样做。有人得为这件事负责。你是男人，就应该是你。

克利姆 我怎么没生成个女人呢！

奥莉娅 你就高兴吧。

克利姆 奥莉娅。（向她伸过手去）

奥莉娅 别这样。让我们把这件事……好吧，反正一样，不会有结果。你怎么就不明白呢？为什么你那么固执呢？好吧，我不爱你。你懂吗？我不爱你。

克利姆 这我可无所谓。

奥莉娅 可我不是无所谓。我想要平静的生活。要是你知道，我为这一切多后悔就好了。

克利姆 （起身，微笑）好吧。

奥莉娅 （回以微笑）只是别说，我会后悔。

克利姆 我不说。不过万一你后悔了？

奥莉娅 那我自己忍着。

克利姆 好吧，再见。

　　［阿廖沙突然用很大的声音啪地开关画册。

奥莉娅 （颤抖着）你去死吧！上帝原谅我吧。

　　［尤拉走进来。站住，惊慌失措地看着克利姆。

尤拉 真没想到呀。

克利姆 我理解。这个你想到了吗？

〔克利姆猛地用力把尤拉打得摔倒在地。奥莉娅跳了起来。克利姆走了。

尤拉　（站起来，用手扶着颧骨）今天人家让我监督别打架……别纠缠游客。这个怎么说来着？不要有过激行为。那里我倒是能监督好，家里却不行。在自己家里。

奥莉娅　他以后不会再来了。

尤拉　总之，他以后再也不会在这里出现了。他不会在城里出现了。

（走到桌边）

〔阿廖沙高兴地把下一个裸体女人的画给尤拉看。尤拉盯着妻子，慢慢地握紧拳头。

奥莉娅　（平静地）他可是把你痛快地打了一顿。

〔他松开手指。

第十六场

傍晚。音乐在演奏。罗曼站在俱乐部大门前的台阶上抽烟。台阶上放着一大束花。喝得烂醉的帕什捷特出现了。

帕什捷特　你听见了吗，兄弟，我怎么也弄不明白……你是……本地人还是游客？

罗曼　什么意思？

帕什捷特　这有什么可问的？

罗曼 那你读诗吗？

帕什捷特 你说什么？

罗曼 你喜欢诗歌吗？好吧，你尊重诗歌吗？想不想，我给你读
一首？

（熄灭香烟，读诗）

蓝色天空下的一小片土地。

空气清新却并不甜腻。

犹如嘴唇上沾满的面包碎屑，

灯光和星星是天空的眼睛。

〔帕什捷特停止摇晃，用手扶着栏杆。

你懂吗？天空的眼睛。

帕什捷特 （打着嗝）苏联共产党①。

罗曼 这已经押韵了。好样的。

帕什捷特 你怎么，不害怕了？

罗曼 完全不怕了。

帕什捷特 （很困难地咽了口唾沫）小崽子……走开。我有约会，
你别再给我破坏了画面。

〔米沙用快速的、运动式的步伐走到了台阶跟前，边走边
狠狠地打了帕什捷特一下，因为这一击帕什捷特摔到了台阶
外面。

米沙 （伸出手来）你好，罗姆卡。

罗曼 你好。

---

① 单词苏联共产党的发音与诗歌里的天空发音押韵，此处只是醉鬼帕什捷
特信口说来配合诗歌的韵律，并不强调词汇的具体含义。

米沙　最近怎么样?

罗曼　没什么,一切正常。

米沙　你想一直就这样下去吗? 头上是平静的天空?

罗曼　你解释一下,你这是……

米沙　我给你解释一下。你,简而言之,以后别再和瓦利娅交往了。只是别多问了。你听我的。要知道我现在是很平静地和你解释。我本应该是以其他方式的。好吧,你看上去应该明白我的意思了。(从台阶上拿起花束,扔到了台阶外)就这么回事,小孩儿。我想,这件事就到此为止了。

罗曼　为什么?

米沙　我们这样好不好? 我现在转身就走。你也别说一句话。

罗曼　开始时是说话的。

米沙　现在不行了。(转身消失在黑暗中)

　　　[帕什捷特从台阶外面四肢着地地爬起来,全身都撒满了花束里的花。

帕什捷特　(傻眼地看着罗曼)这是怎么了? 发生什么事了?

罗曼　(并排地蹲在他旁边;小声地说)嘘……我不能谈话。你明白吗?

帕什捷特　为什么?

罗曼　我很快就会知道。

帕什捷特　你不害怕了……

罗曼　好像,并不是这样。

第十七场

　　莫罗佐夫家。奥莉娅和瓦利娅坐在桌子旁边。奶奶
在看着不出声的电视，阿廖沙并排坐到了她身边。

瓦利娅　是不是我们该收拾桌子了？父亲怎么没回来？

奥莉娅　他今天要在商店过夜。

瓦利娅　怎么突然想起在商店过夜了？

奥莉娅　他想这样。

瓦利娅　发生什么事了？

奥莉娅　瓦利娅，我已经告诉你了。他想这样，那就让他去。

瓦利娅　明白了。你们吵架了。

奥莉娅　没什么可怕的。他在侧房睡睡，思考思考生活。你最
　　　　好和我说说。这个博物馆的主意，它确实能给我们带来好
　　　　处吗？

瓦利娅　妈，你怎么啦？我们的整个生活都会改变呀。它会变成
　　　　另一个样子。

奥莉娅　确实是。

瓦利娅　要知道这只是开始。

奥莉娅　啊呀！

瓦利娅　你会习惯的。你难道不喜欢吗？

奥莉娅　我不想这样。就是不想让别人到我们这儿来参观。

瓦利娅　好吧，你要明白，这就像是那样的一个游戏。正如从前

人们说的"人们不会为了被看一眼而收钱"。可现在你收钱。那有什么不好的吗？

奥莉娅　我总是自己这样感觉。就好像我是那样一幅画，整个布满了裂痕。对于这些人来说我们算什么呢？

瓦利娅　那对我们来说他们算什么？

奥莉娅　他们的眼睛里，你懂的，有那种……他们觉得有趣，可这让我觉得恶心。

瓦利娅　这又不是每天这样。你看电视里那些人整天整夜地拍摄。他们怎么洗澡，还有其他的。可我们这只是人来了，打打招呼，笑笑就走了。

奥莉娅　我从未想过，我们会有这样的博物馆。过去结束了工作我总是急着回家，回来，关上门就完事了——很安心。可现在总好像有什么被别人拿走了似的。

瓦利娅　妈妈，你别乱想了。我们还能怎么样？这个商店，怎么，能挣很多钱？看看周围吧，一切都改变了。你自己也想让我留在这里，不离开。你也替我想想。我是揪着牛尾巴呢，还是干点正事？

奥莉娅　确实是这样。你很满意。

瓦利娅　不然呢。总之我有些很大的计划。我打算在这里生活。

奥莉娅　我正想和你说这件事呢。要不，真的，你离开这儿吧？

瓦利娅　哎呀呀，你可真是的。我怎么一点也搞不懂你。一会儿这样，一会儿那样。

奥莉娅　要知道时间在过去呀。再有几年，你就像我一样了。你想想吧。

瓦利娅　妈，你怎么对自己的生活不满意？

奥莉娅　有什么好的吗？我也曾经有过一些梦想。但那是另一个时代。当时我想，一切都来得及。

瓦利娅　你想来得及做什么？

奥莉娅　唉，算了吧，都是愚蠢的想法。

瓦利娅　不，你说说，你想飞向宇宙？

奥莉娅　想啊。（用头指向阿廖沙）我和他的母亲坐一个桌儿。她是那么可笑。每一个作文，任何题目她都要这样结尾——"等未来到来时，我要和奥莉娅一起飞上火星。"总是让她重写作文。

瓦利娅　我还以为，给我取这个名字是为了纪念曾祖母呢，原来是为了纪念捷列什科娃①。

奥莉娅　我想让你和米沙比我们过得好。想要你们好，因为我们已经不可能了。但我又担心，这会更难。

瓦利娅　你别乱想了。人应该知道，他想从生活中获得什么。

奥莉娅　你打算成家吗？

瓦利娅　当然。

奥莉娅　（松了一口气）好吧，感谢上帝！

瓦利娅　我清楚地看到了，你和父亲生活得怎么样。

奥莉娅　我们生活得很好。

瓦利娅　啊哈。不能更好。你们现在简直就是关系危机了。我是这么想的，你们应该到什么地方旅行一次。比如去埃及。这

---

①　瓦莲京娜·弗拉基米罗夫娜·捷列什科娃，出生于 1937 年，世界第一名女航天员，苏联英雄，苏联空军少将，人类历史上进入太空的第一位女性。

个现在是最一般的，也不贵。等这里一切就绪了，我和米沙自己就能行了，你们就去吧。

奥莉娅　能一切就绪吗？

瓦利娅　哎呀，你够了。你总是这样，一会儿什么都不好，一会儿又好了。现在生活是这样的，一切都取决于人。他自己为自己做出了怎样的决定，事情就会怎样。

奥莉娅　也就是说，你一切都决定了？

瓦利娅　那又怎样，光动动嘴吗？你自己也说了，时间在过去。

　　　　［奥莉娅走到窗户旁，望向一片黑暗。

　　　　你放心。一切都会好的。你想不想和父亲一块儿出去？

奥莉娅　我自己去。怎么有股烟味儿。没什么，好像什么东西烧着了。

瓦利娅　有人在烧草吧。

奥莉娅　不，要是像烧草的味道，我会很清楚的。这个不太经常有。这一生中有过三次。什么地方着火了。

第十八场

　　　　莫罗佐夫家的商店就要烧光了。全身满是烟灰的尤拉蹲在地上，眼睛盯着火光，不肯移开。身后出现了略带醉意的托利亚爷爷。

托利亚爷爷　噢，怎么了?! 祝你节日快乐，尤里安德列耶维奇！多么美的景象呀，啊！

〔尤拉没有反应。

我终于等到这一天了。哎呀，我等这天已经等很久了。到底还是有人这么做了。真是好样的！一切就应该这样。法西斯分子，你就高兴吧。我等了很久。"我们要尽量使这一天快点到来。"看来，不是所有的人都没有良心。"就像在熄灭的篝火中煤炭在燃尽。"

尤拉 （平静地）那你现在到哪里去弄伏特加喝呀？

托利亚爷爷 这不关你的屁事，法西斯。我会弄到的，可你现在完了，只能是光着屁股啦。不能再往上爬了。

〔尤拉沉默不语。

每个人都会发生这样的事。不应该靠别人的痛苦赚钱。这样一切就对了。这是按照我们的方式。好啦！你他妈蹲着吧，烧吧。（离开了）

〔沃龙科和切尔诺维茨基走到了尤拉面前。

沃龙科 真的，我们非常遗憾。

切尔诺维茨基 可能还是电线引起的吧？

〔尤拉慢慢地摇头。

沃龙科 您确定地怀疑什么人吗？

〔尤拉点头。沃龙科和切尔诺维茨基交换了一下眼神，走到了一边。

沃龙科 婊子，就差这种事啦。

切尔诺维茨基 我觉得是电线。

沃龙科 真该死。再过两天我们就必须交方案了。你看这又出了这么个事儿。

切尔诺维茨基　叫警察吗？

沃龙科　不用。无论如何得把这事压下去。我们只剩两天了，以后哪怕他们彼此把对方杀了我们也不管了。

切尔诺维茨基　应该打电话让人运点啤酒和矿泉水来。

沃龙科　让他们再找顶什么帐篷来，得把这些盖住。

切尔诺维茨基　我们会超出预算的。

沃龙科　我们一定能找到办法。现在最主要的是要撑到交方案的时候。我有过预感。还是第一次看地图的时候，脑袋就开始疼，一直到现在。

切尔诺维茨基　这是因为空气的缘故，尽管现在也该适应了。

沃龙科　真想把周围这一切都炸掉，让它们见鬼去吧。

切尔诺维茨基　啊哈，只是把这条河留下来。

沃龙科　不，把它全毁了。这样更踏实点。

　　　　［瓦利娅、米沙和奥莉娅出现了。

奥莉娅　尤拉，我们回家吧。

　　　　［他蹲着，一动也不动。她无助地看着女儿。

瓦利娅　（走到父亲跟前，碰着他的肩头）爸，已经没什么办法了。我们回家吧。

尤拉　（站起来，看着自己的家人）孩子们，要知道这原本是一个很好的商店是吗？是的，当然它不大，但很好。如果需要点什么东西，请吧，什么都有，我还想进点化学用品。是的，想出售各种各样的化学用品。除臭剂呀，颜料什么的。没来得及，否则现在什么也剩不下了。好歹没有更糟糕。你们看我干什么？你们怎么不说话？婊子，十年了。要知道，我总是到这里……明天我到哪里去呀？要知道我早晨起来就马上到这里来了。现在怎么办？我醒来为的是什么呢？十年了。（对着瓦利娅）你那时刚十岁，米什卡八岁。我甚至没注意到你们是怎么长大的。我所有时间都待在这里。但我是为了你们做这一切的，我要这些干什么？我不需要这些！我为了自己什么都不需要！什么都不需要！

　　［米沙走到父亲身边，试图拥抱他。

　　（他躲开了）奥莉娅！你怎么不说话？好吧，你说点什么吧！明天我们做什么？你是个聪明的女人，你说！明天应该做什么？

瓦利娅　（走到父亲跟前）我们离开这儿吧。人家都看着呢。

尤拉　人家都看着呢？狗杂种，他们把什么都拿走了！（解开衬衫，脱下来，扔到地上）给，婊子，把什么都拿去吧！（开始解开裤子）我把什么都给别人！

　　［米沙抓住他的双手，瓦利娅给他把裤子系好。

　　（沉重地喘着气）奥莉娅！这样更好吧？你看这样更好吧？我们现在就要这么生活了。

奥莉娅　一切都会好的。

尤拉　可我知道，这是谁干的，你也知道。我们现在什么也干不成了。

　　奥莉娅从地上拣起衬衫，打算给丈夫穿上。

　　（从她的手里抢过衬衫）我自己穿……人家都看着呢。

第十九场

　　夜晚。沃龙科和切尔诺维茨基走到房子近前。

沃龙科　终于回来了。这么好的夜色，不想进去。要不我们在外
　　边抽会儿烟？

　　　　[他们坐在大门口的台阶上，掏出香烟，抽起来。

　　你听我说，我们去喝点酒吧？

切尔诺维茨基　你不能喝酒。

沃龙科　这种日子有多长时间了？我已经坚持有一年了。

切尔诺维茨基　以前呢？

沃龙科　总的来说没停过酒。那里工作就那样，无法避免。当我
　　离开管理局的时候，马上肝呀，心脏呀，一切问题都显露出
　　来了。好吧，我们今天就喝一次。今天应该喝酒。

　　　　[黑暗中出现两个身影。这是克利姆和萨沙。一个人站到
　　沃龙科对面，另一个站到切尔诺维茨基对面。

克利姆　晚上好。

沃龙科　啊……祖耶夫先生们。晚上好，晚上好。为什么你们没
　　出现在火灾现场？要知道整个城市的人都聚集到那里了。为
　　什么我在那里么没发现你们？

萨沙　去观看别人的痛苦可不好。

　　　　[停顿。

沃龙科　不知为什么我觉得，你们是想通报点什么事情。很重要

的信息。对双方同样有益的信息。在此种情况下就有了一个
机会，会面将在友好的气氛中进行，双方将会达成互相……
互相……该死的，……简而言之，伙伴们，我很高兴，我们
见面了。

萨沙 我们也是这样。

克利姆 （走过来逼近沃龙科）伙计们，收起你们的戏台子。好好
地收拾。等明天白天我去广场上，那里要像从前一样，一个
人都没有。这就是我们的愿望。

切尔诺维茨基 如果不这样呢？

克利姆 我会坚持到底。这里住的是人，不是小丑。这里不能变
成马戏团。

萨沙 这里不是你们的莫斯科。

沃龙科 这我马上就看出来了。我还要多说一句——这里永远也
不会是莫斯科。你们知道为什么？

克利姆 为什么？

　　　　［停顿。

沃龙科 伙伴们……我们走进了死胡同。

克利姆 你还没有回答。

沃龙科 就和我说一件事。我怎么也不能明白。有人给了你一块
面包，你就拿着，别出声嚼得了。好吧，我理解，所有的问
题都在于骄傲，但你就静静地拒绝，然后走开，让其他人拿
着。他们有什么错呢？好吧，你不想吃饱——那是你的问题。
其他人想，不应该替他们做决定！我说得不对吗？

克利姆 我们说得太多了。（做了一个动作，好像要给他整理衬衫）

沃龙科　（平静而强硬地说）别动！

克利姆　（垂下手）明天白天我去广场，一切都要像从前一样。我不多说了。我们走，萨什。

　　　〔克利姆和萨沙转身要离开。

沃龙科　站住。

　　　〔他们停下来。

　　　现在该听我说了，你很有原则。我过去是军官。"过去的"这个词我不喜欢。我这辈子还没失手过呢。不是你，是我要坚持到底。但愿你别迎面碰到我，我捏死你。

　　　〔克利姆和萨沙交换了一下眼神。

萨沙　认真的男人。

克利姆　我们能活到早晨不？

萨沙　（耸耸肩）鬼知道。

克利姆　说的就是这个呢。

　　　〔克利姆和萨沙走进黑暗中。切尔诺维茨基用安慰的动作扶住沃龙科的胳膊肘。

沃龙科　（颤抖着）别动。

切尔诺维茨基　我们走吧，去喝点酒好吗？

沃龙科　（出人意料地高兴了）你听我说，头疼过去了！生活正在就绪。这就是及时与人交流的好处。

切尔诺维茨基　这不是人，是畜生。

沃龙科　你说，你是哪里出生的？请原谅，以前怎么没了解过呢。

切尔诺维茨基　布拉戈维什斯克。那里很美。

沃龙科　我们就为它喝一杯。也为了我的列琴斯克。这么说吧，

067

为了我们的家乡。后天我们就坐上车回家了。我很久没这么想过家了。

第二十场

　　[夜晚。罗曼坐在俱乐部的台阶上。瓦利娅出现了。

瓦利娅　你好，诗人！

罗曼　你好。

　　[瓦利娅和他并排坐下。罗曼漠然地望着旁边。

瓦利娅　（用胳膊肘捅他的肋侧）我怎么，要自己吻自己吗？

罗曼　你可以试试。

瓦利娅　喔，发生什么事了？

罗曼　我和米沙谈过话了。我们不应该再约会了。否则我就完蛋了。

瓦利娅　这样啊。详细说说。

罗曼　总之，就这么回事。

瓦利娅　你怎么样？同意了？

罗曼　那又能怎么样？

瓦利娅　你怎么，是认真的吗？

罗曼　（避开瓦利娅）瓦利娅，你可真让我惊奇！还能怎么更认真呀？我为了你还得每次都挨打吗？不过，顺便说一句，我的脑袋可是很脆弱，我小时候什么病没得过呀。得过脑膜炎、麻疹、腮腺炎……

瓦利娅　对，对。你就是个猪①。

罗曼　那你就是猪的女朋友。那你也不错了。

瓦利娅　这是因为父亲。我们家现在……

罗曼　我知道。

瓦利娅　简直就像那讨厌的剧本里一样。

罗曼　你为什么不喜欢剧本？

瓦利娅　反正觉得和生活不一样。

罗曼　它像什么我无所谓。对我来说，最主要的是你别吓着。

瓦利娅　那你呢？

罗曼　和你在一起我什么都不害怕。

瓦利娅　那不管怎么说还是害怕喽？

罗曼　这取决于你。

瓦利娅　罗玛，你知道吗？对于女人最主要的是什么？

罗曼　我知道。最主要的是别人爱她。

瓦利娅　是这样。但最主要的是夜晚和一个人走在街上什么都不害怕。你明白吗？

罗曼　就这些？

瓦利娅　这是主要的。其他的都是后面的事情。你能做到吗？

罗曼　这很简单呀。如果你想要的话，当然，我能做到。

瓦利娅　这不简单，罗玛，这非常不简单。天哪，你真是个傻瓜呀。

罗曼　所以我诚实地把脑膜炎的事也说出来了。

瓦利娅　好吧，现在你能吻我了吗？

---

①　俄语里"猪"的指小表爱的单词和单词"腮腺炎"相同。

罗曼 （用低沉的声音说）好吧，来吧。

瓦利娅 （模仿他）好吧，挨打吧。

〔他们笑着，亲吻着。

第二十一场

沃龙科和切尔诺维茨基坐在大门的台阶上，手里拿着杯子。

沃龙科 这酒可真是没得可比的。那么柔和的感受涌来。哎呀，真好。

切尔诺维茨基 您是爱好者。

沃龙科 现在是的，爱好者，从前可是职业饮酒者。我办公室里总有白兰地。一天一瓶就没了。下了班还要和同事喝。但那时候的人身体更结实些。

切尔诺维茨基 您后悔离开那里吗？

沃龙科 人们一般都不会离开那样的地方。

切尔诺维茨基 可我是遗憾没去那样的地方。工作很有意思。还有机会。

沃龙科 我有一个熟人要去以色列，那里他没什么亲戚。他是这样说的，"主要的是要从内心摆脱依赖"。而机会总是有的。

切尔诺维茨基 那我们就为这干杯。

〔他们碰杯，喝酒。

沃龙科 大概是老了，总想回家，没精力了。我要回家，和女儿去趟动物园。应该摆脱这些嘴脸休息一下。

切尔诺维茨基　这倒是真的。你怎么想的，关于这些事祖耶夫们会不会出什么问题？

沃龙科　你够了。他们是这样的，也就是嘴上说得狠。等临到事了，也就没那么大劲头了。应该整治下他们。狠狠地整治。这些人完全是不听话了。应该是教育加整治。就像我一样。我曾经很长一段时间一直和妈妈两个人一起生活，然后继父出现了。他是警察局的大尉。他调到我们市来，升职了。妈妈在法院做书记员，他们是在那里认识的。可我，怎么和你说的，从小完全是一个小混混。在街上逛，什么事情都干，吸烟，赌钱。一句话，就是个地痞。是的，就像周围所有这种人一样。但继父很快就使一切上了正轨。你看到我是怎么坐着的？你呢？我们当时坐下吃晚饭的时候，继父强迫我就这样用胳膊肘把两本书夹住，贴在身体上。而且还不能让书掉下来。他不知怎的会用一种特别的眼神看着你。好像很平常，但连你的屁股都会因此打哆嗦。他什么时候都不微笑，他会笑，但从来不微笑。母亲在最开始时就保证，他不会动我一个手指头，他也是一下都没打过我。不过不知为什么他就会那样看着别人。

切尔诺维茨基　您有时候也会那样。

沃龙科　这就是继父的影响。他教育的我。

切尔诺维茨基　他还活着？

沃龙科　是的，在母亲之后他还有过一个家庭。那个家里的孩子都完全成年了。到了适当的时候，就把他送到了养老院。一年前我到他那里去过。他完全衰弱了，但还能支撑着。我们还回忆起了号牌的事情。

切尔诺维茨基　什么号牌呀？

沃龙科　当时我们的房子门上用颜料画了个门牌号。在商店卖鞋的地方挂着那种铁的号码。四十三码正好是我家的门牌号。于是我把它揪下来了，回到家里，把它钉到门上。我想，他们马上就回来了，并且会感激我。"你从哪儿弄的？摘下来，还回去。"就这样我走在大街上，心里在翻腾。在商店旁边转了三个小时的圈儿。还是怎么也下不了决心。但无论如何回去是不行的，我甚至不能对他说谎。没用。他只要那样一看我，就完了。简短地说，我进去了，把号牌交给了售货员。售货员冷淡地拿过去过号牌。而我跳到街上，是那么幸福！甚至唱起歌来。这不知怎么的，大概是我童年里最鲜明的画面。于是我们一起坐在街心花园的时候，我给他回忆起这件事。可他说，他也清楚地记得这些。原来，他一直跟着我，看着我怎么围着商店转圈儿，怎么从那里出来。他还说，当他看到，我是那么高兴的时候，他就想："我有一个好儿子。"并且，你知道，当时在我的记忆中他第一次微笑了。我甚至觉得可怕。来吧。（自己喝酒，没有等切尔诺维茨基）所有的人都是可以教育的，没有教育不好的。只不过是应该给人讲清楚，这是他应该做的。有时，确实，不得不当众做。可怎么样呢，如果没有时间的话，要寻找对待每一个人的合适方法吗？

切尔诺维茨基　可真是没有时间。我们只剩一天时间了。

沃龙科 没问题。我们按进度表进行。

切尔诺维茨基 那我就为这个干了。（喝酒）

第二十二场

祖耶夫家。克利姆和萨沙坐在桌前。格娜望着窗外。
在桌上克利姆的面前放着用报纸盖着的一些什么东西。

克利姆 怎么样？我们开始吧。

萨沙 （看着表）这样，等一下，等一下。来吧。

〔克利姆把报纸扔到地上。在桌子上放着拆开了的冲锋
枪。克利姆闭上眼睛，开始组装它。几秒钟之内冲锋枪就装
好了。

很标准。

克利姆 要证明的就是这个。

格娜 小伙子们，我恳求你们……克利姆，你说过，把它送警察
局去了。

克利姆 我正送的时候，改变了主意。那又怎么样？这东西有用，
鬼知道，前面等着的是什么日子。

格娜 可我这个傻瓜，还相信你了。

克利姆 说够了，啊？谁也没打算打死谁。

萨沙 我们甚至都不拿子弹。只是让这些败类看看，谁是这里的
主人就行了。

克利姆 这里的主人是我们。或者有人有其他的看法？

萨沙 不可能有其他的看法。

格娜 是这样，好了，我走了。

克利姆 去哪里？

格娜 去约会。

克利姆 好吧，去吧，去吧。

萨沙 转达我们的问候。

　　　〔格娜离开了。

克利姆 狗杂种，我不能平静。过去的军官。

萨沙 他是文职。常用的虚张声势的手法。

克利姆 不是。他的肩膀是军人式的。只是从眼睛看出……他没打过仗。我在任何人群里都能找出自己人。多少次我找自己的同伴，一次也没弄错过。

萨沙 我拿个扁斧。你听我说，要知道在顶上阁楼什么地方放着一把刺刀，你还记得吗？

克利姆 记得。我还把格恩卡·玛丝洛夫的大腿给扎破了。

萨沙 可我却挨了打。

克利姆 不应该告密。

　　　〔罗曼走进来。克利姆急忙用报纸把冲锋枪盖住。

罗曼 你们怎么不睡觉？

克利姆 我们有事。你听我说，你放点音乐，那种……战斗的。

萨沙 要让血液沸腾。

　　　〔罗曼耸耸肩。打开了录音机。演奏起音乐。

　　　这是什么？这是什么歌曲？

克利姆 这连乞丐都被鼓动得想入非非了。

罗曼 开始了。你们自己唱点战斗的歌曲。我去睡觉了。(关上录
  音机走了)

  ［萨沙和克利姆站起来。

克利姆 兄弟，怎么样？我们去和男人们交流交流？

萨沙 他们要突然打人呢？

克利姆 你是个男孩还是个姑娘？

萨沙 啊哈，你倒是感觉好，你个子那么高。

克利姆 也就是说，你就像个姑娘一样在家坐着吧。

萨沙 不，我和你一起。

克利姆 你要是向父母告密，我打死你。(向萨沙比画拳头)

萨沙 我立下男孩子的誓言。

  ［两人笑着。

第二十三场

　　沃龙科和切尔诺维茨基坐在台阶上。他们的对面站着尤
拉，手里拿着一瓶伏特加。

沃龙科 你来找我们，这做得很对。

切尔诺维茨基 我马上去拿杯子。(回屋子里)

沃龙科 你坐吧。

  ［尤拉并排坐下。

　　好吧，心情怎么样我就不问了。你知道，我也有过类似
的经历。但还是和这不能相比，而且那时候我还完全是个年轻

人。你好像也不是青年人了，还要从零开始，你能做到吗？

尤拉　不能。

沃龙科　好吧，那是你现在这么说。你这一切都能过去。你现在一切都是这样的。（用手做手势）得稍微等一等。

　　〔切尔诺维茨基拿着杯子回来了。

沃龙科　（打开瓶子，倒了几乎一整杯酒，递给尤拉）拿着。来让我们喝一杯，您知道为了什么？为了能有力量一切重新开始。就这样，从空地开始。这会区分出男人和其他人。来吧。

　　〔他们喝酒。

　　（深深地吸一口气）多么好的空气，都可以吃了。刚习惯，就该走了。

切尔诺维茨基　休息日的时候可以再来。

沃龙科　非常感谢，不必啦。

尤拉　可我想问一下。如果我……就是说我能在莫斯科找到工作吗？

沃龙科　我想能。

尤拉　你们能帮我吗？

沃龙科　抛掉这个念头吧。马上就一切就绪了。额外又多准备了四个旅游团。你在莫斯科能干什么？搅拌水泥吗？在这儿生活吧。你是一个很好的组织者。

尤拉　我的表爷爷在德国人在的时候当过班长。

沃龙科　那怎么样？

尤拉　没什么。

切尔诺维茨基　我的爷爷是个投机分子。他一大家子有八个人，所有人都活下来了。他没打过仗，一辈子都在仓库旁边转来转去。不是在自己的伙伴那里。我曾经为此有些羞愧，可后来明白了，他就是真正的英雄。八个人，全活下来了。

沃龙科　好像是这样。

　　　[克利姆和萨沙从黑暗中向台阶这里走来。

　　　伙伴们……

克利姆　原来酒会在这儿呢。哎哟，尤拉也在这里。正如所说的，我们不能从边上走过去。（从肩上卸下冲锋枪）

　　　[切尔诺维茨基和沃龙科交换眼神。尤拉不出声，在研究那个空杯子。

萨沙　男子汉们，怎么不说话了？

沃龙科　要不你们也和我们一起喝？好吧，这就像那种"和平的原子"？

　　　让我们现在一块儿喝酒，并且平静地谈谈？

克利姆　可你说，你是军官。这怎么理解？"我会坚持到底。"你说过的吧？那你现在就要为此负责。

　　　[沃龙科站起身。克利姆用枪筒指着他。

沃龙科　我负责。我为一切负责。好吧，你想从我这里听到什么特别的东西吗？

克利姆　想啊。你和我说，你是军官，你曾经什么时候这样站着过吗？

　　　（用头指向冲锋枪）你的一生中有过这种情况吗？

沃龙科　有过。有一次当着众人的面我们被人用军事工程用的小铲子逼住。

克利姆　你蔑视这个？

沃龙科　有点。

萨沙　跪下。

沃龙科　伙计们，这可太便宜了。

萨沙　要到时间了。

克利姆　给我们倒上伏特加。就这么爬着送过来。

沃龙科　如果不呢？

克利姆　听着，你这条公狗，你有家庭是吧？

沃龙科　都明白了。（转向切尔诺维茨基）请你去拿个杯子。在窗户旁边的床头柜里，它就在上边，是干净的。

　　　　［切尔诺维茨基望着克利姆，克利姆点头，切尔诺维茨基进屋了。

沃龙科　（慢慢地跪下）这是我这十年里最后一次这么做。我有个继父……

萨沙　闭嘴。

克利姆　尤拉，你也跪下。

尤拉　（抬起眼睛看着克利姆）我就这样坐着。

克利姆　萨什。

　　　　［萨沙走过来，打落尤拉手里的杯子，揪住他的后脖领子把他摔到和沃龙科并排的地方。

　　　　婊子，现在这一切都对了。这很稀有。真想一直这样。也许，说不定什么时候就会这样了。

沃龙科　你这个臭狗屎。

克利姆　你再说一遍？

沃龙科 臭狗屎。过去是，将来也是。婊子，你的幻想不会比用膝盖走的远，也超不过伏特加这点事。这是你的极限了。这一辈子你也想不出什么别的来。

克利姆 如果是你的话，你怎么办？

沃龙科 你听着，你是想要侮辱我们吧？达到目的了？是不是够了？

克利姆 这由我来决定。可我不打算着急这事。

　　　〔切尔诺维茨基从大门口走出来，一只手拿着杯子，另一只手放在身后。

萨沙 （对着沃龙科）倒酒。

　　　〔切尔诺维茨基用手枪指向克利姆。

　　你们两个一块儿。（揪住尤拉的头发把刺刀尖对准他的喉咙）

切尔诺维茨基 放下武器。

沃龙科 我能站起来了吧？

克利姆 不行。

沃龙科 小子，你在任何情况下都不会有什么好结果。

克利姆 那又怎么样？

　　　〔喝醉了的帕什捷特突然在黑暗中出现了。他停下来，不解地望着所有人。

帕什捷特 这是怎么回事，战争吗？

　　　〔所有的人由于出乎意料都颤抖了一下。切尔诺维茨基开了枪。萨沙的刺刀也捅了出去。

第二十四场

　　奥莉娅和格娜站在街上。莫罗佐夫家的窗户敞开着，里面传来瓦利娅和米沙的声音。

瓦利娅的声音　谁求你了？你干吗干涉我的生活？

米沙的声音　走开。

瓦利娅的声音　米沙，我严肃地和你讲，你以后别再干这种自大的事。你明白吗？

米沙的声音　可父亲对你来说也什么都不是？

瓦利娅的声音　你是和他一块儿这样决定的？

米沙的声音　是的，是我们。

瓦利娅的声音　现在明白了。现在你听着，我说什么。你不要动他一根手指。如果你敢试试，我把你的脑袋拧下来。这是其一。总之，你离他远点。我也会和父亲说，你不用怀疑。那你知道怎么回事了？

米沙的声音　怎么回事？

瓦利娅的声音　自己洗自己的盘子，就这么回事。吃完了，就自己去洗！我是你们的厨娘怎么的？就这样，够了！这也有父亲的份儿。总之就这样。

　　你们自己去洗涮，你们这些公羊！晚安！

　　〔可以听得见，屋子门啪地响了一下。

格娜　你的孩子们很好啊。

奥莉娅　再抱怨就是罪过了。

格娜　我总是羡慕你。有两个孩子的话，就不那么害怕了。如果不幸出什么事，反正还会剩下一个。

奥莉娅　你怎么不生个老二？

格娜　和谁生啊，奥莉娅？

奥莉娅　好吧，你要想生的话，就生了，不是这样吗？

格娜　那现在还说这有什么用啊？

奥莉娅　你想要吗？

格娜　你说呢？当然想要。孩子怎么也得有两个。他们还要继续生活下去。应该总是有可以去找的人，去拿一块面包。而不是找别人，是找自己人。应该有这样的有血缘关系的人。可我，真是个傻瓜……

奥莉娅　你不是傻瓜。

格娜　是傻瓜。奥莉，你别想着是我们家的人。克利姆和萨沙，他们不能做出这样的事。他们当然是傻瓜，但是这种事他们还做不出来。我了解他们。

奥莉娅　我都不知道该怎么想了。你告诉我……

格娜　你现在什么也别说。你别记恨我。我现在会离你们一公里远。我向你保证。

奥莉娅　你已经这样说过了。还记得吗？

格娜　记得。但这次是真的。请你相信我。

　　　　[阿廖沙在黑暗中走出来，拿着一束蒿草，把它递给女人们。

奥莉娅　你看，还等到了鲜花了。（拿起花束，把它分两份，一份给格娜）好吧，就这样，咱们走吧。再过来啊。

格娜 奥莉娅，我想，一切都会理顺的。

奥莉娅 你知道吗？我不知为什么也是这样觉得。现在真的是一切都会好的。

格娜 会好的，奥莉娅，一定会好的。

奥莉娅 好吧，回头见。

格娜 再见。

〔奥莉娅拉着阿廖沙向家里的方向走去。他们登上台阶随手关上了门。格娜把蒿草放到台阶上离开了。尤拉出现了，摇摇晃晃地向前走着，两个手掌扶住喉咙。整个衬衫都被鲜血染红了，他用最后的力气移动着，他坐到了台阶上，拿起蒿草堵住伤口，然后慢慢地向侧面倒下去。

第二十五场

白天。瓦利娅和罗曼在公共汽车站那里坐着。

罗曼 我听说了这么一件事。在阿索斯山①上有教士们在祷告。他们有这么一种祷告，叫作"每日守则"。是这样一种祷告，这个祷告能支撑世界，祷告持续一昼夜，教士们互相换班。几个世纪以来就形成了这种规矩，祷告要进行一昼夜，然后再重新开始。不久以前他们在一天之内完不成这个祷告了。过去都是认为，时间的物理大小是固定不变的，但是一天之内

---

① 阿索斯山，全称阿索斯山自治修道院州，希腊北部马其顿的一座半岛山，被东正教认为是圣山。

他们就是完不成了。谁都弄不明白是怎么回事。

瓦利娅　罗玛，你想说的不应该是这些呀。

罗曼　那你想听什么？

瓦利娅　我想在记忆里只留下好的东西。

罗曼　我爱你。

瓦利娅　胡说八道。

罗曼　我也许什么时候就会娶你。

瓦利娅　这些都不是想说的。

罗曼　瓦利娅！我屁股上掉下来的是潮了的火药！我不可能飞黄腾达！你总得做点什么鼓励我吧！

瓦利娅　你是个傻瓜。

罗曼　你是傻瓜的女朋友，也算不错了。

瓦利娅　我马上要哭了。

罗曼　不要这样。我看够这种场面了，没你也够了。

瓦利娅　好吧。火药我们会晒干，你会正常地飞起来。

罗曼　这样就对了。公共汽车来了。

瓦利娅　我很快就去找你。只要这里一切就绪了，我就去。所以你在那里不要随便……

罗曼　等你来的时候，重要的是你对什么都不要惊讶。我会成为一个非常时尚的人，全身戴满大大的饰品。我一开始会因为你而难为情，但后来就一切都习惯了。我会介绍你认识我的女朋友。慢慢地人们也会让你进入各种俱乐部。然后你会成为女服务员，你会到贵宾区去送菠萝水。你也会有机会每天晚上看到我。

瓦利娅　拥抱我。

　　　　〔罗曼拥抱她。帕什捷特向他们走来。摇晃得很厉害。

帕什捷特　你们好。伙伴们，给我十卢布吧。你们有没有？

罗曼　我们现在钱也困难。我最好还是给你读首诗吧？那样，感谢上帝，一切就会轻松些。

帕什捷特　最好还是我给你们读诗，你们给我十卢布吧？

罗曼　我不坚持了。读吧，帕什捷特。

帕什捷特　（牙齿打战）暮年的褐色樱桃，因风而流泪，一眨不眨，我什么时候都不会将你遗忘，而你却任何时候都再也见不到我。十卢布，伙伴们。

罗曼　不得不给了。（递给他一张纸币。）

帕什捷特　你们家人怎么样了？

瓦利娅　一切都非常不好。

帕什捷特　这一切都没什么意义。总之，一切都是。本来都作为正常人生活着。

瓦利娅　你能不能别打扰我们，啊？请吧。

帕什捷特　你们随便吧！这和我有什么关系。你们，狗杂种，在生活里你们屁都不懂。还有五卢布没给呢？

瓦利娅　罗玛，把我抱紧点。

　　　　〔他把她紧贴在自己身上。帕什捷特吐了口唾沫，离开了。

罗曼　你最重要的是什么都别害怕。你不害怕，我也不害怕。说好啦？

瓦利娅　离开总是容易些。

罗曼　可能是吧，目前还不知道。这是第一次，也没有个比较。

瓦利娅　我们走吧，已经到时间了。

　　　　〔他们起身。罗曼把一个运动背包从肩膀甩到身后。

　　　　我一个月后就去。我是这么想的。

罗曼　你想得对。主要是要快点来。好吧，走吧。

　　　　（向瓦利娅俯下身去）

第二十六场

格娜　我好久都没来过莫斯科了。什么都辨认不出来了。又建了那么多建筑。就好像完全成了另一座城市。什么也认不出来了。那些楼房我甚至都不认识。美国大概也没有这样的房子。就像在"一周国际要闻①"里面播放的关于美国的情况一样。还说，我们不会建设呢。是的，看来是学会了。要知道，确实很美，不是从前的样子了。人们也是另一种样子。姑娘们穿着的牛仔裤，半个屁股都能看见，男孩子们的头发都竖起来了。有时你都弄不明白。哪是姑娘，哪是小伙。我在雅罗斯拉夫车站下车，走出来，走着，看着，有两个姑娘拥抱着走过来。然后她们站住了，接起吻来。这一切我都明白，我们是受的另外一种教育，我们那时也是什么事都有。但是毕竟还是另外一种样子。不。这不该我说。怎么说呢，我是有罪的。你们做梦都想不到。是的，这反正会放在我的良心上。只不过我们那时住在一块儿，就那样发生了。每个人都互相

---

　　① 苏联-俄罗斯收视率很高的一档电视节目，每周日18:00播送。

看着，无处躲避。我们所有的人都彼此认识，串门，如果有点什么事还帮忙。这里我不知道，能不能那样生活？但不管怎样，人们生活着，你无法禁止这一点。我交了申请，他们也接受了。他同团的战友们也来了，他们有一个委员会，据说，这不是第一起事件了。他们答应帮忙找律师。总的来说是一些很好的伙伴们！给他去医院交款，白天晚上地守着他。说了那么多关于他的好话。他从来不讲自己的事儿。他们送我回来，二十个人。所有的人都像克利姆，我也不知道，是眼睛像，还是怎么的。我甚至羞愧起来，我坐到电气火车上，才变得轻松些。主要是要回家了。罗姆卡到车站来了。我们就一块儿站了一会儿，我说，你走吧。要让我看着你离开。看着你的背影。是的，我这样轻松些。主要是还有希望，克利姆能出来。他的伙伴们异口同声地和我说，他会恢复的。应该再弄些钱。现在在给他做手术，以后的事就不知道了。他们已经商量好了，一切都算在他身上。萨什卡的生活还很长很长。这样也合算。大的，他是大的。我们从小已经习惯了，都看着他的嘴。将来也是这样。我们就是被这样教育的。而罗玛，我觉得，逛一阵子，就会回来。我不会妨碍他。想要自立，你就请吧。我想这一切很快就会过去。从车站回来坐的是公共汽车，司机把自己的收音机开得那么大声。我都想杀人了。心里这么烦闷，还听这个。总之我受不了现代音乐。就像用锯在锯脑袋。没完没了，没完没了。

尾 声

轻轻的，勉强能听见的行驶的汽车音。传来两个成年人的声音，一个男人和一个女人的声音。

"感谢上帝，一切都过去了。正如谢尔什说的'我们做到了？'"

"他今天过生日。在八年里这是他们第一次在我们不在的情况下过生日。"

"没什么可怕的。你想啊，不过我们会给他一个多么好的礼物呀。"

"他不会吓着吧？"

"不应该。我和每个人都说过了。卡佳，我们的孩子都很懂道理。孙子们也一样。并且，我很了解他们。"（他们笑着）

"多么遗憾，你没成为外交家。"

"在你的眼里我失去了很多？"

"所有的这些年？恐怕已经没有任何意义了。"

"（他笑着）主要是要把女人的脑袋弄晕。然后车就可以向下飞驰了。"

"这里很美呀。"

"是的。一半的俄罗斯风景画都是在这画的。"

"是的。我马上就想起了我们的客厅。"

"给我点个烟吧。"

"你忍一下好吗？万一他不喜欢这个呢？"

"遵命！"

"不管怎样我还是担心。玛丽是那么敏感……"

"（突然坚定地说）对于我们他就是家庭成员。他像我们一样。难道我说的不对？"

"你说的对。奥列格。他想要做什么，你看。奥列格，他不舒服了。"

［汽车的噪音静下来。

"阿廖沙，怎么回事？你不舒服了？等一下，我这就把扣子给你解开。我们下车吧。呼吸呼吸新鲜空气。走吧。深呼吸。这里的空气很好，马上就会轻松了。现在就变得轻松了。呼吸吧。"

——幕落

轻松的人

米哈伊尔·杜尔年科夫　著

赵艳秋　译

作者简介

　　米哈伊尔·叶夫盖尼耶维奇·杜尔年科夫（Михаил Евгеньевич Дурненков，1978—　），俄罗斯剧作家、编剧，俄罗斯"新戏剧"运动的代表作家。出生于阿穆尔州腾达市，曾当过看门人、钳工、演员和电视台记者、主持人等。2005年移居莫斯科。著有十五部剧作和影视剧作品，也是"留比莫夫戏剧节"的组织者之一。

译者简介

　　赵艳秋，复旦大学俄文系副系主任，博士学位，副教授，硕士生导师。专著有《俄汉文学翻译变异研究》，译著有《鬼玩偶》，合译作品有《世界文学史》《俄国哲学》《普京文集》等。

[舞台能看到是一套公寓里的两个房间。大的是客厅，客厅里有三个门——分别通向我们看不到的小房间，卧室和室外。客厅里摆放着一张大桌子、几把椅子，还有一些看上去还是从苏联时期流传下来的橱柜。这整个苏联式的内部装修掩藏在许多各种各样的物品中。看上去这些东西是被暂时搬进这套公寓的，后来主人就舍不得或者没时间丢掉。有五颜六色的细颈玻璃瓶、海贝壳、一摞摞的书，等等。卧室里放着一张床，由于没有衣橱，墙上到处挂着塔季扬娜的连衣裙：夏天穿的、轻薄的、各种颜色的。户外正值夏天。

1

叶戈尔　（仿佛在他面前坐着几个非常了解他的朋友——像平时一样，听他们讲笑话的时候感觉轻松）我觉得，我是个轻盈的人，再往肺里吸入空气就能飞走。过去轻盈被认为是毛病。需要把这一点隐藏起来，坐在厨房里，跟朋友们喝酒，做出一副我很沉重的样子。我们自己就像互相尖声说着无用思想的老人。后来空气中的某种东西就这样不知不觉地改变了。国内被马车碾碎的道路逐渐被气流所代替。现在顺着气流风吹赶着像玛丽·波平斯一样轻盈的人们，他们没有一点重量。这就像俱乐部一样，其成员资格每个人都可以得到。在这个俱乐部中我想列在第一位的是济塔和吉塔。这两个姑娘这样称呼自己，在她们之后是我们所有人。我认识她们是在红场上——她们站着忘情地接吻。雪花落下来，我捏了一个小雪球猛地一挥手扔过去黏在她们身上，她们还在接吻。在我看来，她们对于像红场这样的地方来说太美了。你们要是在那一刻看到她们就好了。原来，她们在等待神枪手的子弹。她们莫名地坚信，两个在红场上接吻的同性恋女子会被躲藏在克里姆林宫墙上的神枪手射死。这是她们对国家的挑衅——像我散落在飞行中的小雪球一样轻盈又毫无意义。小雪球相当于子弹——对于这个俱乐部的所有成员来说。

2

塔季扬娜打开门向客厅里退了一步。进入房间的是伊万，手里拿着摄像机。

塔季扬娜 你哪儿来的摄像机？

伊万 借来暂时用用。

塔季扬娜 真好。你干吗，现在在拍吗？

伊万 是啊。你看，灯亮着吗？

塔季扬娜 让我看看。

伊万 不，不给你。我忙着呢，我在摄影。

塔季扬娜 不要拍我，我没换衣服。

伊万 胡说，重要的是现在把你牢牢记住。就是现在。

塔季扬娜 这又是为什么？

伊万 今天是我们生活新阶段的开始。近距离拍一个人的时候，不知道为什么他脸上从来不会有机灵的表情。

塔季扬娜 首先，离我的脸远一点，其次，你解释一下，什么新阶段。你在说什么？

伊万 这是因为前面是鼻子，之后是其他所有器官——眼睛，耳朵……

塔季扬娜 来吧，说说发生了什么事情？

伊万 我被录用了。

塔季扬娜 是这样呀……

伊万 我期待着你开心的尖叫声。

塔季扬娜 哪儿把你录用了？

伊万 哎呀不要破坏气氛。目前所有的还能剪掉。这叫作蒙太奇剪辑。总之，我最后说一句——我被录用了。一、二……

塔季扬娜 哪儿把你录用了？

伊万 哎呀，没有成功。

塔季扬娜 关掉摄像机，把所有事情一一告诉我。

伊万 （关掉摄像机）记得吗，我跟你提起过的那个马尔？

塔季扬娜 你的同班同学？长龅牙那个？

伊万 长龅牙的是加尔诺夫。这个是马尔，因为他的民族身份而通不过体育考试的。

塔季扬娜 我怎么记得住你所有这些同学呢……然后呢？

伊万 原来他已经做到总负责人的位置了。我去人事处面试，他那时候刚好路过。他说，能跟你一起在研究院喝啤酒就好了，看看，你会成为什么样的工程师。你想啊，他要是晚一会儿过来就不会碰上我了。我就知道，生活充满意外。

塔季扬娜 怎么，他录用你到他那儿工作了？

伊万 是啊。

塔季扬娜 太好了！

伊万 见鬼。摄影机不知道怎么关掉了。

塔季扬娜 你是最优秀的——我一直都坚信！

伊万 你想让我产生自卑情结吗？万一我没找到工作呢？

塔季扬娜 你不管怎样都会找到的，我对你有信心。有自卑情结的是我。

伊万 你有自卑情结？

塔季扬娜 我有自卑情结。失业和长期没钱的自卑情结。

伊万 我来给你治疗。

塔季扬娜 我们来扮演医生和病人？

伊万 嗯，现在？

塔季扬娜 为什么不呢。

伊万 没有什么……我没准备好……

塔季扬娜 外婆，外婆，为什么你的耳朵这么大？

伊万 哎呀，哎呀，等一下，我刚回来，要洗个澡……

塔季扬娜 外婆，外婆，为什么你的牙齿这么大？

伊万 这是最……外孙女……你是最……

塔季扬娜 外婆，外婆……我说，你什么时候去工作？

伊万 停，我没法这么突然地转换。现在该询问尾巴了。

塔季扬娜 我早上给你做三明治，把你送到门口。好吗？

伊万 你不需要保护吗？我现在非常想要保护你。

3

　　卧室。

伊万 我认识你一共有半年时间。而且，我们已经在一起一年了。一年，对吗？

塔季扬娜 今天几号？

伊万 十五号。

塔季扬娜 一年零差不多两个月。二十二号整整两个月。

伊万 是吗？

塔季扬娜 你从来都记不住我们的纪念日。

伊万 我脑子没这根弦。来记日期。

塔季扬娜 哎呀，这可是我们在一起的日子。不是你表姑母的生日。

伊万 我没有表姑母。

塔季扬娜 不要找借口。

伊万 好。我们。我们已经在一起一年零两个月了。

塔季扬娜 别拍我。关掉摄像机。我不喜欢。

伊万 这又是为什么？

塔季扬娜 难道还少吗。例如，我们会分开的，我会沿着马路非常伤心地走。不。我会极其伤心地沿着马路滑行，用呆滞的目光望着前方……

伊万 然后你被带到卡先科①。

塔季扬娜 别打断我。而且我没有马上注意到滑行在我身边的高级轿车，车里坐着他。

伊万 所有人都在滑行，所有东西都在滑行……嗯，嗯。

塔季扬娜 我自己知道，听起来乏味，但是我已经停不下来了。后来，当我和他一切看上去都很好的时候，有个讨厌的毛发多的匿名人，模模糊糊很像你，悄悄塞给他这个录像磁带。

伊万 他看到了你美丽身体上的蜂窝织炎，然后不跟你结婚了？

塔季扬娜 你个蠢货。

伊万 哎呀别生气。好吧，愚蠢的玩笑。

塔季扬娜 蠢货。

伊万 是，我是蠢货，对不起。然后呢？接下来怎么样了？

塔季扬娜 没了，不想说了。你关掉这个愚蠢的摄像机，我求你了！

伊万 如果我现在不用摄像机拍你，那我如何从这个高级轿车的司机手里把你夺回来？

塔季扬娜 从高级轿车的所有者手里。

伊万 好，从高级轿车的所有者手里。

塔季扬娜 没办法的。

伊万 哎呀，行了，别再生气了。好故事，我想知道，结局是什么。

塔季扬娜 认错了吗？

伊万 认了。

---

① 指莫斯科卡先科精神病医院。卡先科（1858/1859—1920），俄国精神病学家。

塔季扬娜 好。故事的结局是这样的。高级轿车的所有者看了这盘磁带录像，然后我和他分手了。

伊万 为什么？

塔季扬娜 因为他从来没有见过我在这盘录像里那样幸福的表情。而且他明白，他永远都看不到。

伊万 生活的新阶段。新工作和所有这一切。你明白吗？我正把所有时间引向这一刻。

塔季扬娜 引向什么？

伊万 是时候了。

塔季扬娜 我有点不喜欢你脸上的表情。

伊万 太严肃了？见鬼。我没有跟你说过，但是你也想到这点了。

塔季扬娜 哪一点？

伊万 孩子。啊？想过吗？

塔季扬娜 （停顿后；脸上带着不确定的表情看着伊万）想过。

　　　　［门铃声。

伊万 （失望地）嗯这……

塔季扬娜 我去开门。

伊万 不要开门。我确定，那肯定是两个命运被毁的女人，她们想卖给你有关如何寻找上帝的闪闪发光小册子。（笑着）以及为什么要寻找的小册子。

　　　　［门铃声还在响。

塔季扬娜 （向门走去）多嘴多舌。

伊万 等等！我自己来开门。你不会轰走她们。结果你又会买一盒坏的彩色水笔和有点烧煳的覆盖层的小平底锅。（走到门

边，打开门，探身往外看）您去哪儿？您找我们？我们在家，在家，进来吧。我这就来帮你……（走出去）

[塔季扬娜向门边走了几步停下来。门口出现了肩背着大背包的叶戈尔。跟在他后面的伊万手里拿着一个白色大盒子走进房间。

叶戈尔 （微笑）您好。

塔季扬娜 你好，叶戈尔。

4

叶戈尔 我知道如何通过任意信号装置穿过任何楼寓电控传呼器进入全是陌生人的房间。进门的时候如果有人问你"是谁"，应该回答"是我"。这样立刻就会放你进去。这是克柳奇教我的。他是这个向全国开放的俱乐部的另一个成员。少年时期克柳奇痴迷于卡斯塔尼达[①]，想成为精神战士，后来计划性地转成普通的海洛因吸毒者。我好不容易摆脱，在几个教派之间徘徊了一阵，研究神经语言程序设计，在那里获得了自己的绰号。当我认识他的时候，他是个说话有点结巴的年轻人。他能够像猫一样舒适地躺在最小的厨房地板上和靠在候车室最不方便的长凳椅背上。他对生活别无所求。他没有任何目标，他有具备通过禁地的神奇技能。对于他来说，不存在绕

---

① 卡洛斯·卡斯塔尼达，秘鲁裔美国作家和人类学家，以唐望书系列（12本书和许多更短的作品）而著名，书中记载了他拜印第安人萨满巫师唐望为师的经历。

路——他的道路可以穿越被钉死的流浪汉之家、金碧辉煌的赌场、铁路、荒废的别墅、河流，摩天大厦和麻风病院。他像氦气球一样轻盈。他自己改变了自己周围的世界。对他来说，完全没有被锁住的门这类东西。

5

　　伊万、叶戈尔和塔季扬娜坐在客厅里的桌子旁，桌上放着一个白色未打开的大盒子。

伊万　这是什么？

叶戈尔　榨汁机。

伊万　（以为听错了）对不起，你说什么？

叶戈尔　榨汁机。榨果汁用的。

伊万　为什么给我们带榨汁机？

叶戈尔　用来榨果汁。礼物。

伊万　谢谢。

塔季扬娜　你要长住吗？

叶戈尔　看情况。

伊万　我把它收起来。（对丹娘①说）……放哪儿？

塔季扬娜　放到柜子里。放冬靴的地方。

叶戈尔　好东西。推荐你们用。

　　〔伊万从桌上拿起盒子，默默地拿走。

――――――――――――――

　① 丹、丹娘、丹卡是塔季扬娜的小称。

我的礼物没送对。我本来希望，我能送给你们一个惊喜，照亮平凡的生活……

塔季扬娜 （打断他）你怎么打听到我们住这里？

叶戈尔 我没打听。我想，你会一直住在这里。

塔季扬娜 万一我搬走了呢？

叶戈尔 那我们就不会相遇了。

塔季扬娜 你来做什么的？

叶戈尔 我说过了，我在出差。没地方待，我就……

塔季扬娜 而且你也没有想出比突然来访更好的办法。

叶戈尔 没错。这位忧郁型的……

塔季扬娜 我们彼此相爱。

　　　　〔伊万回来了。

叶戈尔 我不怀疑。

伊万 你们在聊什么？

塔季扬娜 是这样……

叶戈尔 什么"这样"？在聊爱情。（对塔季扬娜说）我们不是在聊爱情吗？

伊万 嗯……聊得怎么样？

塔季扬娜 你应该一路很劳累吧？

叶戈尔 我要是洗个澡就好了。如果可以的话。

伊万 当然可以，随时都可以。

叶戈尔 说好了。（快速起身离开）

　　　　〔停顿。

伊万 什么情况？

塔季扬娜　你知道一个有关犹太人的老笑话吗？这位犹太人向上帝祈祷，说是他有许多家庭成员和少量房产？上帝让他把所有各种各样的家禽都放在房子里，在这种条件下生活一段时间，之后再赶走所有的母鸡、母羊，等等。

伊万　我对我们几个小时之前的生活非常满意。

塔季扬娜　我也是。

伊万　他是谁？

塔季扬娜　老朋友。

伊万　准确一点呢？

塔季扬娜　我们曾经同居过两年。在这里。后来分手了。这是十二年前的事。我们当时实际上还是半大的孩子。

伊万　那为什么他决定？

塔季扬娜　（打断他）我不知道。你可以让他找别的地方住吗？

伊万　你觉得应该怎么说？

塔季扬娜　嗯，比如，"叶戈尔，你要明白，我们还有一些别的事情……"

伊万　我做不到。（停顿）那你呢？

塔季扬娜　是啊，情况就是这样。

伊万　嗯，或许他待不久呢？他没跟你说？

塔季扬娜　你自己也都听到了。

伊万　谁？我吗？

塔季扬娜　谁在门边呼哧呼哧地呼吸？你怎么，吃醋了？

伊万　没有。

塔季扬娜　行了。

伊万 我是超人，任何超人的东西对我来说都不陌生。

塔季扬娜 别吃醋啦。这很愚蠢。

伊万 是很蠢。我同意。

塔季扬娜 伊万，你怎么这么沮丧？

伊万 不知道怎么回事有点……忐忑不安。

塔季扬娜 （失望地）瞧吧，开始了。

伊万 好吧，我打起精神。

　　　〔塔季扬娜起身开始收拾桌子。接下来的谈话以一种一本正经的口吻进行，仿佛在讨论某些非常枯燥的事务。

塔季扬娜 打起精神，窝囊废。

伊万 我打起精神了。

塔季扬娜 表现出男人的气魄。

伊万 我豪放不羁，我残酷无情。

塔季扬娜 这样。继续。

伊万 我闭着眼睛能组装和拆卸榨汁机。

塔季扬娜 不错的技能。尤其是"拆卸"，我喜欢。

伊万 我能飞越第聂伯河。飞到中间再回来。我会……咯吱咯吱咬牙。

塔季扬娜 展示一下？

伊万 现在吗？即兴的？

塔季扬娜 骗子。

伊万 （退出游戏）我明天就要去上班。我没来得及告诉你。

塔季扬娜 结果呢？

伊万 你一个人留下来。和这个人。

塔季扬娜　我们会搞定的。真的。

伊万　（郁郁寡欢地）我不怀疑。

6

叶戈尔和伊万。

叶戈尔　今天过得怎么样？

伊万　谢谢。今天还没结束呢。只是回家吃个午饭。原来我把护
　　照忘在桌子抽屉里了。马上拿走，然后再回去。

叶戈尔　新工作如何？

伊万　还好。意思就是，没什么有趣的，但是工作它就应该是无
　　趣的。我就是在那盯着运输地段的装货卸货。

叶戈尔　我永远不会强迫自己做任何违背意愿的事情。

伊万　（怀疑地）嗯，我不知道。如果我不强迫自己，我什么都不
　　会做的，任何事都不做。

叶戈尔　你试过吗？

伊万　我知道。

叶戈尔　知道和尝试——这是不同的概念。应该以爱来生活。

伊万　是的……塔季扬娜在哪儿？

叶戈尔　她的一个女朋友给她打电话，老朋友。她去她那儿见
　　面了。

伊万　明白了。

叶戈尔　我感觉，你有问题要问我？

伊万 问题？没有。为什么有这感觉？

叶戈尔 嗯，如你所知。我在想……

伊万 （同时）丹娘说，你们同居过？

叶戈尔 是的。是这样的。

伊万 那为什么分手？

叶戈尔 就像平时人们分手一样？一切都逐渐消失了。没有意义了。嗯，你自己懂的。

伊万 我不懂。

叶戈尔 我在想，既然我在你们这住，要不我做饭？

伊万 不用，为什么让自己受累。

叶戈尔 对我来说不难。我喜欢做饭。

伊万 嗯，那就做吧，如果不难的话。

叶戈尔 我给你准备三明治上班吃。

伊万 （坚决地）不，让丹娘做这个吧。

叶戈尔 那，我再想想别的。为了报答你们。

伊万 榨汁机就足够了。

叶戈尔 东西很好。

伊万 是最好。我该走了。

叶戈尔 让我们好好相处一阵。

伊万 真诚地。

叶戈尔 像哥们儿那样。

伊万 像男人和男人一样。

叶戈尔 经常这样聚聚就好了。

伊万 是啊，在没有老婆的情况下。

叶戈尔　（打哈欠）不好意思，不知道为什么老是打哈欠。自从下
　　　了火车怎么都睡不够。我还是去小睡一会儿吧。

伊万　（起身）我也要走了。再见！

叶戈尔　走吧，走吧……

　　　　[伊万走了。叶戈尔从口袋里拿出汽油打火机，打着它，
　　　看着火焰，思考着什么。他走近桌旁，拉开抽屉，看看里面。

　　　　（微微一笑）你妈的……（摇摇头）谁都不能相信……
　　　（合上抽屉，回到原来的位置）

　　　　[门开了，伊万走进来。

伊万　我没拿护照。（走到桌旁，拉开同一个抽屉，就是之前伊戈
　　　尔翻过的；一脸困惑）见鬼，在哪儿呢……（拉开旁边的）
　　　找到了！（从那拿出护照，放进衣内袋）好了，晚上见。

叶戈尔　再见。

7

　　　　叶戈尔和塔季扬娜。

叶戈尔　羡慕了？

塔季扬娜　羡慕什么？羡慕我的老同学是广告社的领导，月薪
　　　一万美元，一年有一半都在国外过？

叶戈尔　对啊。

塔季扬娜　没有。

叶戈尔　嗯，假如说，她有一半是在跟你撒谎。但还是很酷。

塔季扬娜　她没撒谎。只是你没见过她。像她这样的人，已经处于需要谦虚，而不是夸耀的阶段。

叶戈尔　那我就不明白了。

塔季扬娜　只是我头脑简单。我对现在的生活很满意。

叶戈尔　你知道吗，从我们在一起那时起……基本上你的生活就没变。

塔季扬娜　不是的。这根本没有可比性。

叶戈尔　有什么区别呢？

塔季扬娜　现在我是幸福的。

叶戈尔　那又怎样？

塔季扬娜　（坚决地）是的，就这样。

叶戈尔　当然，这是你的事情。那你的这个女友，她也幸福吗？

塔季扬娜　其实并不幸福。

叶戈尔　有意思……她哪点儿不好？

塔季扬娜　我们后来去咖啡馆坐，老规矩，在那儿吃冰激凌。在那儿她跟我一五一十地都说了。她说——长胡子了。

叶戈尔　（笑着）这是怎么回事，有毛病？

塔季扬娜　你不懂。她因为做领导工作，所以需要成为铁人，那些负责做决定和各种事务的雄性荷尔蒙水平提高了。大约比正常女性高出五十倍。

叶戈尔　所以她每天早晨刮胡子。（忍住笑，看着塔季扬娜）或者这还不是所有症状？

塔季扬娜　什么都不能告诉你，你老是嘲笑人。

叶戈尔　我闭嘴！

塔季扬娜　首先，不是刮，而是拔，其次，医生跟她说，在雄性荷尔蒙数量如此超常的情况下她不能怀孕。但是她非常想怀孕。甚至都给自己找好了孩子的爸爸。因此或者——或者。或者工作，或者个人生活。

叶戈尔　那你呢？你给自己找到孩子的爸爸了吗？

　　　[停顿。

塔季扬娜　我不想也不会跟你讨论这个问题的。而且你知道为什么。所以我们还是说点别的吧。

叶戈尔　（站起来，来回踱步，仿佛在活动发麻的双腿）你知道吗，我喜欢我们正在谈论的话题。

塔季扬娜　喜欢？为什么？

叶戈尔　你没注意到吗？我们已经讨论了半天领导层女性的胡子生长问题。而大约十年前完全是别的话题。感兴趣的完全是其他事物。

塔季扬娜　什么都没变。你自己说的。

叶戈尔　我说谎了。当然变了。你瞧，我记得，有一次待在朋友家，那是很久以前了。我们整个晚上都在聊……让我想想看……哦，对，刚好是关于上帝。类似于科学遇到了上帝存在这样的话题，而且不知怎么，聊到这就中止了。我们回忆起爱因斯坦和他的观点……而且他们有一个女儿——这么小的一个小女孩，六七岁左右，也是一个喜欢和成年人晚间集会的人。也就是说，她听了所有这些晦涩难懂的胡扯，并试图明白些什么。总而言之，我们把她，这个小可怜儿，给搞糊涂了，然后在某个时刻这个不幸的小孩子参与了谈话。她

107

突然问:"你们这个上帝姓什么?"她试图明白些什么,你懂吗?

塔季扬娜 你们怎么回答的?

叶戈尔 不重要。我经常想起这个故事。

塔季扬娜 为什么?

叶戈尔 她是真实的。而我们是不真实的,蓄着不久前长出的胡子,夹着书……一切都莫名的……一塌糊涂。

塔季扬娜 你不喜欢自己的过去。就是这样。

叶戈尔 我不喜欢所有这些俄式的胡诌。一切都如此沉重——喘不过气来。我跟你讲过我的一个朋友。就是那个,叫克柳奇的。他从来不参与这种事情,总是做所有想做的事情。如果想犯罪——也不会绞尽脑汁想,这是否道德。而且他连苍蝇都不欺负。

塔季扬娜 你确实变了。

叶戈尔 我还是这样。人们也是这样。人人都在欺骗。我确信,你那位蓄着花纹胡子的女友也跟你胡诌呢。她只是希望你不要太颓废。她很富有——而你不是。她一切都很酷——而你……

塔季扬娜 (挑衅地)我怎么了?

叶戈尔 你什么都……不明白。

〔塔季扬娜和叶戈尔站着,看着对方的眼睛。听到门打开的声音,伊万进来。

塔季扬娜 (没有注意伊万)我,一切,都明白。

叶戈尔 可我,不相信你。

伊万　而我，知道吗……我杀人了。

塔季扬娜　是啊，当然。（对叶戈尔说）如果你认为……（转向伊万）什么？

伊万　我杀人了。

8

> 伊万站在门旁。仔细听着。

伊万　谁在那儿？（停顿）谁在那儿？我听到了，你在那儿站着呢。为什么不说话？我不会开门的。我不给不说话的人开门。只给那些想进来并且说出来的人开门。我烦了。好了，我走了。（跺脚——越来越静，仿佛真的走开了，之后小心地走到门边，仔细听着）嗯，请离开吧。你待在门边，我就不能走。我只好站在这里。而你只好站在那儿。或许，你是和大家一样的人吧。你应该有一个五分钟后你就会忘记的名字。你应该有一副平坦光滑的假面具，略带黄色，像是所吸过香烟的过滤嘴。你有一双有气无力的手，和溺水者的一样，当你打招呼的时候，紧握着这样一双手，紧握着，因为那种恐怖的感觉难受得想叫出来，你能从这双手里挤出冰冷的汁水。所以，当你匆忙地蹦蹦跳跳走路时，如果你看到自己与行人迎面而来，总是能够及时躲到胡同里。吃饭的时候，你用指尖把盘子里各种各样的食物捏成三明治，然后小心地吃下。你的嘴里散发出塑料的气味。你到处留下自己的毛发，细的，长的，任何人都不需要的，甚至连你早秃的头都不需要。你耳朵上方有一块块风蚀的皮肤，你会令人讨厌地大笑和微笑，你总是不合时宜。你是邻家酒鬼，是广告册的分发者，你是楼上的住户，你是来自哈萨克斯坦的远亲，你是总统，是地段民警，我不放你进来。

9

　　　塔季扬娜和伊万坐在床的两头，互相看着对方。

塔季扬娜　凌晨三点谁会来我们家？

伊万　不知道。门关着吗？

塔季扬娜　关着。

伊万　真的关着？

塔季扬娜　如果不知道发生了什么事，我不能帮你。

伊万　我去检查一下。

塔季扬娜　哪儿都不要去。你在等谁？

伊万　这叫作梁氏吊车。在一端钩上钩子，货物在空中通过整个车间，在另一端卸下钩子上的货物。专业人士做这项工作，我只是填写各种各样的货运单。

塔季扬娜　我没理解错的话——你在那儿什么都不碰？

伊万　押送货物的是工人。他手里拿着上面挂在长长细绳上的控制台。

塔季扬娜　你谁都没有帮，自己什么都没碰？

伊万 我的办公室在专门的驾驶台上。整个技术工作人员的第二层楼接建在墙上。当梁氏吊车经过我的窗户时，我只看到这些系在货物上的钩子。

塔季扬娜 那时你没有出自己的办公室，对吗？

伊万 钩子只是从旁边过去，我看着它们。梁氏吊车经过整个车间时，一切都在晃动，茶水溅出来，笔盒里的铅笔叮当作响。一场小地震。

塔季扬娜 那，怎么回事？

伊万 离我的窗户两米。我看到，绳子马上要滑下来，你明白吗？它们没捆紧。

塔季扬娜 没来得及跑过去，喊一声？

伊万 我在卜算。滑下来——不滑下来。

塔季扬娜 哦，天哪……

伊万 "火柴不是孩子的玩具"，"节省一分钟，失去生命"。这些愚蠢的话与后来发生的事情完全无法相比。

塔季扬娜 你卜算到什么？

伊万 现在还有什么区别？我杀了人。

塔季扬娜 你谁都没杀，不要这样说！

伊万 你不理解我。

塔季扬娜 非常理解。你当时卜算我们的事情了吗？啊？你相信，一切都会过去吗？

伊万 这些都是胡说八道。你，我……都是小事。因为我，有个人死了。

塔季扬娜 这整个事情与你无关。

伊万 不。是与你无关。（停顿）对不起，我需要一个人待一会儿。考虑一下这件事情。

塔季扬娜 你怎么想的？我从家里出去，让你一个人待着？

　　　　［伊万下床，把枕头扔在地板上，躺下。默默地直直地盯着前方。

10

　　　　叶戈尔和塔季扬娜坐在厨房里。叶戈尔在谈话期间一直做着三明治——没有停，像是在批量制作。

叶戈尔 有油漆味。

塔季扬娜 今天我去房间里看，他站着用刷子粉刷墙壁。他说，想让整个房间白白的。整个房间都是白色的斑点，他不是连续地刷，而是这样——刷一下，发会儿呆，向四周看看，再刷另一面墙……吓人。

叶戈尔 你问清楚细节了吗，还是像以前一样不说话？

塔季扬娜 夜里他醒来，发出喊叫声。

叶戈尔 我听到了。

塔季扬娜 后来说了一些。

　　　　［停顿。

叶戈尔 他有错吗？

塔季扬娜 他坚信自己有错。

叶戈尔 公司那边呢？

塔季扬娜　不知道。没人打来电话。

叶戈尔　你试着把他拉出门吗?

塔季扬娜　叶戈尔,你为什么要问这一切?

叶戈尔　什么意思?

塔季扬娜　你对这些根本不感兴趣。从你身上看得出来,你对这些根本不感兴趣。

叶戈尔　为什么?(停顿;没有分心,继续做着三明治)对,不是很感兴趣。

塔季扬娜　那你为什么来呢,叶戈尔?现在不是最合适的时候,你也看到了。

叶戈尔　但是你一个人和他待着很吓人。和这样的他。

　　　　[塔季扬娜不说话。

　　　　虽说有一个问题我可以回答。

塔季扬娜　什么问题?

叶戈尔　所有人都是杀人凶手。所有人。因此我没看到有什么特别的悲剧。

塔季扬娜　你怎么说这样的话?

叶戈尔　我们也是杀人凶手。我跟你。

塔季扬娜　如果你是指……

叶戈尔　正是。我指的是我们俩。

塔季扬娜　是你逼我流产的。如果你想问我,我们为什么分手,我回答你——我们分手是因为在这之后我无法和你生活在一起。

叶戈尔　这一点上你也是有错的。

113

塔季扬娜 （站起来）我不想的！

叶戈尔 你同意了。

塔季扬娜 我不想！你听着，我想让他活下来！

　　　　〔门打开，伊万走进来。他看起来相当吓人，像是已经狂饮几个月了。他走到桌子跟前，拿几个三明治放在盘子里，然后还是不说话走开了。叶戈尔没有停下手边的事情。塔季扬娜站着，用双手捂住脸。

叶戈尔 所有人都经历过杀害，也就是说，所有人是平等的，也就意味着，谁都没有罪，因为没有无罪的人。

塔季扬娜 我后来恨了你很多年。

叶戈尔 猜到了。

塔季扬娜 你怎么能猜到呢？你简直……你是冷血动物。

叶戈尔 不，我像威尼斯的船夫一样热烈，充满激情，只是现在我很忙，我在做三明治。

塔季扬娜 （坐回原位）你知道，我生命中最恨的是什么吗？

叶戈尔 （冷淡地）我吗？

塔季扬娜 巧克力。你或许不记得，我们曾经穷得像……像那时所有人一样。

叶戈尔 记得很清楚。

塔季扬娜 我打了针，后来，当麻醉过了之后，一切都像之前一样。什么都没有变。我什么都感觉不到，仿佛什么都没有改变。一切都像以前一样。我甚至都没有感到疼痛。仿佛被欺骗了一样。我感觉，我好像被骗了，而事实上什么都不曾有过。

叶戈尔　有趣的感觉。我也经常有被欺骗的感觉。

塔季扬娜　（没有注意他）后来你给我买了"斯尼克尔斯"巧克力。不知道在哪儿弄的钱买了"斯尼克尔斯"，那时巧克力这些东西刚刚出现。整个城市都挂着"吃了，一切就会好"的广告。

叶戈尔　真感动。但是，我还是忘了。

塔季扬娜　就在刚刚出院后。我吃了巧克力，那算是……奖赏？对吗？（停顿）甚至连回忆本身都有巧克力的味道。吃了，一切就会好……

〔伊万手里端着空盘子进来，把盘子放在桌子上，开始往里放三明治。

伊万　（停下来）我很难受。

叶戈尔　（不高兴地）那就去躺一会儿。

伊万　（听话地转身离开，在门口停下来一动不动）没有人来过吗？

塔季扬娜　（对叶戈尔说）我希望你知道，如果我们再重提起这件事，我会再一次恨你。

〔伊万没有得到回答，走了。

叶戈尔　谢谢提醒。

塔季扬娜　这不是提醒。我感觉得到。

11

伊万　我哪儿都不想去。

塔季扬娜 那就让他自己来这儿。

伊万 我已经好一些了。

塔季扬娜 你没有好一些，相信我。

伊万 我不需要医生。我头脑一切正常，我看得出，你很担心，我都明白。我知道情况是怎么样的。只是我需要这样生活一段时间。这是暂时的。

塔季扬娜 我今天出去的时候给你留了便条。

伊万 我把它贴在电视屏幕上了。我记得。贴上了。

塔季扬娜 那你怎么评价这种行为？这正常吗？你看看，家里变成什么样了，这是个可怕的梦魇。

伊万 我对自己的行为有监督。我能解释所有事情。

塔季扬娜 那试试看。

伊万 我想了一下，如果世界末日来临，世界上所有文学作品中，很久以前地球上所有写下的东西中就只剩下你的便条。想象一下，人们将会根据它学习写字和阅读。所有人都会说："完全如便条里所说——'我马上回来。不要担心。塔季扬娜。'"

塔季扬娜 那你为什么把它贴在电视机上？

伊万 就为这个。

塔季扬娜 为什么"就为这个"？

伊万 别理我。这是暂时的。需要这样生活一段时间。

塔季扬娜 你已经这样生活得够久了。今天我们出门吧？一起。

伊万 别理我。

塔季扬娜 嗯，不要老是回避，拜托。

伊万 别理我。

塔季扬娜 你甚至都不看我。

伊万 别理我。

塔季扬娜 要是我真的离开你呢？马上离开。永远离开。那你怎么办？

伊万 别理我。

塔季扬娜 伊万！

伊万 别理我，母狗！你听到吗?! 别理我，母狗!!! 你听到吗?!

    〔叶戈尔冲进房间。在门口停下。

    什么?! 你也来捣乱?! 想打扰我?!（快速走出房间）

    〔停顿。

叶戈尔 需要做点什么，对吗？

    〔塔季扬娜不说话。

    （仔细看看房间）他把这里的一切都……改变了。

塔季扬娜 我们曾经很幸福。真的。

叶戈尔 我相信。如果他如此发疯，或许他是个好人。有良心的好人。或者是不知道为什么撒谎。如果他撒谎，那么肯定会发疯。

塔季扬娜 他一点也没有发疯。这是暂时的。暂时的神志不清。

叶戈尔 你确定？

塔季扬娜 这是暂时的。他需要这样。他这样挺过这段时期。之后就会恢复正常。

叶戈尔 在我看来，他确实心慌意乱。

塔季扬娜 一切正常，我说过了。

叶戈尔 嗯，如果你这样说的话……

塔季扬娜 别理我。

叶戈尔 （打响指）好！（走向门口）

塔季扬娜 叶戈尔！

　　　　　〔他停下。

　　　　　谢谢你。你的确是想帮忙。

叶戈尔 你觉得，你需要吗？我的帮助？

　　　　　〔停顿。

塔季扬娜 是的。

叶戈尔 你知道我能建议他什么吗？或许这确实有帮助。

塔季扬娜 什么？

叶戈尔 让他变轻松。这些事情要轻松对待。那就放他离开。立刻。

12

　　　　　伊万站在门前。

伊万 谁在那儿？

　　　　　〔停顿。

声音 是我。

伊万 我认识你吗？

声音 大概不认识。但是我们很容易就能认识。

伊万 家里没人。叶戈尔不在。丹娘也出去了。留下便条说马上回来。

声音 随他们的便吧，让我进去？

伊万 为什么？

声音 不知道。万一你感觉无聊或者只是难受。我有玻璃瓶，而且我会吹口琴。你喜欢布鲁斯吗？

伊万　喜欢。

声音　所有正常人都喜欢听口琴吹的布鲁斯。

伊万　我喜欢。

声音　那就打开门，否则隔着门说话让我感觉自己有点蠢。

　　　［伊万走向门边。停下。

　　　为什么停下了？

伊万　你以前来过这儿吗？

声音　假如我来过，你就会记得了。把门打开吧。

伊万　我看起来很差劲。现在是我生命中一段艰难的时期。

声音　你的艰难时期结束了。现在所有事情都会，你知道会怎么
　　　样吗？

伊万　怎么样？

声音　（快乐地）现在所有事情都过去了。

伊万　你曾经杀过人吗？

声音　难道要我隔着门说这个吗？

伊万　杀过吗？

声音　嗯，你呀，他妈的，提问题……

伊万　你杀过人吗？

声音　（小声地）当然了。现在我可以进去了吗？

伊万　可以。

13

　　　伊万和塔季扬娜。

119

伊万 他叫马克斯。他是个有趣的人。

塔季扬娜 你的有趣的马克斯跟你说了什么？

伊万 他少年时曾经有过自己的摇滚乐队。他和鼓手韦捷克。

塔季扬娜 那马克斯弹什么？

伊万 他唱歌。

塔季扬娜 （疑惑地）嗯……很有意思。

伊万 韦捷克曾经是个忧郁的男子。

塔季扬娜 （模仿他）丘维拉。

伊万 不是丘维拉，是丘瓦克。

塔季扬娜 万尼，你是很认真地在和我说这些吗？

伊万 怎么，我给你使眼色了还是怎么了？当然是认真的。

塔季扬娜 然后呢？

伊万 就是这样。韦捷克的状况会加剧，一般是每逢春秋天的时候。这时需要一直坐在他身边，陪他喝酒，因为韦捷克不仅仅抑郁，而且还有自杀倾向。

塔季扬娜 也就是说要整个秋天，整个春天的喝酒？

伊万 马克斯说，这很难，但是可以做到。有一次春天的时候马克斯和一个叫埃季洛德丽埃莉的女嬉皮士恋爱了。

塔季扬娜 埃季洛德丽埃莉不想和韦捷克一起喝酒，对吗？

伊万 是韦捷克不想和埃季洛德丽埃莉一起。他的眼里只有马克斯，而不是正儿八经地得到他。

塔季扬娜 嗯，都明白了。马克斯离开了酒精派对，而韦捷克翘辫子了。

伊万　就是这样一个故事。

塔季扬娜　（耸耸肩）嗯，不知怎么……甚至没什么可以补充的。

伊万　马克斯认为，这是他的错。

　　　　〔叶戈尔进来。

叶戈尔　大家好。我买了蛋糕。

伊万　什么节日？

叶戈尔　只是买了个蛋糕。差点没在商店里就打起来。他们要骗我钱。想骗我，你们想想？我都想直接用蛋糕砸过去。后来停下了。坏习惯——不爱惜蛋糕。

塔季扬娜　叶戈尔，我们有麻烦了。马克斯来过了。

伊万　马克斯，他很有趣，你会喜欢他的。

叶戈尔　哪有什么马克斯？

塔季扬娜　（强调每一个词）叶戈尔，这不是玩笑。马克斯在我们不在的时候来过了。来了，然后又走了。你明白吗？

叶戈尔　（警觉地）好像明白。

塔季扬娜　伊万，之前马克斯来过吗？

伊万　丹，你怎么，把我当精神病人了？如果他之前来过，我会告诉你的。对不对？

叶戈尔　那他下次什么时候过来？

伊万　今天。

塔季扬娜　到这儿？

伊万　（突然想起）是的，丹娘，对不起，我没有和你商量，但是他没有地方住。

叶戈尔　好吧，我把蛋糕给你们留下，我自己走。行吗？

塔季扬娜 站住！（对伊万说）马克斯要住在我们家？

伊万 是的。你反对？

塔季扬娜 叶戈尔呢？

　　　　〔叶戈尔双手一摊，表示他没什么要说的。

　　　　伊万，请你原谅，当然了。你可以随便骂人，但是我现在非常严肃地问你——马克斯是真的到这儿来过还是你臆想出来的？

伊万 （也用同样的语气）丹娘，请你原谅我，但是我像个低能儿吗？

叶戈尔 （站到他们之间）我可以替她回答。不，不像。

伊万 那么，或许，我们回到我的问题？马克斯可以在我们家住一段时间吗？

　　　　〔停顿。

塔季扬娜 让他住吧。这是我们共同的家。

伊万 叶戈尔，他跟你住一个房间可以吗？

叶戈尔 没问题，你没必要问我的。

伊万 这就好了。我去给他准备被褥。（走出去）

塔季扬娜 我还没准备好把他送进精神病院。在那儿他会变成白痴。

叶戈尔 好，别说了。

塔季扬娜 我每天都看着，他情况越来越差。

叶戈尔 （走近塔季扬娜，笨拙地拥抱她）你很坚强。比很多男人都坚强。

塔季扬娜 为什么？（挣脱出拥抱）

叶戈尔　至少，他看起来精神饱满，而不像近日以来的状态。或许，这也是好转。

塔季扬娜　这个莫须有的马克斯让他好转了？你在说什么，叶戈尔？

叶戈尔　是，他妈的……事情……

塔季扬娜　不知道该怎么办。

叶戈尔　或许让他受点刺激？用什么办法打破他常规的生活？

塔季扬娜　（疲倦地）这是什么馊主意，叶戈尔？现在我感觉，好像我失去了丈夫，和一个半大孩子生活在一起。而如果你吓唬他，他就会变成婴儿。我受不了了。真的。我不是癔病患者，正如你所说，我是坚强的，但是当我明白，无法挽回他的时候，我也要疯了。

叶戈尔　你感觉到这一点了？

　　　　〔塔季扬娜没来得及回答。响起了门铃声。

伊万的声音　马克斯来了！我自己来开门。

14

　　　　塔季扬娜，伊万和叶戈尔。

塔季扬娜　让叶戈尔给我们说点什么。

叶戈尔　已经可以……

塔季扬娜　不要拐弯抹角，说吧。伊万，告诉他。

伊万　好的。

塔季扬娜　嗯，你不是讲过你这个俱乐部的自己的朋友们吗，他在那儿叫什么？伊万，记得吗？

伊万　不记得。

塔季扬娜　嗯，你怎么又？

伊万　我怎么了？

叶戈尔　别吵架。你们想听故事吗？

塔季扬娜　只是如果你不感兴趣，你也可以这么说——我没有兴趣。

伊万　我没有兴趣。

叶戈尔　这样，我有一个朋友……

　　　　　〔伊万站起来，走出房间。

　　　　　你不要担心，丹娘。他会清醒过来的。你也看到了——普通的抑郁。谁没有过呢。这样，我还没有讲完……

塔季扬娜　（漫不经心地）是啊，谁没有过。对不起。（站起来，跟在伊万后面，在门口撞见了马克斯）

马克斯　（向着塔季扬娜离去的方向）你们今天不吃晚饭吗？

　　　　　〔塔季扬娜没什么反应，走了。马克斯进入房间，靠墙站着，沉默地望着叶戈尔。

叶戈尔　这样，我还没讲完，——我有一个朋友，他断言，和沉重的人甚至不能握手问好。"这就像病毒传染，——他说。——在拉一个人进入我们俱乐部之前，请你问问他，他是否信仰上帝。如果信仰，那么你知道吧，他只按照自己的法则生活，他整个人充满了道德观念。"

马克斯　这是我说的。是的，稍微有点不一样。

叶戈尔　（没有在意）他说："社会上可以只有一条法则，而这种人在竭力确立自己的法则。如果他有良心，他将希望所有人都承受苦难。"（对马克斯说）这样对吗？

马克斯　嗯，差不多吧。你总是把所有事情复杂化，而这已经不是按照规则了。

叶戈尔　克柳奇，你在这里做什么？谁也没有叫你来。

马克斯　（耸耸肩）嗯，是啊，有意思。

叶戈尔　你觉得什么有意思？

马克斯　喏，你这样突然失控。请你明白啊，我没人可一起喝酒。我从我们那对印度夫妇那打听到，你去哪儿了，吉塔给了我地址。就是这样。我就在这儿了。

叶戈尔　（更确切地问）也就是说，你就这么着来了？

马克斯　怎么，一定要有原因吗？（信任地耳语道）顺便说一下，在我看来，主人——精神不正常。他跟我讲各种各样的……

叶戈尔　在我看来，是你精神不正常，才会来到这儿。

马克斯　我有问题要问你。

叶戈尔　快问。

马克斯　这里喝什么酒？

叶戈尔　什么意思？

马克斯　你若来到一个新地方，总是要打听打听，那里喝什么酒，这不仅仅是最好的饮料，而且还是一种诊断。

叶戈尔　这里的人不喝酒。

马克斯　这也是一种诊断。

叶戈尔　什么样的？

马克斯　让我看看主人，他是个什么样的……（斟酌用词）

叶戈尔　沉重的？

马克斯　更准确地说是风干的。我觉得，他所有愚蠢的想法都能
　　　　治好，如果他好好地喝醉一回，哭诉一阵儿，哭完之后就会
　　　　忘记了。

叶戈尔　我不这么想。

马克斯　赌什么？

叶戈尔　马克斯，他妈的，不要把蠢货包括进来。

马克斯　我们这样吧——如果我治不好你的神经病的良心发作，
　　　　那么，我们的俱乐部可以解散了。这样的赌注你觉得如何？

叶戈尔　（喃喃自语地思索着）如果你治不好，也就是说他是对
　　　　的，而不是你……

马克斯　是的。但如果我证明，所有这些痛苦都是胡扯，他只不
　　　　过是个小孩子，被生活打了一记耳光，那么……你想给我
　　　　什么？

叶戈尔　打火机。在这种情况下赢什么都不重要了。你想要我的
　　　　打火机吗？

马克斯　（高兴地）哦，挺好，说好了！

叶戈尔　击掌。

　　　　［两人用手击掌。

马克斯　打火机会是我的。

叶戈尔　我倒是希望你赢。私人原因。

马克斯　但是我还有一个小问题。

叶戈尔　什么问题？

马克斯　我们今天吃饭吗？我饿了。

15

两个非常快速的对话，同时发生在不同的地方。

马克斯　这不，你看。比如说，有一个这样的任务——你有三个苹果。有一个你给了科利亚。

伊万　怎么呢？

马克斯　下一个问题——为什么，你为什么慌张地把它给了科利亚？

伊万　马克斯，我认为，科利亚是我的朋友。

马克斯　科利亚求你给他苹果了？

伊万　不知道。没有吗？

马克斯　他什么都没有请求。科利亚甚至不知道你有苹果。

伊万　（困惑地）你的意思是？

马克斯　好吧，我们换种方式来解释……

叶戈尔　你曾感觉到，你一直被欺骗吗？

塔季扬娜　我非常相信所有人，所以感觉不到。

叶戈尔　但是我感觉得到。我觉得，有时候我简直会勃然大怒，如果谁试图再次欺骗我。

塔季扬娜　你经常被骗？

叶戈尔　经常。那你呢？你想说，你从来不撒谎？

塔季扬娜　我撒谎。有时是必须的。

伊万　如果你如此频繁地从一个老师换到另一个老师，那你什么都学不到。

马克斯　你得了吧。现在可不是中世纪，那时候全世界只有几个先知。现在可以选择。没有任何人强迫你和那位老是觊觎你苹果的科利亚交往。站起来——继续走。让这个科利亚找别的傻瓜去吧。

伊万　如果我不能抛弃科利亚呢？

马克斯　你为什么这么紧紧地抓住他呢？像他这样的人少吗？

伊万　但是像你这样的，只有一个吗？你认为自己是独一无二的存在吗？

马克斯　只有当我决定，我是否需要别人的苹果时，我才是独一无二的。

叶戈尔　我们不是天使。我们是普通人，丹娘。

塔季扬娜　（嘲讽地）我没有你可怎么过这么久，叶戈尔？

叶戈尔　（严肃地）不知道。

塔季扬娜　这得出什么结论？

叶戈尔　什么也得不出。

塔季扬娜　你刚刚给我解释了，我们不是无辜的，我们不是天使，我们是普通人。对吗？然后呢？

叶戈尔　（突然地）你背叛过他吗？

塔季扬娜　伊万？

叶戈尔　你曾经背叛过伊万吗？

塔季扬娜　没有。你为什么问我这个？

伊万 我都明白。

马克斯 你什么都不明白,哥们儿。

伊万 你得了吧。

马克斯 你别转过身去。我想和你正常地交谈。

伊万 听着,这是谬论。所有这些苹果……

马克斯 (打断他)即便处在我这个位置上的是那个被压的小伙子,他也永远不会说,都是你的错。

伊万 那他会说什么?

马克斯 他会说,例如,对不起,是我四处张望,我应该抬头看一下吊车的。这不,我受到惩罚了。我活该。不应该马虎大意。

伊万 他不会这么说的。

马克斯 你知道吗,你的主要问题是什么?我突然明白了。

伊万 是什么?

马克斯 你不知道为什么非常确信,周围所有人都是像你一样的人。

塔季扬娜 你不觉得,我们不应该讨论这些话题吗?

叶戈尔 嗯,我只是感兴趣。

塔季扬娜 (冷淡地)你还对什么感兴趣?

叶戈尔 我们可是很亲近的人。

塔季扬娜 我们曾经是很亲近的人。

叶戈尔 我只是想……

塔季扬娜 你想什么?

叶戈尔 你能不能背叛他跟我在一起?

　　　　〔停顿。

129

塔季扬娜　如果说这里谁疯了，那就是你。

叶戈尔　我爱你。

塔季扬娜　你说谎。

叶戈尔　（很快就同意了）好吧，我在撒谎。那如果我没有撒谎呢？

塔季扬娜　你不撒谎也不可能。

叶戈尔　丹娘……

塔季扬娜　永远，你听着，永远不许再跟我说这个！你听到了吗？！！

叶戈尔　（微微一笑）我和你之间聊天的话题越来越少了。

马克斯　你认为，有谁应该理解另外一个人吗？所有人都有自己的问题。

伊万　我也不奢求。

马克斯　你撒谎。所有人都希望别人在后面追着他，试着理解他。只是这样的事情不常有，万尼。

伊万　别理我。

马克斯　我只会在你仔细听我说话的时候听你说。

伊万　别理我。

马克斯　瞧，你又……

伊万　别理我。

马克斯　你也别理我。那你就一个人在这里坐着，回忆你一生中发出去的所有苹果吧。

16

马克斯 难道有不能聊的话题吗？我能讲述有关我自己的所有事情。你对我的什么感兴趣？

叶戈尔 我对你的任何事情都不感兴趣。

马克斯 那么我提议玩一个游戏——我讲述一个关于自己的故事。要不是这样我永远不会讲。相应地，你告诉我，你为什么来。一切都是诚实的——你告诉我这件事，我跟你讲祖母的事。

叶戈尔 你和你祖母见鬼去吧。我什么都不想说。

马克斯 游戏——世界上最重要的东西。你跟我讲——我跟你讲。

叶戈尔 克柳奇，我们打算去看足球，因为你，我们要迟到了。

马克斯 如果你记得的话，我和自己的祖母住在一起……

叶戈尔 （漠不关心地）哦来。哦来 - 哦来 - 哦来……

　　　　［坐下，脸上的表情表明，他准备好了听冗长乏味的故事。

马克斯 秋天我离开的时候，她还好好的，快到春天的时候，我回到家，她已经不再出门了。我把她拉到医院，医生告诉我说——还有一两个月的时间。我大概也没有什么不安，但是她好像得了癌症。总之，她能做的就是喊叫。

叶戈尔 你为什么告诉我这些？

马克斯 要不然我永远也不会讲的。但是你明白吗——这是游戏。也就是说，像往常一样，我没钱买药，我让她服用海洛因。我还剩些管子，我注入一次服的剂量，然后晚上去她房间。（演示）咚咚。"安娜·费奥多罗夫娜？乌科莉奇克？"祖母甚

131

至又一次学会微笑了。我们一起找静脉，然后注射，然后各自回房间。她的快感绝对是这样的……老太婆的。她写了很多信。写给邻居、丈夫、地段民警、医生、我的母亲，给我、自己的中学恋人，还有列宁和加加林。这些信都是非常符合逻辑的。"……如果您怀疑我信中跟您所说的斑点的存在，那么您可以移开洗涤器，自己去证实一下。"这些信简直写得太棒了。

叶戈尔　然后呢？……

马克斯　她对我的唯一要求是，不要破坏打针的制度并把信件寄给指定的人。制度我没有破坏，但是信件我放进了前厅的一个空箱子里。有一天我回到家，发现她死在门边的地板上。旁边是打开的箱子和信件。祖母不是死于疾病，而是死于伤心。她的信件没有送到相应的地址。

叶戈尔　一个普通的故事。成百上千的老太婆甚至连海洛因都没有。

马克斯　不久前我认识了一个怪人，他告诉我，他是某个报纸的前任主编，在搜寻写作狂。我把所有的信件以一定价钱都卖给他了。不知怎么，我有点害怕了。嗯，有点……她可是认认真真地写了所有这些信的。而他呢，纯粹是和朋友说笑一下。然后我就很快收拾了一下，买了票来到这里，散散心。再说，那儿现在房契正在过户到我名下，我暂时在那儿也没什么事做。

叶戈尔　那怎么说，你轻松一点了吗？

马克斯　轻松多了。旅行总是让我很轻松。现在该你了。

叶戈尔　好。（敲击着打火机，思考着）我和塔季扬娜很多年前有
　　过一段感情，以流产而告终。不，还是换种说法比较好。她
　　们一对小情人，也就是两个疯狂的女同性恋恋人，让我给她
　　们生个孩子。

马克斯　寄生虫。她们也这么求过我。

叶戈尔　这不重要。但是对于她们的请求我莫名地认真对待了。
　　嗯，这是很久以前的故事了……我想——那时候她们杀了一
　　个孩子，现在我再生一个。加一，减一，总的来说，简单的
　　算术。

马克斯　（笑着）合理！

叶戈尔　我去找医生检查身体，你知道，我得知了什么吗？我没
　　有生育能力。也就是说完全没有。我永远都不可能有孩子。

　　　　〔停顿。

马克斯　我们的丹卡是好样的。

叶戈尔　（摇摇头）好样的……我习惯了，周围所有人都在试图欺
　　骗我，但是关于这个故事我总是想……总而言之，我一直都
　　在考虑这件事。所以我来这儿了。

马克斯　那她呢？

叶戈尔　我看着她，不相信。更确切地说，我相信她，相信她没
　　有欺骗我，那时候没有背叛我。

马克斯　（不信任地）叶戈尔，你干什么？你现在是在跟我讲一个
　　奇迹吗？这个奇迹是怎样……贞洁的怀孕？你已经完全不能
　　生了？

叶戈尔　举个例子，比如伊万。我看着他……他要是我，会疯了

的。或许这是唯一正确的出路。

马克斯 那你问她了吗?

叶戈尔 想问。她会说什么呢?我知道她会说什么。最讨厌的是,我相信她。我一直记得,这是怎么回事。我们相爱,但是那时不想要孩子,疯了似的防范,然后——突然有了!

马克斯 （坚决地）把所有这些都忘了吧。奇迹不会发生。而对万卡、我们的主人来说,简单易懂的东西——男人永远不会陷入生活的窘境。他会很快复原,会像我们,也就是会像我一样正常。带上他一起去看足球吧。顺便说说,有关足球的事。（看看表）我们该走了。

叶戈尔 （若有所思地）是啊,走吧。

　　　［走向门口。

马克斯 我有一个别的想法。

叶戈尔 什么想法?

马克斯 从这里离开。已经待得够久了,够了。你最终想达到什么呢?嗯,她会告诉你:"叶戈尔,原谅我,我曾经背叛了你。哎呀!"接下来呢?（笑着）

　　　［叶戈尔握着门把手,停下来,看着马克斯。马克斯不再笑了。

叶戈尔 你有对你来说重要的东西吗?没有吗?

　　　［马克斯没有回答。叶戈尔打开门,他们出去。听得到,在门外马克斯低声唱:"如果你白白辜负了某个人,日历终会翻过这一页,向新的奇遇前进,朋友们,加快步伐,火车司机……"

17

　　塔季扬娜坐着，手里拿着摄像机。伊万走过来。塔季扬娜下意识地把摄像机藏在背后。

伊万　你在藏什么?

塔季扬娜　没什么。（片刻停顿）摄像机。

伊万　要还了。借了很久了。

塔季扬娜　很久了。

　　　　　［停顿。

伊万　其他人在哪儿?

塔季扬娜　不知道。

伊万　你在做什么?

塔季扬娜　没什么。（片刻停顿）看录像。

伊万　知道了。

　　　　　［停顿。

塔季扬娜　你感觉怎么样?

伊万　还好。

塔季扬娜　睡在地板上背不疼吗?

伊万　听说，这样有好处。

塔季扬娜　都这么说。（停顿）洗手间的灯泡烧坏了。

伊万　需要买一个。

塔季扬娜　我已经跟你说过了。

伊万 是啊，见鬼，我完全忘了。（打哈欠）对不起。

塔季扬娜 我自己来买，如果对你来说困难的话。

伊万 你买吧。

塔季扬娜 伊万。

伊万 怎么了？

塔季扬娜 只是说一句，"伊万"。

伊万 嗯，是啊。伊万。（停顿）你怎么了？

塔季扬娜 什么？

伊万 我感觉，你在哭。

塔季扬娜 没有。是你的错觉。

伊万 是啊，确实。你只是这样坐着……

塔季扬娜 怎样？

〔停顿。

伊万 马上苍蝇要开始到处飞了。（片刻停顿）之后一切都会结束。

塔季扬娜 你记得吗，我们说过，要好好地在城外租个别墅过夏天。

伊万 那又怎么样？

塔季扬娜 只是想起来了。

伊万 你愿意吗？

塔季扬娜 你呢？

伊万 （支吾搪塞地）不知怎么地……

〔停顿。

塔季扬娜 什么都没做还一直感觉自己累。

伊万 喝点维他命。

塔季扬娜 是啊，应该喝点。

　　　　〔停顿。

伊万 我想问你。如果我消失几天……你会怎么看？

塔季扬娜 一切都可以商量。

伊万 那如果不是几天呢？

塔季扬娜 你想干什么？

伊万 说实话吗？不知道。

塔季扬娜 嗯，那就先搞清楚。到时候再决定。

伊万 好的。

塔季扬娜 （站起来）我还是去躺一会儿吧。感觉冷。

伊万 嗯。去吧。（停顿）等等！

塔季扬娜 （转身）啊？

伊万 你忘记拿摄像机了。

塔季扬娜 嗯，你不是想把它还了吗？而且我已经看完了。（走了）

伊万 是啊，当然。（一动不动地站着，之后打开摄像机，呆滞地看着视频扫描器的窗口；关上，站起来，走了）

18

　　马克斯和叶戈尔走进房间。叶戈尔手里拿着在体育场附近买来的木笛，马克斯拿着纸袋。两人都有点醉了。

马克斯 （开始从袋子里拿出食物）人都在哪儿？

叶戈尔 特鲁 - 嘟 - 嘟 - 嘟！

马克斯　主人们，都过来！

叶戈尔　特鲁 - 嘟 - 嘟 - 嘟！

马克斯　别睡了，别睡了！

叶戈尔　特鲁 - 嘟 - 嘟 - 嘟！

　　　　［塔季扬娜走过来。

马克斯　这不，女主人在家呢！

叶戈尔　特鲁 - 嘟 - 嘟 - 嘟！

塔季扬娜　（走到他跟前，夺走他的木笛）你知道我马上会把这个
　　　木笛塞哪儿吗？！

马克斯　丹娘，丹娘，冷静，我们要庆祝，别吵架。

叶戈尔　我们要庆祝。

塔季扬娜　庆祝什么？

叶戈尔　我要离开了。结束了。够了。干够了。

马克斯　我们还去看了足球。

塔季扬娜　你要离开？

叶戈尔　是的。还要带走马克斯。

马克斯　没有我，他去哪儿？六号选手把球传给了前锋……

叶戈尔　前锋绕过第一个后卫，第二个，第三个……

马克斯　球传回去了。我和守门员一对一，十米，在跌落中，
　　　用头……

叶戈尔　失了球。观众们大喊……

叶戈尔，马克斯　（齐声）"裁判是同志！"

马克斯　但是很好看。

叶戈尔　重要的是，要好看。

塔季扬娜　好吧，庆祝就是庆祝。

马克斯　伊万在哪儿?

塔季扬娜　他想来——就会来。不想来，他就需要这样。(看看食物，拿起一个高高的黑色盒子)这是什么?

叶戈尔　这是马克斯在超市里偷的。

塔季扬娜　(责备地)马克西姆……

马克斯　(辩解)这种我一次也没喝过。盒子很漂亮。我一看到它，立刻就想要。

叶戈尔　(赞同)漂亮。瓶子更漂亮。让我们倒上。

塔季扬娜　噢，我马上去拿高脚杯。

马克斯　为什么要高脚杯?我现在教你们用保加利亚辣椒喝酒。切掉上端……就是这样……现在杯子和下酒菜，这么说吧，二合一。

叶戈尔　酷。简直是野餐。

塔季扬娜　我们坐到地板上吧，就像真的野餐一样。

马克斯　我——赞成。

叶戈尔　我们打扫一下。

　　　　　[坐在地板上。

马克斯　好像在童年一样。倒酒。

叶戈尔　可怎么用辣椒碰杯呢?

塔季扬娜　祝酒词，谁来说个祝酒词?

马克斯　让叶戈尔说。

叶戈尔　为什么是我?我刚好要离开，就让女主人以悼词的形式说点什么吧。

塔季扬娜 好。我举起自己的辣椒……马克斯，不要再笑了。

马克斯 对不起。你继续。

塔季扬娜 我为我们即将离开的客人举起辣椒。跟你们在一起很轻松，很快乐，伙伴们……

马克斯 我们是单纯的快乐的小兔子，丹妮。

叶戈尔 别插嘴。

塔季扬娜 是啊，你们是单纯的快乐的小兔子，而且跟你们在一起很容易挺过难熬的时期——无论是可恶的雨或甚至……

马克斯 甚至什么？

叶戈尔 （动情地）谢谢。为你的健康干杯。（与塔季扬娜和马克斯碰杯）

〔谁都没来得及喝完，因为伊万走进房间。

伊万 我出去了一会儿。一个月里第一次出门。真讨厌。有人吐在楼道里了。

塔季扬娜 祝您健康。（干杯）

马克斯 伊万，跟我们一起坐。

叶戈尔 我要离开了。这不，我们决定稍微庆祝一下这件事。你呢？

伊万 （耸耸肩）来吧。

〔塔季扬娜默默地挪了一点，伊万坐到她身边。

马克斯 罚主人喝酒。

叶戈尔 我们今天去看足球了。你喜欢足球吗？

伊万 不喜欢。

塔季扬娜 祝您健康。（干杯）

马克斯 （谴责地看着她）迎着节拍搅拌。我们这样吧——在我说

　　祝酒词之前，我们谁都不喝。

叶戈尔　音乐家。我尊重音乐家——节奏感非常好。

塔季扬娜　马克斯，你能同时右手敲五次，左手敲三次吗？

马克斯　可以。等等。

叶戈尔　哦，那演示一下！（对塔季扬娜说）我试过，可从来都没成功过。

塔季扬娜　你哪儿能啊，你甚至连"森林里长出一棵云杉"都唱不对。

马克斯　朋友们！听我说祝酒词！

　　　　［所有人都不说话了。

马克斯　（充满激情地）我想喝下这惊人的辣椒，就像我们的主人一样。像他这样的人我大概有十年左右没遇到过了，所以我非常高兴，我遇到了。我感觉，像伊万这样的人撑起了我们的社会，我们的文学和我们整个国家。伊万，你是一个真正的人，我为你干杯。

叶戈尔　万岁！

　　　　［大家干杯喝下。

伊万　谢谢。我可以回敬一杯吗？

塔季扬娜　（用有点刻薄的语气）或许，用不着回敬？

马克斯　当然，当然！倒酒。

叶戈尔　不会太频繁了吗？不会吗？

马克斯　不会。能发生的最可怕的事就是我们都醉了。

叶戈尔　那我准备好了。

伊万　（站起来，打了好久腹稿）首先我想道歉。或许，你们不是在我生命中最好的时期成了我们的客人。

塔季扬娜 好的祝酒词。干吗？

伊万 我还没有说完。我还想说，我很忧伤。

马克斯 我们也忧伤，伙计！我们在你这儿受欢迎！

伊万 我还忧伤，因为曾经在某个地方因为你的错误有人死去……

　　　　[叶戈尔想说点什么。

　　　　（他用手势制止）即便不是因为你的错误，即便问题在于，你能够救他但是没有去救，即便是这样，——我忧伤的是，这之后所有人，甚至最亲近的人都认为你疯了。（片刻停顿）只是因为你能够救人，而没有去救，所以不能原谅自己。

叶戈尔 伊万，没有人认为你疯了。真的。

　　　　[伊万喝下酒，坐到自己的位置上。停顿。

塔季扬娜 我非常开心，你最终开始说话了。告诉我——这关我什么事？难道所发生的事有我的错吗？

伊万 你应该跟我在一起。如果你跟我在一起，你就应该站在我这边。

马克斯 别吵了。毕竟是庆祝会。

塔季扬娜 谁也没吵。（对伊万说）为什么我要跟你在一起？你问过自己这个问题吗？

伊万 没有。这就那么重要吗？

塔季扬娜 已经不重要了。伊万，你听我说……叶戈尔不是一个人离开。我跟他一起走。

马克斯 我操……

伊万 （慢慢地）是这样。

塔季扬娜 我把房子留给你。暂时留给你。之后再说。

伊万 叶戈尔？

叶戈尔 对不起。事情就是这样。

塔季扬娜 我没有想到，我们这么快就结束了。

伊万 你……在开玩笑吧？

塔季扬娜 我们已经将近一个月就像陌生人一样住在一起。你忘记了，还有"我们"。不是你，不是我，而是"我们"。我累了。

伊万 我不明白。

塔季扬娜 结束了。就这样结束吧。记得吗，就像电影里说的："难过的不是我们没有任何结果。难过的是，傻瓜原来是对的。"

伊万 （紧压太阳穴）什么电影？！你在说什么？！

马克斯 喝吧，万尼，喝吧……

　　　　［伊万喝下他手里的"一杯酒"，站起来。叶戈尔以防万一也站起来。伊万想再说点什么，但是转身走了。

叶戈尔 （沉重地坐下）你，妈的，做出……

马克斯 伙计们，你们什么时候做出的决定？

叶戈尔 （无视马克斯）你哪怕提前说一下，他妈的。你打算去哪儿？

塔季扬娜 不知道。

马克斯 怎么你？这都是你编的？

叶戈尔 以防万一提醒你一下——我和你不顺路。

塔季扬娜 是啊，当然。我只是已经继续不下去了。这样我也要疯了。

叶戈尔 有什么计划？

塔季扬娜 不知道。

马克斯 我想喝酒。如果没人反对的话……

叶戈尔 你总归知道点什么吧？你指望什么？他会清醒过来？这辈子都不会——看看他吧。

塔季扬娜 我不知道现在该怎么办。我不知道现在该怎么办。

马克斯 你们莫名其妙地会给自己想出各种麻烦。

叶戈尔 克柳奇，闭嘴。（停顿，摇摇头）是啊，事情……

塔季扬娜 对不起。这不关你的事。

叶戈尔 现在关我的事。我提议庆祝结束。

马克斯 遗憾。本来多快乐。

叶戈尔 （站起来，对马克斯说）收拾东西，我们该走了。

　　[马克斯站起来。两人都看着塔季扬娜，她还是坐在地板上。两个人离开。

19

　　叶戈尔把自己的背包拉到客厅里。塔季扬娜坐在桌子旁，双手抱着放在她膝盖上的大纸袋。

叶戈尔 这是你所有的东西？

塔季扬娜 暂时是的。

叶戈尔 你要住哪儿?

塔季扬娜 我给奥莉加打了电话。就是那个长条纹胡子的。她现在在海边。同意我在她那儿住一段时间。

叶戈尔 你疯了。你们这就是个疯人院。真真切切的。

塔季扬娜 是的。

叶戈尔 (用头指向卧室的方向)跟他说了吗?

塔季扬娜 没有。

叶戈尔 或许,他会……有点反应?

塔季扬娜 已经反应了。你自己看到了。

叶戈尔 我觉得,好像一切都是我的错。

塔季扬娜 只是感觉。

叶戈尔 我来是……可以问个问题吗?

塔季扬娜 问吧。

叶戈尔 先说一下,问题很愚蠢。

塔季扬娜 你什么时候提过不愚蠢的问题呢?

叶戈尔 嗯,就是现在……丹,你……你背叛过我吗?嗯,就是当我们在一起的时候?

塔季扬娜 确实是个愚蠢的问题。

叶戈尔 是啊。

塔季扬娜 没有。

叶戈尔 我得知,我不能有孩子,想象一下。

塔季扬娜 真是像奥莉加一样。

叶戈尔 我是认真的。我们怎么……你怎么能够……(揉鬓角)哎呀……相信我,我现在也难以启齿,但是不知怎么地……

塔季扬娜 叶戈尔，我爱过你。我一次都没有骗过你。这种事情我做不出来。你知道的。

叶戈尔 你就当我什么都没问过你，好吗？

塔季扬娜 好的。

叶戈尔 但是不管怎么样……

塔季扬娜 我可以告诉你你想听的。我现在真的无所谓。但是如果你想知道事实，那么我没有背叛过你。就这些。别再折磨我了现在。

叶戈尔 对不起。（坐到旁边的椅子上）

　　[马克斯走进来，手里拿着没喝完的酒，放到桌子上。

马克斯 我已经开始醉了。要不，来个践行酒？

叶戈尔 你的东西在哪儿？

马克斯 我几乎……现在只剩和主人告别……

塔季扬娜 站住！

　　[马克斯打开卧室的门，仿佛在等谁从里面出来，伊万走出来。他平静得令人怀疑。

叶戈尔 （叹气）咳，或许，我还是在门外等吧。

伊万 在这里等着。我要说一件事，跟你也有关。

马克斯 我们只是想告别，伊万……

伊万 等等。（对塔季扬娜说）从你开始。

塔季扬娜 嗯？

伊万 我总是认为，我一切都来得及。而跟你在一起，我决定结束了，你是我的最后一站，再也没有路了，在你之后什么都不会有了。我找到了你。就这样。

塔季扬娜　然后呢?

伊万　因此你不能离开。

塔季扬娜　这对我来说非常荣幸。你这样决定自己生命中的所有事情真是太好了。只是我要离开了。

伊万　你不能离开。

塔季扬娜　我已经离开了。

伊万　(平静地)不可能。(对叶戈尔说)那么这样。现在该你了。

叶戈尔　(懒洋洋地从自己位置上站起来)洗耳恭听。

伊万　听着……(扬起手要打他)

　　　　[叶戈尔弯腰,伊万打空了。他再一次试图打他,但是同样没有打到。马克斯从后面抓住伊万的腿,伊万摔倒了。

塔季扬娜　(把马克斯从伊万身边推开,自己护着他)住手!你们干什么?!住手,别碰他!

　　　　[伊万想要站起来,但是塔季扬娜没让他站起来。马克斯和叶戈尔站着,围着他们。伊万和塔季扬娜,叶戈尔和马克斯接下来的对话实际上同时进行。

伊万　放开我!他不能把你带到哪儿去……

塔季扬娜　万尼亚①,拜托,我求你了,拜托……

马克斯　要不,踹他的肋骨?

叶戈尔　等等,别碰他。

伊万　你留下来跟我在一起!在这里!明白吗?!

塔季扬娜　冷静一下,求你了!

———————————

①　万尼亚是伊万的小称。

叶戈尔　哎呀你，和平主义者！谁都没有要带走她，听到了吗？

马克斯　揍他，就此了断吧。

塔季扬娜　别碰他！

伊万　（对伊戈尔说）过来，你！

叶戈尔　（没忍住）我应该去哪儿？！跟你躺在一起？你怎么了，白痴吗？！

塔季扬娜　万尼亚，万尼亚，我哪儿都不去，你听着，我哪儿都不去……

马克斯　（对叶戈尔说）好像，他们一切正常了。（拿起酒瓶，对着瓶子喝一口，伸手递给叶戈尔）喝吗？

叶戈尔　来吧。（喝一点）

伊万　你不走了？不要抓着我，我还没跟他们说好……

马克斯　你是笨吗？她留下来了，留下来了。（对叶戈尔说，一本正经地）我觉得，如果用胶带把他捆起来……

塔季扬娜　（哭诉）我留下，万尼亚，我留下，我跟你在一起。

叶戈尔　（做手势，像对聋子一样）都是她编出来的。故意的。明白吧？啊？

伊万　让我站起来！（更加平静）我谁都不碰。我承诺。

马克斯　（对叶戈尔说）他承诺。我们刚刚夺回自己的命，想想。

　　　〔伊万站起来。塔季扬娜小心翼翼地扶住他。马克斯和叶戈尔站在对面。

塔季扬娜　（急忙打断沉默）我哪儿都不去。

叶戈尔　（嘲讽地）谁怀疑了。

马克斯　听着，咱们好好地结束这一切。我们大家刚开始互相不理解，现在都互相理解了。事情解决了，但是酒宴没了。

　　〔停顿。

伊万 （对塔季扬娜说）原谅我。

塔季扬娜 我站在你这边。我跟你在一起。

马克斯 （拿起叶戈尔手里的酒瓶，伸手递给伊万）喝点？

叶戈尔 （对伊万说）这一切不知怎么都那么地愚蠢。除了这瓶酒我们没什么可以分享的。真的。

20

　　　　还是老地方，两个小时过后。所有人都已经烂醉了。塔季扬娜紧紧依偎着伊万。伊万一只手抱着她。

叶戈尔 那么，我回去取东西……回去了……我在说什么？

伊万 （对塔季扬娜说）你坐着舒服吗？

塔季扬娜 嗯……

马克斯 你说过，你在火车站被当成恐怖分子。

叶戈尔 （摆手）接下来的事完全不值一提了。拘留了一段时间，检查证件，然后放出来。回家。

伊万 你知道我在想什么吗？有人感兴趣吗？

塔季扬娜 告诉我你在想什么。我很感兴趣。

伊万 我一直在想那件事。要知道，或许我就应该不救他。比如，举个例子……这是命，对吧？他的命运就是这样。

马克斯 正是。意思是说苹果。你以为——我能够防止什么发生……但是你什么都防止不了。

伊万 老实说，如果理性地想一想——我是看见了，马上就要掉下来了……

塔季扬娜 （身体微微瑟缩）要不，不谈这个了？

马克斯 不要妨碍他，丹妮。现在需要这样。

伊万 可我来不及了。根本来不及提醒任何事情。或许，我下意识地算了算，就没冲过去。对吗？

叶戈尔 嗯，大概是这样。喝酒吗？

伊万 不要把别人的命运揽到自己身上。一个人不能承担两个人的命运。这是不现实的。或许，这是正确的，就应该这样活着，但是这是不现实的。

马克斯 （给所有人添酒）说什么呢，男人，说什么呢。

伊万 （稍稍站起）是谁决定，可以为别人负责？谁想出这些规则？

马克斯 没有任何规则。也就是说，规则，当然，有一些，但是所有这些都是区区小事。

叶戈尔 咱们喝酒吧，他们已经自己想明白了。

伊万 祝您健康！

塔季扬娜 说点祝酒词。否则就像酒鬼一样……

马克斯 让我们为了那个干杯。为了生命中最宝贵的东西。

伊万 我非常清楚，我生命中最宝贵的是什么。

塔季扬娜 什么？

叶戈尔 好了，够了，你们的悄悄话都让我恶心了。

塔季扬娜 恶心——就别听。

伊万　来吧！为宝贵的东西干杯！

马克斯　这就对了。

　　　　〔碰杯，喝酒。伊万和塔季扬娜亲吻。

马克斯　叶戈尔。

叶戈尔　我听着呢，我的朋友？

马克斯　你什么都没忘，叶戈尔？

叶戈尔　例如？

马克斯　嗯，我不知道。或许是，什么东西？

叶戈尔　例如？

马克斯　嗯，我不知道。或许，你和谁打赌了？

叶戈尔　（拍着自己的额头）啊，就是！（从口袋里拿出打火机，
　　　　递给马克斯）

马克斯　（醉醺醺但小心翼翼地把它装进口袋里）好东西。

叶戈尔　你为什么要打火机，你又不吸烟？

马克斯　我经常从极速前进的火车上跳下来。藏在某个原始森林
　　　　里，雪堆里，而我已经有打火机了。

叶戈尔　下次我们赌一口锅。你用得着。在原始森林中。

马克斯　你看，主人们都睡着了。应该为了他们的健康干杯。（喝酒）

叶戈尔　是啊，我看到了。良心纯洁的人睡得香。小时候有人这
　　　　么跟我说。总的来说，为什么小时候学的，生活中一次都用
　　　　不着呢？我不明白。

马克斯　该从这儿离开了。摩尔人做完自己的事情，摩尔人能勇
　　　　敢地离开。（艰难地站起来，看着睡着的伊万和塔季扬娜）仿
　　　　佛一切从他身上迅速消失了。只是稍稍吓唬一下，就没了：

别碰我，不要破坏我的小世界。

叶戈尔 你干吗这样怪他？

马克斯 我不是怪他，我是怪我自己。你相信谁，兄弟？相信这个工程师？他们已经不存在了，明白吗？他们就像恐龙一样都灭绝了。早就已经灭绝了。我告诉你一点。（指着上面）那里没有任何人，任何人都没有。（指着自己）这里面什么都没有，没有任何规则。

叶戈尔 那有什么？

马克斯 只有人。其他谁都没了……（站起来，试图走一步，但是差点没摔倒。）

叶戈尔 哎，兄弟，这样不合适。坐在这里，我现在把你的背包拿过来，我们夜里慢慢走。

马克斯 说好了。（倒在地板上）只是别太久，行吗？

叶戈尔 我马上。（有点摇摇晃晃地，走出去）

马克斯 （看着睡着的主人；讽刺地）祝你们相亲相爱……亲爱的……

（敲着打火机：打不着了）汽油没了……叶戈尔，他妈的，这是你的故事，随身带着不能用的打火机……

（向背后仰，闭上眼睛）

［停顿。叶戈尔进来，拉着自己的背包。

叶戈尔 酒醒了……马克斯？还在睡吗？（坐在背包上）丹妮！你知道，我怎么想的吗？如果你没有欺骗我……你知道吗，发生了什么？丹妮！发生了可怕的事情。丹妮，万一我们那时……这个流产……万一正是那个孩子呢？有人期待着他，已经等了两千年，而我们……一下子——杀了他，一下子——救世主没有来到世界……而且他们永远不原谅任何人。为什么？我一来到这儿，我就一直想这件事情。呓语，或许……我想——为什么周围所有人都这么轻松？为什么所有人都这样，仿佛……仿佛从头上切下了什么？你，马克斯，你的这个神经衰弱患者，总之都是。或许，因为那个孩子没有出生？啊，丹妮？我之前看着伊万，他跟别人不一样。他只不过……（叹息）要是你骗我就好了。老实说，丹妮……我没告诉你，但是这些想法在我内心根深蒂固。甚至连喘口气都难。我太胆小，不敢说这件事。也忘不掉。但是没人说，只能跟你说。可你睡着了。你睡着了这很好……（拿起酒瓶，对着灯看看，仰头，喝完剩下的）或许，我在某些地方错了。他没遇到像我们一样的白痴？对吗？老实说，我没有准备好为全世界负责。而且谁也没准备好。我马上要走了，丹妮。而且带上马克斯一起。明天醒来就只有你们俩，希望你们一切像从前一样。（从背包上下来，靠在上面像是靠在枕头上一样）我刚刚恢复精力，稍微休息休息就走。你考虑一下我说的事情。好吗？这就可以解释一切。我非常希望，你骗了我……（睡着了）

〔天空中开始下雪，雪花中躺着的人们的侧影逐渐消失不见——直到留下白色平坦的表面，在上面又可以画画了，就像在一张干净的白纸上一样。

——幕落

本托·邦切夫的课程

——一位著名的保加利亚大学生生活中的真实故事

马克西姆·库罗奇金　著

潘月琴　译

作者简介

　　马克西姆·亚历山大洛维奇·库罗奇金（Максим Александрович Курочкин，1970—　　），俄罗斯剧作家、演员、编剧和史学家。"青年戏剧节"和"纪实戏剧"项目的组织参与者，"反布克奖"评委特别奖获得者。21世纪俄罗斯"新戏剧"浪潮的代表作家，以理性与充满政治隐喻的戏剧作品享誉俄罗斯和欧洲。

译者简介

　　潘月琴，北京外国语大学俄语学院教师，副教授。代表译著有俄罗斯白银世纪作家伊万·什梅廖夫的长篇小说《死者的太阳》，另译有当代俄罗斯作家的短篇小说若干，参与了《20世纪俄罗斯文学》《俄罗斯当代小说集》《普京文集》等书籍的翻译工作。

人　物

本托。

桑迪。

切齐丽娅。

西蒙。

提尔斯。

吉达。

弗兰克。

艾玛。

萨皮里迪斯教授。

男女大学生若干。

其他人若干。

光明从未驻足这夜的学校

而我却要在这里把它寻找！

　　　　　——安东尼·贝尔杰斯《恋爱中的莎士比亚》[1]

---

① 题句俄文译者为叶·诺沃日洛娃。——原注

闪存 –1①

本托 我叫本托。我的先辈从保加利亚来到这里。当登记表上要求注明初始性别时，我写的是"男性"。我认为我有权利这么写，因为我听完了性行为史的全部课程。

闪存 –2

　　　　学校楼前的自行车停车场。本托坐在停车场旁边的小草地里。一群大学生从他身旁走过。

本托 大家好！

　　〔学生们惊讶地回头看本托。

　　大家好！

　　〔没人再看本托。

　　（本托从草地上起身追上学生们）你好！这是你的自行车吗？

---

　　① 剧本以未来某个世纪的人将自己的生活和记忆储存下来留给后人的构思写成，全剧共计51个记忆片段，原剧用флэш（意为：内存卡，闪存，闪存盘）加序列号的方式为各片段命名，此处依意译出。

〔我们明白，他这是冲着一个穿亮色雨衣的姑娘说的。姑娘停住脚步。

这是你的自行车吗？绿色的那辆？

桑迪 这是我从委托商店里买的。那里几乎都是新车。但我更喜欢这一辆。

本托 是辆很棒的自行车……

桑迪 只是需要换一下刹车片。我不会换。你会换刹车片吗？

本托 自行车很棒……

桑迪 就是刹车不太好。车有点生锈，但我就是喜欢这种锈。很显眼，在停车场里一下就能找到它。

本托 是啊，这辆车真不错。

桑迪 就是很旧了。

本托 是辆好车。你现在不骑上它走吗？

桑迪 不，我今天还有两门课要上呢。

本托 可我今天的课都上完了。我想回家。

桑迪 我叫桑迪。

本托 桑迪，很高兴认识你，可……

桑迪 你叫什么名字？

本托 本托。本托·邦切夫。是个保加利亚名字。

桑迪 很高兴认识你。

本托 你能否……

桑迪 我很高兴你过来跟我认识。我不太擅长主动跟人打招呼。

本托 桑迪，你能不能把锁取下来。

桑迪 什么锁？

本托　你自行车上的锁。

桑迪　为什么？把车锁在管子上，别人就偷不走了。

本托　我明白。可你没把车锁在管子上，而是锁在了我自行车的车架上了。我现在没法回家了。

桑迪　我的天啊……对不起。

本托　没什么。你把锁打开就行了。

桑迪　好的。（她打开锁，松开了本托的自行车）

本托　谢谢。（骑上自己的自行车）

桑迪　本托，你会修自行车吗？

本托　不会。

　　〔本托骑车走了。桑迪目送着他的背影。一群学生从她的身边走过。

闪存 -3

本托　我真的不会修自行车。我从没修过。但这不意味着我修不了，要是想修的话，我就能修。什么事都是可以学会的。但那会儿我根本顾不上自行车。我正在潜心研究性的问题。

闪存 -4

提尔斯　用电影中的例子来研究两性关系，就好比去了一趟"俄罗斯的小山丘"就来评判喜马拉雅山一样。

本托　可您自己一直在引用经典范例。

提尔斯　我假设有一部分电影反映了现实。问题在于是哪些电影？不，假如你打算认真地研究性的问题，我建议你不要陷在这种例证里。

本托　我想要严肃地研究性的问题。

提尔斯　那你就把这些旁观者的解释放到一边，去研究研究那些亲身经历者的回忆。

本托　教授，那您是如何看待……

提尔斯　我知道你想问什么。有什么证据？

本托　对。确凿无疑的证据。有这样的证据吗？

提尔斯　恐怕没有。

本托　可那些动态的春宫作品呢？报纸上说……

提尔斯　报纸需要轰动性的事件。我自己年轻的时候也参与过寻找，钻进地下室和阁楼，敲打墙壁夹层。希望找到被丢弃的春宫图。当时很开心。但严格来说这是白白地浪费时间。

本托　大家都说，有人找到过。

提尔斯　那些被说成是春宫作品的东西，就像是业余爱好者拍到的雪人或尼斯湖怪物一样不可信。人们总是看见他们想看见的。我为一个类似的东西做过技术鉴定……

本托　您？亲自……您拿在手里过？

提尔斯　不仅拿在手里，还看了录像。

本托　那么……

提尔斯　是假的。一望而知。是下作的赝品。故意把图像质量弄得很差，好让人相信录像是旧的……可这……也太粗制滥造了。显然是演员演的。而且是一些很差劲的演员。声音很不自然，动作过于激烈，器官大得出奇，肌肉过分紧张……低年级的学生们会把性爱想象成这样。任何一个严肃的学者都会说："我不信。"毋庸置疑的假货。现代的技术条件下弄出这种录像简直就是五分钟的事。

本托 就是说，没有确凿无疑的证据了？

提尔斯 上帝存在的可靠证据同样没有。可还是有很多人相信他。

本托 正是如此。人们相信无法证明的东西。

提尔斯 可"上帝"这个概念的崇高意义正在于此。

本托 我不能就此轻信。我需要证据。

闪存 -5

本托和吉达在学生食堂里。他们假装在挑选甜甜圈，实际上却在做提尔斯教授的实验作业——讨论女孩子。

吉达 （看着笔记）"请看一个离得最近的女性生物体"。

本托 我看了。

吉达 （读）用三分制来评价她。

本托 零分。

吉达 不行，得是 1 到 3 分。

本托 1 分。

吉达 （读）请判断该生物体属于哪一种类型的女人："没有吸引力的""不太有吸引力的""有吸引力的""无法判断"。

本托 无法判断。

　　　［吉达仔细记录测试结果。

吉达　（读）"请看下一个……"

本托　1分。

吉达　请判断……

本托　无法判断。

吉达　下一个。

本托　1分。无法判断。

　　　［吉达认真地做记录。

　　　这里所有的都是"1分"和"无法判断"。现在你来吧。
（拿起表格）

　　　［吉达环顾在场的姑娘们。她们端着盘子走动，挑选吃的，互相交谈。她们有高有矮，有漂亮和不太漂亮的。她们的秘密何在？难道她们也有让人爱得发疯的时候？吉达很难想象出这样的场景。

吉达　我的答案同你一样。三个1分和三个"无法判断"。

本托　（把结果写进表格里）你多少有点感觉没有？

吉达　什么感觉都没有。现在我们该研究她们对男人的反应了。

本托　白费力气。结果都一样。肯定是毫无反应。

吉达　老兄，我们在做一件很奇怪的事情。

本托　我同意。

闪存 -6

本托　说真的，童年时我相信所有这些故事。哎，就是罗密欧和尤利娅①，特里斯坦和伊佐尔达②，女孩儿和男孩儿……我全都相信。这或许是因为我在一个自由主义的家庭里长大……没人特别操心过我的世界观该如何形成，没人急着剥夺我童年的幻觉。我相信所有这些"吸引""震撼""宿命般的激情"……但模糊的幻想、煎熬、忧愁却并没随着长大如约而来。我还是从前的我。其实，我所有其他的同龄人也都是如此。我曾像许多人一样深感失望。但我一直想探究所以，因此我报名上了最著名的古代性伦理学专家提尔斯教授的特别课程。

闪存 –7

桑迪坐在自行车停车场旁边的草地上。本托从教学楼的门里走出来。

桑迪 你好。
本托 你好。
桑迪 我想跟你说声谢谢。
本托 为什么？
桑迪 你没因为我把自行车锁在你的车上而骂我。
本托 小事儿一桩。

---

① 即莎士比亚名剧《罗密欧与朱丽叶》中的男女主人公，因名字的音变关系，"朱丽叶"在俄语中也作"尤利娅"。
② 中世纪爱情传奇故事《特里斯坦和伊佐尔达》里的男女主人公。

桑迪 不。这可不是小事。实际上我的做法很糟糕。因为你可能急着走……你可能有急事儿。

本托 如果我有急事儿，我就坐公共汽车了。

桑迪 可你没法骑自己的车，一定会觉得不痛快。你可能会一边坐在公共汽车上，一边把我想得很坏，你可能会赶不上一场重要的足球比赛的开场，假如你喜欢篮球的话，可能是篮球比赛的开场。或是……

　　［本托没听见桑迪的最后几句话。他已经骑在自己的车上往市立公园的方向去了。今天他有空闲时间，他要好好地利用一下——打打篮球，在游泳池游会儿泳，去看个电影，在阿尔巴尼亚餐厅吃顿晚餐。当然了，阿尔巴尼亚厨师（纯粹的中国人）离真正的保加利亚厨艺还差得远呢。但再怎么着也比吃倒胃口的肉馅饼要强。

　　［本托年轻。果断，也很勇敢。自行车的刹车很好使。其实几乎用不着刹车。本托在笔直的自行车道上骑得飞快。风在耳边呼啸。眼前就是令人心旷神怡的傍晚时光了。

闪存 -8

　　本托拿着书直接坐在教学楼走廊的地板上。提尔斯快步向他走来。

提尔斯 抱歉，我迟到了。我不喜欢迟到。（在本托身旁的地板上坐下）

本托 没关系，教授。我有书看。

提尔斯 （看封面）魏宁格尔[①]？这本书可引起过很大的喧嚣呢。

本托 是啊，我听说了。可说真的，我不明白，这书有什么值得喧嚣的？

提尔斯 关于女人身上有男性特质，男人身上有女性特质，这种思想在当年可是相当大胆的。

本托 这倒不假。

提尔斯 长久以来，人类一直试图接受这一思想，但却始终无法完全做到。

本托 提尔斯教授……

提尔斯 请说，本托。

本托 我不想惹您生气……

提尔斯 说吧，你不会惹我生气的。

本托 我想换一个论文题目。

提尔斯 你对文明演化过程中的性爱时期不再感兴趣了？

本托 不，怎么会，这很有趣……

提尔斯 有趣？

本托 这时期有许多神话，精彩的艺术，神奇的故事……那些因女人而毁灭的国家，性伦理，性变态——特别是性变态……所有这一切，的确非常有趣。

提尔斯 那问题在哪儿呢？

本托 我……再也不相信这些了，教授。

---

① 奥托·魏宁格尔（1880—1903），奥地利哲学家和心理学家，其在维也纳大学的博士论文以雌雄同体研究为题。

提尔斯 不相信？

本托 不相信了，教授。我再也不相信这些了。

提尔斯 （难掩自己深深的沮丧）你是我最喜欢的学生。

本托 我知道，教授。

提尔斯 好吧……我不能强迫你。很遗憾你没有完成研究生课程。接下来你打算研究什么？

本托 还不知道。

提尔斯 那我就搞不懂你了。

本托 教授，您对女人感兴趣吗？

提尔斯 这是个很棒的研究题目。

本托 可作为欲求对象的女人呢？

提尔斯 不感兴趣。

本托 那您对什么感兴趣？

提尔斯 我的工作，我的书，我的抱负。认知的过程，对真理的探索，旅行，运动。这些都让我感兴趣。另外还有，我喜欢美食。

本托 那您为什么认为先辈们比我们傻？您为什么要为他们捏造一些当代人所没有的特点？

提尔斯 但是有一些间接资料。有描述，有文献……有一些关于爱情技巧的书……

本托 难道没有写腾云驾雾的书吗？没有写死后生活的书吗？没有写如何天降灾祸邪病，如何呼风唤雨的书吗？为什么我们要相信这些中世纪的杜撰？我问得再直接点儿，您自己曾感受过那种与古代小说里描写的爱情相似的东西吗？

提尔斯　我本人不曾感受过。

本托　我也没有。

提尔斯　但我想让你认识一个人……他是个美国人。

闪存 -9

西蒙　这事发生在"流浪者队"在时隔 100 年后从"洋基队"手里夺得了全国比赛冠军的那一天。我在酒吧看直播。喝的是不掺任何东西的威士忌。甚至连啤酒都没喝。和我并排坐着一个女人。她也是"流浪者队"的球迷。当比赛结束时，我们不经意地互相看了一眼。我发誓，她鼻子上没长包，口红也没涂得到处都是，发型正常。她身上的一切都中规中矩，没什么能吸引我的注意。但我们就是互相注视着，无法把视线挪开。看了大约有 5 秒钟……

本托　5 秒?

提尔斯　西蒙，想清楚，这很重要。

西蒙　5 秒或 6 秒……感觉时间好像停止了。

本托　然后呢?

西蒙　然后我把眼睛移开。不，是她先把眼睛移开的。

本托　您感觉到什么了吗?

西蒙　没有……我没感觉到什么。但她一直在看我。这有点不寻常……我相信，她感觉到了什么。我当时太激动了，以致发起了高烧，不得不在床上躺了好几天……

169

闪存 –10

本托　我深受震撼。第一次接触到了神秘未知的东西。但我的震撼并没有持续多久。

闪存 –11

本托　恐怕这个故事另有一个符合逻辑的解释。

提尔斯　真见鬼……你说说看。

本托　您记得吗，他说见过那个女人之后他病了？

提尔斯　当然记得。我能把他的故事倒背如流。

本托　问题是他忘了一个细节。他不单单是卧床而已。他请了正式的病假。

提尔斯　这说明什么？

本托　这说明医生给他看过病。我在西蒙的医疗卡上找到了医生的记录。水痘。他得了普通的水痘。那女人看的是他满脸的疹子。

提尔斯　你怎么知道他就是那天得的水痘？

本托　幸运的是"流浪者队"不是那么经常赢得全国冠军的。

闪存 –12

本托　我推翻了导师所信奉的理论所赖以支撑的论据，我自己并不觉得高兴。提尔斯教授陷入了抑郁状态，而且他没找到比酒精更好的治疗方法。我不得不代替他去讲课。

闪存 –13

提尔斯教授与自己最好的学生用电话交谈。

提尔斯 本托，我的孩子……如果你能代我上接下来的三次课，我将对你感激不尽。

本托 当然了，教授。我非常乐意。

提尔斯 考虑到你打算放弃我这门课程，我想你可能不会觉得很乐意。

本托 怎么会？我不后悔跟您学习过。

提尔斯 别安慰我这个老头了。你曾是我的最后一线希望。

本托 我很抱歉，教授。但您明白，我无法去研究我已经不相信的东西。

提尔斯 当然了。

本托 我可以不与学生们分享自己的新信念。

提尔斯 这没必要。你完全可以介绍各种不同的观点。

本托 好的，我想这样会更好。祝您早日康复，教授。

提尔斯 谢谢，亲爱的。

闪存 –14

本托在讲课。

本托 人类经历过性爱阶段的理论并不是一个新东西，它已经有好几千年的历史了。历史上有过一些时期，这样的观点曾超越大学教室的厚墙，成为社会上普遍的认知。曾几何时，这个虽然饱受争议但却令人起敬的科学假说也曾被广泛的无知大众所熟悉，它曾使社会分化，并渗透到社会的所有阶层，其中也包括最高的社会阶层。我们可以回忆一下，所谓的"爱情"是如何以时尚之名，在 17、18、19、20 以及 21 世纪的一部分时间里大行其道的……它的倡导者们主要是一些情绪边缘化的诗人、艺术家、心理状态不稳定的人、神经过敏者、梅毒患者、异域宗教偶像的信奉者。为了公正起见应当指出：较早时期的文学典籍并不总能杜绝向这个大骗局阿谀献媚。让我们来回忆一下游吟诗人的诗歌。（用手指比画出一个引号）对一位美妇人（用手指比画出一个引号）的爱情。至今尚有一些聪明人坚信，类似的文本根本不是记录炼金术士生理反应的加密笔记，而是反映着对现实的血肉之躯的某种动物性渴望……

男学生 我们是来听性历史课的，而不是来听对它的批判……

本托 你们还得忍受两次这样的课……我已经告知提尔斯教授，我不认为应该向你们隐瞒自己的观点。我是经过了长期和痛苦的过程才得到这些观点的。不久之前我还认为现有的证据已经足够说明问题，我不断寻找新证据，我曾相信爱情，曾探讨（又用手指打引号）女性的永恒不解之谜，探讨激情，嫉妒……不久之前，我就像现在的你们一样。我想要相信。而今天我坚定地认为，在理性健全的环境中，能被真实记录下来的性吸引不仅在当下是不存在的，在历史上同样也是不存在的，历史上的几个例外事件，明显具有歇斯底里的病态性质，是在所谓的艺术感召力的挑唆下发生的，而这艺术实则是为一小撮贪婪的招摇撞骗者的利益服务的。

女大学生 您把生育繁殖给忘了。孩子们从何而来呢？

本托 这是个很棒的问题。您帮了我很大的忙，尽管您未必是为了帮我才提问的。现阶段已知有140多种基本的繁殖方法。假如我问，你们认为其中哪一种是自古以来最自然、最符合人类天性的方法，你们将如何作答？

〔学生们抢着提出各种方案，彼此毫不谦让。

女学生 非阴道植入法？

男学生 克隆术？

男学生2 婴儿再造术①。

本托 够了。不然的话，以你们的聪明才智，还会说出试管婴儿和死后克隆来呢……实际上，你们提到的最古老的方法也没超过200年。

女学生 但这只能证明这些方法是从前没有的。

本托 这证明我们的先辈不是傻瓜。没有这些方法，但有其他的，我们所不知道的方法。弥涅耳瓦②女神是从朱庇特③的脑袋里

---

① 这里提到的"非阴道植入法""克隆术""婴儿再造术"等都不是我们现实生活中已有的生育方法，而是作者为剧中的未来世界想象出来的方法，其中"婴儿再造术"是作者自造的一个词，此处按构词方法译出。

② 古罗马神话中的智慧女神。

③ 古罗马神话中的主神。

173

生出来的。亚伯拉罕①生下以撒②,以撒又生下雅各③。诸如此类。维纳斯女神是从大海的泡沫中诞生的。例子多不胜数。

女学生　这些只是隐喻。

本托　是隐喻。的确是隐喻。是对一个重要的、神圣的过程的隐喻。这个过程秘不示人,被小心呵护,远离尘嚣。它只为那些经过精挑细选之后亲历最初典仪的人所知晓。隐喻——正是如此——是隐喻!爱情本身就是个隐喻。当中世纪的化学家说墨丘利④喜欢龙时,其实他指的不过是水银能与硫黄化合,或者类似的东西。我对炼金术知之甚少。因此,当我听到谈论使男女之间相互吸引(或者更糟,同一性别之间相互吸引)的魔力时,当我观看无数记录所谓的"接吻"那一刻的艺术作品时,我心中会产生一个问题。这是什么?是对丑恶现实的反映吗?还是对反自然仪式的记录?或者它是一种象征、标记,其隐秘的含义未能留传给我们?

　　〔桑迪走进来。

桑迪　请您允许我进来,教授。

本托　提尔斯教授病了。我代他上课。

桑迪　请您允许我听课。

本托　请坐吧。

　　〔桑迪坐下。

---

①　犹太教、基督教、伊斯兰教的先知。
②　亚伯拉罕唯一的儿子。
③　以色列民族先祖,亚伯拉罕之孙,以撒之子。
④　该词既指水星,也指古罗马贸易神墨丘利。

（本托继续自己的激情演讲）当有人对我说，接吻不是一个诗意的形象，不是创造性想象的产物，而是一个现实的生理行为时，我要建议我的论敌们去想象：另一个人类生物的湿润的嘴唇触碰你的双唇，他的舌头与你的舌头相互交会，蠕动、颤抖，深深地探入你的口中。你们能想象这事发生在你们身上吗？我不能。

［教室里一片寂静。学生们都被震住了。他们同样无法想象某人的舌头会伸进他们的口中。

闪存 -15

提尔斯教授这一夜显然没有睡好。其实前一夜他也是以一种有违健康的方式度过的。教授一生喝过的酒都在他脸上留下了痕迹，最近一周半时间里所喝的酒则将原有的痕迹进一步深化了。

提尔斯　我是个老家伙了，本托。我记得，在我的青年时代，性学研究还是受到尊重的。数十次的研讨会，大量的专业性学术杂志。当然，那时在资金方面也常出现问题……

本托　这种问题什么时候没有呢？

提尔斯　用于研究方面的钱总是很难搞到。但我们想办法组织了一些严肃的考察，搞到了一些极有意思的资料……

本托　严肃的资料……

提尔斯　是的，一些非常有趣的资料。

本托 现在有什么东西妨碍您向董事会提出申请吗?

提尔斯 每年都提!我连续 15 年申请去亚马逊河流域考察……毫无希望。没有人再资助我们了。

本托 既然我们开始分享回忆,那您听听我的……在我是一个被学习和足球占去全部精力的少年时,我常常从电视里看到,著名的提尔斯教授是如何出发去寻找新部落的。我想:难道他真的能找到那些做爱情游戏的野蛮人吗?我开始想象,一切看起来都是可能的,令人激动的……然后报道说,提尔斯教授考察回来了,获得了震撼人心的资料,他需要时间整理,等他整理好后,立刻就……我等了一个月,两个月,三个月……可教授并不急于引起关注……一直等到下一年他再次出发去做下一次考察。故事不断重复。年复一年……得到了震撼人心的资料!震撼人心的资料!它们在哪儿?根本就没有!现在我彻底明白了,所有这些资料都是教授想象的成果,是您在董事们面前报账的手段。

提尔斯 不是这样的。

本托 就是这样。遗憾的是就是这样。万分遗憾的是我直到现在才明白这一点。

提尔斯 我们收集了数量巨大的传说……

本托 又是传说!我没法再听这种话。

提尔斯 本托,求你了……我一直像对儿子一样对你……我明天不能去上课,我得清醒过来。我要集中精力好好想想,好好地想一想……

本托 又去泡在威士忌里。

176

提尔斯 是啊，也需要……（几乎要哭了）请你不要毁了我毕生的事业。

本托 我向您保证过会儿去上三次课。一次已经上完了，还剩两次。

提尔斯 对，可我不曾想你对我的课题是如此无情。

本托 我不过是展示各种不同的观点。

提尔斯 本托，我从事的事业再也经受不起各种不同的观点了。

本托 也就是说，这再也不是一门科学了。

提尔斯 这是门科学。它不过是过时了而已。

本托 或许是这样，教授。但对我来说心怀怜悯的时代已经过去了。现在我对您所信奉的一切都抱有敌意……我看不出继续为您遮丑有什么意义。

提尔斯 你确信无疑吗?

本托 我确信无疑。

提尔斯 我想介绍你认识一对上了年纪的伴侣……

本托 伍德和科瓦尔斯基?

提尔斯 你怎么猜到的?

本托 这并不难。只是我不明白要我去认识这两个骗子有什么意义。

提尔斯 他们不是骗子。你应该自己去看清楚一切……为了我。

本托 我恐怕不会……

提尔斯 为了真理。

本托 好吧，我可以在他们身上花一个钟头的时间。但我预先说明，我不会对您随声附和。我坚信，这又是一个大骗局。

提尔斯 难道他们会用漫长人生作代价?

177

本托 不过是没人需要的漫长人生罢了。

闪存 –16

本托 实际上我一直感到不安，而且并不像对教授说的那样坚信自己是对的。过去的偶像们对我仍具有影响力。弗兰克·伍德和艾玛·科瓦尔斯基曾是西方世界最著名的"爱侣"。20 年前他们曾处于荣誉的鼎盛时期。他们的"情感"故事被所有大小流行杂志津津乐道，他们自己则是电视里的常客，辗转于各种各样的脱口秀节目中。有些记者曾怀疑他们未必诚实，但却无法提供任何可疑的佐证。尽管弗兰克和艾玛成功地避免了丑闻，但他们最风光的时候已经过去了。

闪存 –17

曾几何时风光无限的一对怪胎的家中，客厅。本托和提尔斯坐在造型简洁的老式扶手椅里。弗兰克（一个衣着整洁但老态龙钟，脸上长着雀斑的小老头）在给客人们倒饮料。

弗兰克 女主人很快就下来。要威士忌?

提尔斯 威士忌。

本托 不，谢谢……

　　　[令人压抑的停顿。

提尔斯 您这里很舒适。

弗兰克　艾玛认为居室布置很重要。她亲自做的设计。

　　　　　〔令人压抑的停顿。

本托　能感觉出来。

　　　　　〔令人压抑的停顿变得难以忍受。

弗兰克　我们不能没有彼此。

提尔斯　请说说她那次是怎么在商店里耽搁了的……

弗兰克　她在商店里耽搁了。我一时六神无主。然后……

本托　您穿着短裤就冲到了大街上。

弗兰克　您知道这个故事？

本托　所有人都知道这个故事，您在各种访谈秀节目里讲了不下1000次了。

弗兰克　但最有趣的您不知道。我甚至没关大门……我完全把一切都忘在了脑后，那么想再见到她……这就是我的爱情。

　　　　　〔艾玛——一个面相年轻但不招人喜欢的老太太走下楼梯。本托和提尔斯站起身。弗兰克和艾玛旁若无人地接吻。提尔斯激动地看着这一场面。本托则面带鄙夷。

弗兰克　亲爱的，这不合适，我们有客人……

艾玛　噢，亲爱的……

本托　噢，亲爱的，你简直快要让我发疯了。

　　　　　〔艾玛沉默了。显然，这句话原本是该她说的。

　　　　你们就不能换换剧情，哪怕稍微换一下也好。（对提尔斯教授）我早说过，我的记性很好。这正是他们那套表演秀的标准开场。只不过，如果他们是在录像间，接吻之后伍德先生会说："亲爱的，这不合适，我们是在做客呢。"

艾玛　您是个很刻薄的年轻人。（在扶手椅上坐下）

提尔斯　本托，你干吗这样？

本托　我不想让别人把我当白痴。

提尔斯　谁也没打算把你当白痴。你面对的是两个彼此相爱的人，他们能彼此毫不嫌弃地接吻、同床共眠……

弗兰克　我们甚至只有一张床，您可以去检查。

本托　您认为我会相信这种胡说八道吗？

提尔斯　本托，这两个人在一起生活了很长时间……如果他们彼此不相爱，他们干吗要受这份罪呢？

本托　艾玛，我看得出，您病得很重。您很快就要死了……

弗兰克　您怎么敢这样说！

艾玛　别说话。（对本托）您是个观察力很强的年轻人。我很快就要死了。您想要怎样？

本托　我向您发誓，这个房间以外的任何人都不会知道。

艾玛　不会知道什么？

本托　真相。

艾玛　您为什么需要真相？

本托　这是我的导师。（指着提尔斯）他毁了我的生活……

提尔斯　本托！

本托　……还毁了我之前许多人的生活。我们是迷茫的一代。我们在谎言中长大。但我不怪教授，他相信他教的东西。帮帮他，让他解脱吧。

　　　　〔长久的停顿。最终艾玛笑起来。

艾玛　最可怕的不是体味和打鼾。最可怕的是你床上的陌生人在睡梦中开始哭泣。这种时候我恨弗兰克。

弗兰克 因此近些年我睡在客厅的充气垫上。它很容易被藏起来。

艾玛 而接吻并不像人们说的那样恶心。你什么感觉都不会有。

弗兰克 重要的是要注意口腔卫生。

　　　　［长久的停顿。

艾玛 您可能想知道我们为什么要这么做？

本托 不。

　　　　［本托和提尔斯起身出门。艾玛和弗兰克坐在自己简洁的老式扶手椅里。他们沉默着。这是相互无比疏远的两个人。

闪存 –18

　　第二堂课。

本托 人类是保守的。我们保留传统，参加各种毫无意义的仪式。可为什么我们彼此之间却毫无吸引力呢？哪怕是参照一下古老的记忆来做也行啊？解释只有一个。我们彼此互不需要，是因为……我们原本就互不需要。而且人们从来都不曾相互需要过。

闪存 –19

　　传统的见面地点——自行车停车场。

桑迪 我买了一辆新车。

本托 恭喜了。

桑迪 今天这堂课很有意思。您讲得很有趣。

本托 桑迪……您是叫桑迪吧？

桑迪 是桑迪。

本托 您要新车干吗？那辆旧车其实很不错。

桑迪 那辆车生锈了。而且刹车不灵。刹车片磨坏了。我自己不会换。

本托 可惜。旧车挺好的。是一辆很棒的车。生锈了，但很棒。

桑迪 我没把它扔了。我朋友的车库有地方。我把旧车放在她的车库里了。您想要的话，我可以把旧车给您。

本托 那还得想想。多谢您的提议。

闪存 -20

第三堂课。

本托 如果我们假设在基本的人类生存形式中真的存在过相互吸引现象，那么你们如何解释它的消失呢？

女学生 生态原因。

男学生 人口过剩。

女学生 2 提尔斯教授解释说是因为立法的变化。

本托 再准确点儿呢？

女学生 2 调节广告生产的法律发生了变化。

本托 继续说，为什么每句话都要我从您那儿硬挤出来呢？

女学生 2 广告中禁止使用表现人类性爱的形象……

　　〔提尔斯教授悄然走进教室。他喝醉了，浑身脏兮兮，胡子拉碴的。他说话时很吓人。一会儿打呼噜，一会儿高声哭泣，一会儿小声嘟囔。

本托 教授，也许您最好还是回家吧？

提尔斯 叛徒！

本托 教授，我请您离开教室。

提尔斯 邪恶的保加利亚人！叛徒！我不过是请你代我上课。

本托 如果您不走的话，我就走。

提尔斯 三堂课。难道就那么难吗？

本托 您喝醉了。

提尔斯 犹大！

　　〔提尔斯教授和他的研究生本托·邦切夫一开始是互啐唾沫，然后是在地板上滚来滚去，互相抓挠，拳脚相加。

　　〔学生们兴奋地看着两位教师打斗。桑迪用手捂住了脸，没有看。

闪存 -21

本托 打完架后我们叫了中国面，然后在公园里继续进行讨论。

闪存 -22

　　本托、提尔斯、学生们和桑迪坐在长凳上，他们一边在公园草地上用筷子吃着硬纸盒子里的面条，一边继续进行讨论。提尔斯和本托的样子很吓人。身上的衣服被撕得破破烂烂，脸上则有淤青和擦伤。

本托　（用一种嘲弄的语气说）广告里禁止使用"性感"的形象（他用筷子比画出引号的样子）……那又怎么样呢？

提尔斯　用不着这样。（也用筷子比画出引号）对，广告里禁止使用激发人类性欲的形象。这不需要加引号。

　　　　[本托喝了一大口啤酒。他的身旁已经有很多空瓶子。

本托　不加引号的性爱真的寿终正寝了？

提尔斯　正是如此。失去了经济基础，性爱也就枯竭了。

本托　可笑。

提尔斯　可笑。

本托　很可笑。

提尔斯　不是可笑。是很可悲！这是个悲剧。这——是个悲剧！悲剧！悲剧！悲剧！人类迷失了……它迷失了……人类迷失了……这是个悲剧……

本托　讨厌鬼。

提尔斯　谁是讨厌鬼？

本托　你是讨厌鬼。

闪存 -23

本托和提尔斯相拥着唱歌。《必须爱》[1]，《当我 64 岁时》[2]，以及诸如此类的歌曲……周围学生的人数已大为减少。但最好奇的男生和最好奇的女生（这是切齐丽娅）没走。桑迪也一直没动地方。

切齐丽娅　（她喝醉了，因此说话很随便）提尔斯，你不该再喝酒了。走吧，我带你走。

提尔斯　我喝酒并不是因为我是酒鬼。我喝酒是因为我想弄明白。因为当我喝酒的时候，我会觉得我相信那些当我不喝酒时相信的东西。

切齐丽娅　当你不喝的时候，你相信你所相信的东西吗？

提尔斯　不喝的时候我也相信。但不如我喝酒的时候那么信。

切齐丽娅　我带你回家。你该回家了。

提尔斯　我的啤酒呢？

切齐丽娅　你喝得够多了。

提尔斯　我没喝够。

切齐丽娅　教授，听我的。

---

①　歌曲英文名为 "Must to be in Love"，是瑞典著名摇滚乐队 "罗克赛特" 的歌曲，该乐队组建于 1986 年。

②　歌曲英文名为 "When I am 64"，是美国著名摇滚乐队 "披头士" 的歌曲。

提尔斯 你是谁啊?

切齐丽娅 我是切齐丽娅。您应当听我的。

提尔斯 切齐丽娅。我喜欢你的名字。别缠着我。

闪存 –24

本托 应该说,我与桑迪的谈话同样没有什么深刻的内容。

闪存 –25

桑迪 我不知道怎么会这样。我把自行车锁在管子上,可之后却发现是锁在了您的自行车车架上。我没想这样。

本托 什么?

桑迪 我现在想:我把车锁在您的车架上简直太好了……因为这样您才跟我认识了。不然的话,您和我就不会认识。但我没想这样,我不是故意的,您明白吗?

本托 桑迪,跟我一起喝一杯。

桑迪 我不喝酒。

本托 为什么?

桑迪 我不喝酒,如此而已。不想喝。

　　[本托试图看着桑迪,但却很难做到。脑子已经不太清醒了。

本托 给我啤酒。

　　[桑迪顺从地把啤酒递给他。

186

闪存 -26

弗兰克和艾玛。

艾玛　我完全糊涂了。

弗兰克　这很简单。

艾玛　我都糊涂了，怎么还说简单呢？

弗兰克　好吧，这不简单。

艾玛　就是！这很复杂。这是某种反人类的变态观念。下流！

弗兰克　这不过是爱情狂热病的一个组成要素。

艾玛　说绷带时你也是这样说的。

弗兰克　那又怎样？关于绷带的那几场秀收视率很高。我们拿到了钱。

艾玛　（不情愿地表示赞同）倒也是。但我当时在摄制现场觉得很羞愧。

弗兰克　艾玛，这都是些小事……我们现在很需要钱。

艾玛　好吧！好吧！让我们再来一次……不过要慢慢来。

弗兰克　你现在自我感觉如何？

艾玛　不关你的事儿。

弗兰克　好吧……让我们开始吧……嫉妒……

艾玛　这是名词还是形容词？

弗兰克　名词。嫉妒说的是两性关系。

艾玛　跟爱情有关？

弗兰克　对，也跟爱情有关……

艾玛　你自己什么都不知道。

弗兰克　这是一种在感觉缺乏爱时产生的负面情绪……

艾玛　哦，不对……

弗兰克　别误导我……

艾玛　这是一种负面的、非现实的无用东西，它在感觉缺少另外一个非现实的无用东西时而产生。

弗兰克　别这样，艾玛……求你了，别这样。我现在很不好受。

艾玛　活该。

弗兰克　我在想办法。

艾玛　嫉妒是办法吗？

弗兰克　嫉妒有可能让我们的传奇复活。

艾玛　那你就去解释吧。不过要说得通俗易懂，还要举例说明。

弗兰克　假设你发现我开始胡思乱想。别打断我。你看见我开始胡思乱想，开始和多萝莱斯长时间地同床共眠……

艾玛　这是护士还是我们的女邻居？

弗兰克　这不重要。就算是女邻居吧。

艾玛　好吧……

弗兰克　和她上床，回答你的问题时漫不经心，隐瞒某些事情……

艾玛　什么事情？

弗兰克　这不重要。

艾玛　这很重要。

弗兰克　嗯，我不知道……我也不好受，艾玛，我也不是什么都明白。我只明白一点：嫉妒与信息有某种关联，应当发生某种变故，发生某种复杂的事情……

艾玛 弗兰克，你说什么呢……

弗兰克 让我们换种说法。不需要理解任何东西。你就说你嫉妒了。这就足够了。

艾玛 弗兰克，别骗自己……如果我们不能在自己的愚蠢游戏中表现得令人信服，是不会有人叫我们上电视的。

弗兰克 可以来掐我脖子。这在某种程度上也关乎……

艾玛 （试图掐他）不行，我什么感觉都没有。

弗兰克 你掐的力气太小了。

艾玛 我没法再用力了。我有关节病。

弗兰克 见鬼！

艾玛 别失去理智。一切事情都能搞清楚。如果爱情跟接触、跟热情有关……

弗兰克 对，对……

艾玛 嫉妒也一样……

弗兰克 对，没错。

艾玛 假如你爱我，你便与我睡在一起。假如你和多萝莱斯睡在一起，就是说……你爱她。

弗兰克 这符合逻辑。

艾玛 就是说，我……也爱她。或许这就是嫉妒。

弗兰克 对，有可能。（陷入沉思）不对，什么地方有点儿不对。据我的理解，嫉妒是愤怒的一种特殊形式。

艾玛 让我们换种说法……假如爱情是种热情……

弗兰克 爱情是种热情。

艾玛　那么对什么人产生热情又有什么区别呢？

弗兰克　也许存在某种区别。只不过我们不知道而已。

艾玛　我都快疯了！没有区别。这是显而易见的。

弗兰克　这是显而易见，可……

艾玛　或许，有些东西正在消失，有些东西正在变糟……或许，你若对多萝莱斯产生了热情，某些东西会发生改变？

弗兰克　在我身上还是在她身上发生改变？

艾玛　我不知道。

弗兰克　这种想法很愚蠢。有什么会发生改变啊。我又不会咬她。

艾玛　弗兰克，你知道吗，我要对你说……

弗兰克　别放弃，艾玛……

艾玛　这完全是胡说八道。

弗兰克　别放弃，艾玛……

艾玛　我们根本不需要这些。

弗兰克　别放弃，艾玛……

艾玛　收手吧，弗兰克……一切都结束了。

闪存 -27

本托　头疼。

桑迪　这是因为你没吃阿司匹林，我说让你吃一片阿司匹林的。如果吃了阿司匹林，早上头就不会疼得这么厉害了。

　　[本托惊奇地看着半裸的桑迪，她给他拿来了果汁和热吐司面包。本托自己大半个身子都裸露着。他正躺在一个完全

陌生的房间里的唯一一张床上。

　　你想要熏猪肉煎鸡蛋吗，我给你做一个?

本托　稍等会儿。

桑迪　那你自己给自己做吧。

　　[桑迪穿上短袖 T 恤。现在她穿上了足够能去上课的衣服。

　　要不，现在就给你一片阿司匹林?

本托　不用。

桑迪　要是你想要咖啡或其他东西，去厨房里找吧。我上课要迟到了。我没有多的钥匙，所以如果你等不到我回来，把门撞上就行了。

本托　好的。

　　[桑迪走了。本托躺在陌生的被褥里，竭力回想昨晚最后到底发生了什么。

闪存 -28

　　艾玛和弗兰克并排坐在摄像机前。很小心地避免彼此有肢体接触。

艾玛　后来我们不再交谈。

弗兰克　完全不交谈。

艾玛　我们已经再也没什么可说的了。我们相互憎恨。

弗兰克　我们被迫接吻的次数实在是太多了。

艾玛 是啊，我们接吻的次数太多了。这必然会付出代价。

弗兰克 艾玛，你想说的话都说完了吗？

艾玛 我……是啊，都说了。我想感谢所有在这些年里相信我们的人们。谢谢。或许，你们会比我们幸运。弗兰克，你也说说吧……

弗兰克 我现在将要说的话我以前从未说过……但将近50年来我一直梦想着说出这些话……（他准备说他近50年来一直想说的话）爱情是不存在的。（站起身走到摄像机前）我要把它关掉吗？

艾玛 别。你应该在此之前先把药给我。

弗兰克 我全忘了。

艾玛 这很重要。不然的话别人会指责你的。

弗兰克 对，的确是。

艾玛 你看，我多聪明。我事事都想到了。

〔弗兰克给艾玛拿来葡萄酒和药片。艾玛把一袋强力催眠药溶解在葡萄酒中。

艾玛 为那些被我们欺骗了的人干杯！（喝酒，没注意到酒杯里有一半酒都洒在了她的白色衬衣上）现在你可以关机了。

〔弗兰克关掉摄像机。

人家会为这段录像付给你大价钱的。

弗兰克 会付很多钱，艾玛。非常多的钱。

艾玛 你能去个什么地方玩玩……你一直都梦想着旅行。

弗兰克 我一定这么做。

艾玛 弗兰克，你是个很棒的朋友。

弗兰克 曾经是。我曾经是你的好朋友。（读报纸）

　　〔艾玛昏昏欲睡。

艾玛 （睡梦中）你知道我们现在绝对不会做的是什么事吗？

弗兰克 什么？

艾玛 吻别。

　　〔弗兰克开心地笑了。艾玛微笑着入睡。弗兰克一边轻笑一边读报纸。

　　〔当艾玛彻底睡着后，弗兰克从摄像机里拿出录像带并仔细地扯断磁带。接着把它放在陶制的鸭子形烟灰缸里烧掉。然后从右脚上脱下袜子。再然后就拿出枪向浴室走去。

闪存 -29

　　切齐丽娅在给女友讲述几天前发生在她身上的事。女友并不是很感兴趣，但切齐丽娅并没发觉这一点。

切齐丽娅 我走进了自助小吃店，给自己倒了一份番茄汤。但立刻意识到想要的不是这个。我向售货员道了歉，从他那儿买了咖啡、一个甜面包棍和一盒牙线。你知道这种小店，屋角里一般立着一个带帘子的小亭子。而这些"熟食"连锁店里的售货员简直让人崩溃：他们几乎都不会说英语。

　　——机器好用吗？——我问。

　　——是的，——他说。——有孩子。

　　——我知道。

——做孩子 ①。

我在他那儿换了 10 美元零钱。换钱他听得懂。我看着显示器——有一个小灯不亮。

——为什么这个灯不亮？——我问。

他听不懂。"都是很好的孩子。"

——为什么灯不亮？

——另外一个亮。

——但我不想要另外一个，我想要这个！

这时我的女友佐伊走进了商店，你不认识她。但她是个好人。

——打算要个孩子吗？——她问。——要男孩儿还是女孩儿？

——还没想好。

她对我说："男孩儿更干净一点。要男孩儿吧。"

——"要男孩儿"的那个键不亮。

——加油站那儿还有一个小店。

——不太合适吧，售货员给我换了 10 美元的零钱呢。

她说："那就要女孩儿。女孩儿也挺好。"

我往投币口扔了一个硬币。但硬币却跳到了返回口上。

佐伊说："这种事常有。再扔。"

可我已经不那么确定想要小孩儿了。我想：也许我还是想要汤。但它的味道就像番茄汤。我喜欢番茄汤，但不喜欢

---

① 此句与下面"都是很好的孩子"的原句均有语病，为的是说明售货员英语水平不高。"做孩子"在上下文中的意思应为用机器做一个孩子出来，是剧中人物所生活的未来世纪里发生的事情，可能类似于我们今天说的 3D 打印。

它的气味。后来我明白了：不，我不想要小孩儿，要孩子干吗？要孩子有很多麻烦。我有其他的事要做，我想要……改变些什么。改变自己生活中的某些事情。不是汤，不是孩子，而是在生活中真正改变些什么……我当即明白了：我想要改变的是什么。我从盒子里拿出一根牙线，然后……用它清理牙齿。果然奏效！你能想象吗，一粒花生米竟然塞在我补过的牙里。三天来它一直塞在我的牙里，我却没意识到是哪儿不对。你能想象我有多高兴吗，我终于找到了原因。我能改变一切的想法让我感觉很幸福。

闪存 -30

　　提尔斯在忙着把酒瓶里的酒倒进水池子，自己还时不时地用嘴喝几口倒出来的酒。

提尔斯　埃及人蜕化了。希腊人蜕化了。猛禽猛兽也蜕化了，有病的孩子们都敢和鳄鱼一起在游泳池游泳……多了不起的内科疗法啊！这个世界上有那么多病痛，那么多内科疗法！妈的，在这个电闪雷鸣的、狗屎般的新世界里！威士忌！我在这个世界里生活了漫长的岁月，我从不让自己白白糟蹋哪怕一滴酒。这不是因为我是一个酒鬼——虽然我的确是一个酒鬼，这是实情……只不过因为我还心存敬意……哪个白痴会把烟熏味儿"拉弗格"威士忌①白白倒掉？就算是我们从前熟

---

①　世界上最著名的威士忌酒品牌之一，出产于苏格兰。

知的提尔斯也不会这样做！提尔斯连猫尿似的酒都不会倒在
水池子里，就算是味道难闻的吉姆·比姆①都不会倒掉。一
滴都不会倒。提尔斯蜕化了！希腊人蜕化了。提尔斯同样蜕
化了。您不会和当代希腊人谈论柏拉图的。这绝对不行，这
毫无意义，这就像和俄罗斯人谈论托尔斯泰一样——白白浪
费时间。俄罗斯人、希腊人、埃及人，都是些又雄心勃勃又
可笑的民族——全都一去不复返了。现在待在希腊人地盘上
的还是希腊人。在俄罗斯人地盘上的也还是俄罗斯人。代替
埃及人的是你我现在所知的埃及人。代替女人的也是你我现
在所知的女人。这是一场大崩溃。顺便说，我不为提尔斯辩
护。提尔斯拥有过一切，并尽情享用过它们。现在到了该付
出的时候了……到了痛苦的时候了！切齐丽娅马上就要来这
儿，提尔斯不会再跟她谈性爱。提尔斯要穿上网眼圆领衫，
提尔斯要穿上皮短裤，提尔斯再也不当理论家了……对，提
尔斯再也不当理论家了！切齐丽娅就要来了。提尔斯要把他
读过和写过的一切都做一遍。……这点很重要——哪怕在生
活里做一次毕生所写过的东西也好啊……切齐丽娅，俄罗斯
人、希腊人……切齐丽娅、法国人，到底该如何着手呢？手
也要参与吗？或者不需要？把手放在哪儿？这么多重要问题，
要有比一辈子更长的生命才能搞清楚……我研究过胳膊肘的
作用。但胳膊肘还不是全部。除了胳膊肘还有指甲、阴茎、
小腿……不可能把所有的东西都研究透彻。不可能把所有这
些一团糟的东西都放在脑子里，需要某种原则……需要某种

① 世界上最畅销的威士忌酒品牌，出产于美国。

东西，它既能协调动作行为，又能让各种各样的冲动和睦共处……和睦——真是个好词。或许，爱情真的就是一种和睦？我听说过这种解释，但没当过真。和睦。每一个肚子和阴道的和睦，手指和眼睛的和睦，动态世界与平静，呼与吸，身高与体重，年龄和气味的和睦……不，真是荒唐……不能用空话来代替科学。人与人之间没有也不可能有和睦。这已经被证实了。不，爱情是某种不同的东西。应当去寻找。应当去寻找。切齐丽娅，你这条母狗，在哪儿闲逛呢？

闪存 -31

　　本托蓄起了胡须。说实话，这胡须眼下长得还不太密实，有些地方还颇为疏落。但本托并不气馁。他需要留胡须。他现在是实打实的大学教师了。自行车停车场。

桑迪　你好。

本托　你好。

桑迪　提尔斯教授去世了，是真的吗？

本托　是真的。现在由我来上课。

桑迪　他是怎么死的？

本托　就是死了，没别的。或许是喝得比平时多了一点。

桑迪　他一向都喝得太多了。

本托　是啊。很可惜。

桑迪　我好久没来了。

197

本托 我有一年多没见过你了。

桑迪 我有一年多没来。我请了假。

本托 我想也是。可现在你有小孩儿了。

桑迪 是啊。

　　　　〔桑迪胸前的背包里有一个小孩儿在动来动去。

本托 孩子们总是很可爱。

桑迪 是啊。这个尤其是。本托，笑一个，你很会笑的。他现在不想笑。

本托 本托是个保加利亚名字。

桑迪 我喜欢这个名字。

本托 我的名字也叫本托。也是个保加利亚名字。

桑迪 我知道这是个保加利亚名字。所有保加利亚的东西我都喜欢。

本托 保加利亚有个节日叫"特里丰剪枝节"[①]。在这一天大家喝新酿的葡萄酒。谁喝得最多，谁就能获得一个自制的大奖章。

桑迪 你有这样的奖章吗？

本托 我是在美国出生的。但我的叔叔有一枚这样的奖章。他还住在保加利亚。

桑迪 如果你出生在保加利亚，你也会获得一枚这样的奖章的。

本托 我想也是。我该去上课了。很高兴见到你。

桑迪 我也是。

---

　　① "特里丰剪枝节"为每年的 2 月 1 日，是葡萄种植人的节日，盛行于保加利亚和塞尔维亚等东、南部斯拉夫人聚居地，当地人将基督教圣徒特里丰视为葡萄种植人的庇护者，因此该节日以他的名字命名。

闪存 -32

本托和他的学生们在研究春宫作品。

本托　你们觉得这个怎么样？

　　［围拢在本托·邦切夫教授桌子周围的学生们觉得不怎么样。他们众口一词地说："哦，不！""我的天哪！"

　　现在你们明白了吧，这些全是超现实主义幻想的舞台再现。绝不是对现实的记录。显而易见，人们彼此之间不可能做出这样的行为。

　　［学生们愕然无语。他们对人类拥有性爱历史的最后一点信心也被摧毁了。

闪存 -33

桑迪　我忘了对你说。

本托　说什么？

桑迪　那辆自行车……旧的那辆。你喜欢的那辆……它现在还停　　在车库里。

本托　那辆生了锈的？

桑迪　对，生了锈的那辆。你很喜欢的。只要把刹车片换一下就行了。

本托　是的，应该换一下刹车片。

桑迪　因为它其他方面一切都正常。

本托 是啊，很旧但很棒的一辆自行车。很少见。

桑迪 它一直停在车库里。你随时都可以把它骑走。

本托 谢谢。

桑迪 我不过是想告诉你一声。

本托 谢谢。

桑迪 它会一直在那里等着你的。

闪存 -34

切齐丽娅 本托!

本托 切齐丽娅，很高兴见到你。过得怎么样?

切齐丽娅 你急着走吗?

本托 很急。我很高兴见到你。常来看看。

切齐丽娅 你这会儿有课?

本托 对，我不喜欢迟到。

切齐丽娅 教授也不喜欢迟到。

本托 我记得。

切齐丽娅 你今天看新闻了吗?

本托 我不看电视。

切齐丽娅 亚马逊河流域发现了一个部落……

本托 我不信。又是一些传说。要不就是一些老寿星的故事。

切齐丽娅 这次不是传说。印第安人会做爱。

本托 别这么幼稚，切齐丽娅。

切齐丽娅 考察队员在这个部落中生活了两个月。拍了好几部电影。印第安人会做爱。

本托　这是个什么部落？

切齐丽娅　完全未开化的部落。使用石器。钻木取火。

本托　那又怎样？完全跟书里写的一样……

切齐丽娅　不完全一样。但不会有错。印第安人会做爱。

本托　你为什么来，切齐丽娅？

切齐丽娅　提尔斯请我来的。

本托　提尔斯已经死了。

切齐丽娅　他请我在找到证据的那一天来见你。

本托　为什么？

切齐丽娅　为的是看看你。就是看看你。

闪存 –35

男学生　不会再有人来了。

本托　或许是这节课被取消了吧？忘了通知我。

男学生　我不这么想。

本托　那为什么没人来？

男学生　大家现在都顾不上学习……他们现在都是一对一对的，正在弥补错失的乐趣……

本托　哦，天哪。精神病。群体性精神病。可您为什么还在这儿？您为什么不给自己找个伴儿呢？

男学生　我是同性恋。

　　　　［男学生用明媚的目光看着本托。桑迪走进来。

本托 哦，桑迪，真高兴看到你……你把孩子放哪儿了？

桑迪 放在警察分站了。现在把孩子一个人留在街上太危险。

<h2 style="text-align:center">闪存 -36</h2>

本托 过了四天，所有人才彻底意识到孩子们不应该参与所谓的爱情……一个星期之后，学生们开始返回课堂。一个月之后，世界基金市场上的局势才得到了恢复。整整一年之后，我的课程被取消了……

<h2 style="text-align:center">闪存 -37</h2>

萨皮里迪斯教授 本托，你是个好老师。失去您我会觉得很难过。

本托 我也觉得很遗憾……

萨皮里迪斯教授 整整一年了，只有两个学生来上你的课……桑迪，还有一个……他好像是个同性恋。

本托 所谓的同性恋。

萨皮里迪斯教授 本托，应当学会承认现实……我也很讨厌这些新规矩。但学者的力量就在于能够直视真相的面孔。

本托 我不想跟您争论……

萨皮里迪斯教授 很好……干吗要争论呢？最好还是让我们想一想你下学期准备上什么课吧？"当代性道德"这个题目你觉得怎么样？当然，我不强求……你可以自己报题目。

本托 我要么上"性理论批评"，要么就什么都不上。

萨皮里迪斯教授　你明白这听起来有多蠢吗？你非常专业地否定
　　了性吸引，可上你课的两个学生中，至少有一个是迷恋上
　　了你。

本托　这是哪儿来的荒唐谣言啊？

萨皮里迪斯教授　所有人都知道这一点。

本托　我原则上反对"迷恋"这个概念。

萨皮里迪斯教授　本托，人生只有一次。鬼知道这次风潮什么时
　　候能过去啊。学聪明点儿吧。

本托　我不愿意。

萨皮里迪斯教授　你要不要准备新课？

本托　不。

萨皮里迪斯教授　我很遗憾，非常遗憾。

闪存 –38

本托　这是我们的最后一堂课了。我的课要被取消了。

桑迪　这不公平。他们不能这样做。

本托　我们可以一周聚一次。或者两次。在公园里。或者在我家。

桑迪　或者在我家。

本托　太好了。

桑迪　可以再多见见面。

本托　再多不行。我得到了一份工作。大学剧院需要一位顾问。

桑迪　我也可以试试在剧院找一份工作。我听说他们需要经理。

本托　太好了。你怎么说？

男学生 我认识了一个小伙子。

本托 我也认识许多小伙子。桑迪也是啊。

男学生 这是另一回事儿。他是从圣路易斯搬来的。臭狗屎。我明白这很蠢。但我……我要跟他一起走。

本托 别难过。在一个人们都对别人的性器官感兴趣的世界里，圣路易斯一点也不比其他的狗屎小城差。

闪存 -39

本托 我很高兴我的学生离开了我。尽管我不承认爱情，但我认为确有一部分人是真诚地相信它的存在的。想到我自己竟能在别人身上激发出这种病态情绪，我很不爽。

闪存 -40

桑迪 我很高兴自己成了邦切夫教授唯一的学生。非常高兴。我觉得，去了圣路易斯的那个小伙子并不是很相信教授教的东西。

闪存 -41

本托 桑迪，桑迪，别叫我"教授"。

桑迪 好吧。

本托 你也明白……我们那么早就有交往，简单点，就叫本托吧。

桑迪　本托，太好了。我很喜欢这个名字。

本托　跟你儿子的名字一样。

桑迪　是啊，一模一样。

闪存 -42

　　　　本托情绪激动，衣衫零乱。他刚跟一对男女打了一架。

桑迪　本托，你不该反应这么激烈。

本托　可他们竟然接吻。

桑迪　随他们去吧……这是他们的私事。

本托　我不想让本托看见这些。我不想让你儿子在这些公开的虚
　　　伪榜样中长大。

桑迪　我不希望他长大成为一个神经过敏的人……我不能向他隐
　　　瞒这样的现实。

本托　你把什么叫作现实？这些令人讨厌的虚假游戏？

桑迪　这是这个现实世界的游戏。假如人们如此沉醉于这些游
　　　戏……本托就应该对此有所了解。

本托　干吗？

桑迪　就为有所了解。而且学会……

本托　学会模仿那种对他人肉体的兴趣？

桑迪　本托，要不要进行这样的游戏，孩子自己会做决定。这应
　　　当由他本人来做选择。

本托　你说话的样子，就像是一个对街上的那些败类点头称是

的人。

桑迪　我没点头称是。

本托　你说话的样子就像是一个相信爱情的人。

桑迪　我……你真是一个下流小人。叛徒！是一块腐烂的斯拉夫狗屎！在一切都发生了之后。在这么多年之后！

本托　桑迪……

桑迪　保加利亚人！臭狗屎！

本托　桑迪……

桑迪　我怎么能相信爱情？我上了五年你的狗屎课程，我是你最好的学生！唯一的学生！狗屎！狗屎！狗屎！我憎恨爱情！因为这种狗屎爱情，我无法像其他人那样生活……我憎恨你。我不想见你。把你的狗屎课程塞到你自己的屁股里去吧……我再也不想见你了！

本托　我是为本托着想。

桑迪　你没资格为本托着想。本托是我的儿子。你跟他没有任何关系。

闪存 –43

本托　你好。

桑迪　我们今天已经见过了。

本托　我知道……可在剧院里……你都不跟我说话。

桑迪　怎么会？我今天跟你问过好。昨天也是。

本托　你都有半年不跟我聊天儿了。

桑迪 是吗?

本托 你没再来上我的课。

桑迪 上课的事彻底结束了。它们对我来说代价太大了。

本托 我不过是……我不过是发现了一些新的资料……奥斯卡·
王尔德①的一些有趣的见解。它们能证明我是对的。

桑迪 我不感兴趣。

本托 可它们能证明我是对的。

桑迪 我知道你是对的。

本托 大家都深陷迷途。

桑迪 我知道。

本托 你……有了什么人吗?

桑迪 没有,我什么人都没有。

闪存 -44

本托 你好!

桑迪 我们在上班的时候已经见过了。

本托 我想问你……

桑迪 我们可以明天在剧院里再说。

本托 明天我不会去那儿了。他们不再需要顾问了。

桑迪 为什么?

本托 他们认为,该如何扮演热恋中的人,他们现在比我知道得

---

① 奥斯卡·王尔德(1854—1900),爱尔兰作家、诗人、剧作家,唯美主义
艺术运动的倡导者。

更清楚。

桑迪 真是愚蠢。他们不可能比你知道得更清楚。这些问题你研
　　究了十年。

本托 是啊，但他们认为他们现在已经不需要我的知识了。

桑迪 真是愚蠢。没人比你更懂爱情。

本托 他们认为我的态度太过嘲讽了……尽管我只是尽力诚实地
　　提供信息而已。

桑迪 你可以把他们告上法庭。不能因为信念不同而解雇人。

本托 我不会去打官司。

桑迪 这是你的事。我很忙。我得去学校接本托。

本托 他怎么样？

桑迪 他很好。

闪存 -45

本托 你好！

桑迪 你好！

本托 桑迪，我不想让你认为……

桑迪 你不想什么？

本托 我不想让你认为我是在追你……

桑迪 你干吗要追我呢？

本托 你不觉得我是在追你吗？

桑迪 当然不。

本托 很好。我……

桑迪　我急着走。我们能不能改天再聊？

本托　当然！

桑迪　很好。

闪存 -46

本托　桑迪！

桑迪　哦，见鬼！

本托　你见到我不高兴？

桑迪　你总是出现在我很忙的时候。

本托　对不起。我下次再跟你聊。

桑迪　谢谢。

本托　多谢你。

闪存 -47

本托　对不起，我是不是又来得不是时候？

桑迪　像每次一样，不是时候。

本托　抱歉。那以后再聊。

桑迪　现在就说吧。

本托　可你正有事要忙。

桑迪　我总有事忙。

本托　你还记得吗，你说过自行车的事……

桑迪　什么自行车？

本托　生锈的那辆。

桑迪　生锈的？

本托　你的那辆旧自行车。可以把刹车片换掉，那它就会是一辆很棒的车了。

桑迪　我想起来了……

本托　就是……我暂时没有工作……一辆好自行车对我很合用。我可以骑车出门。我自己的自行车坏了。

桑迪　本托，我好像把它给扔了。

本托　你给扔了！很好。抱歉打扰你了。

桑迪　没什么。

本托　只是你说过，我可以在需要它的任何时候把它骑走。

桑迪　可我把它扔了。

本托　请原谅。

桑迪　你请原谅。

本托　回见。

桑迪　回见。

闪存 -48

桑迪　你好！

本托　桑迪！

桑迪　怎么样，你现在相信爱情吗？

本托　为什么我该相信爱情呢？

桑迪　嗯，怎么说呢……这么多年过去了。大家都已经习惯如此了。这本来就是一件令人舒服的事情。

本托　你……嫁人了吗?

桑迪　没有,你说什么呢……（笑）我可是你的学生。只不过周围的一切都那么……充满了爱。

本托　是啊,这可是一个大产业。

桑迪　是啊,这对经济有非常正面的影响。

本托　当然了! 爱情——是一个花钱的最佳理由。

桑迪　你的工作怎么样了?

本托　我在超市给商品打包。我甚至有了一辆新自行车。

桑迪　全新的,是吗?

本托　全新的。不太贵。但是全新的。

桑迪　我为你高兴。

本托　你怎么……想把自己的旧自行车给我?

桑迪　我……不是。我早跟你说过,我把它给扔了。

本托　你本可以把它给儿子。

桑迪　我早就给他买了新的。现在他自己给自己买了辆汽车。

本托　买了汽车……很好……那你来干吗?

桑迪　我不后悔当初放弃了学业。

本托　你曾是我最好的学生。

桑迪　这是好久以前的事了。但……我不认为40岁是放弃学习的理由。

本托　你说得对。我认为人应该活到老学到老。

桑迪　我儿子已经长大成人。现在我正在学习表演。

本托　真有意思。你会在自己的剧院里进行表演吗?

桑迪 不。我不是职业演员。我不过是想对表演了解得多一点……我想你也许能帮我。

本托 怎么帮？

桑迪 你可以给我当顾问。我扮演一个陷入热恋中的女主人公。我不明白她应该有什么样的感受。

本托 你可以去问那些和你一起学习的女人啊。

桑迪 我不信任她们。她们说的都是老一套。对爱情她们知道的只是她们在电视里看到的那些。

本托 可我……

桑迪 你不相信并不重要。无论如何你对这事知道得更多。

本托 我可以试试。

桑迪 我可以付给你一小时 10 美元。

本托 14 美元。

闪存 -49

桑迪念独白。

桑迪 我想对你说的所有话……我在梦里说过的所有话。所有言词，所有符号，所有为表达思想所创造出来的一切。一切应有尽有，却还是那么……若有所缺。当符号已经消失……当一切已告结束，我……不过是想留在你的身边。别无他求。

本托 不错。

桑迪 真的？

本托 让我们来分析一下你比较典型的错误。你怎么想，主人公是个年轻女人吗？

桑迪 不知道。多半不年轻了。

本托 她所倾诉的对象呢？他是个年轻人吗？

桑迪 不，他也已经不年轻了。

本托 你念台词的方式让人弄不明白你的年龄。年龄是非常重要的。奥维德① 都说过：年龄是爱情的肉体。应当多排练一下。你应该能感觉到。得相信自己的爱情。现在你还不相信。

桑迪 可爱情是不存在的。

本托 可你的女主人公不知道这一点。

桑迪 对，你是对的。我再来一遍。

本托 当然了。

桑迪 我想对你说的所有话……我在梦里说过的所有话。所有言词，所有符号，所有为表达思想所创造出来的一切。一切应有尽有，却还是那么……若有所缺。当符号已经消失……当一切已告结束，我……不过是想留在你的身边。别无他求。

本托 已经好多了。

桑迪 我再来一遍。

本托 要一遍又一遍地来。要想让这种胡说八道听起来令人信服，必须排练很多遍。我甚至建议你在现阶段不要拘泥于台本，而是要现场发挥。用自己的话来说。顺便问一下，这是谁写的剧本？

---

① 奥维德，古罗马时期著名诗人，代表作为《变形记》《爱的艺术》《爱情三论》等。

桑迪 这是……一个当代作者的。你不知道他。

本托 好。我们开始吧。

桑迪 我想对你说的所有话……

闪存 -50

桑迪 你看见他们是如何鼓掌的吗？

本托 看见了。观众对你很热情。

桑迪 你喜欢吗？

本托 我很喜欢，真的。

桑迪 这都多亏了你。是你告诉我女主人公应该有什么感受。

本托 但你还可以更好。

桑迪 我可以更好。只不过需要再多加排练。

本托 是的，一切都在于排练。

桑迪 你可以暂时搬到我那儿去。我儿子本托考上大学了。

本托 那我们可以采用全情投入的方法来排练。

桑迪 哦，好啊……这对我的演艺事业会很有好处。

闪存 -51

　　知名戏剧演员家里的客厅。桑迪和记者坐在简洁的老式扶手椅里。本托（略有些见老）在给客人倒饮料。

记者 您这里很舒适。

桑迪 过去的人把很多精力花在家居布置上。这叫作"编织爱巢"。我们被迫也要做这些狗屁事情。

记者 这些现在也相当流行。

桑迪 现在这些东西失去了真诚。人们只是在扮演爱情。一切都渗透着虚伪。他们在设计上花费大量钱财，为的是让自己相信他们能产生某些感觉。

记者 您不相信爱情？

桑迪 我们不相信爱情。对吗，本托？

本托 爱情是为了提高圣诞节的销售而杜撰出来的。

记者 但您这里的确是一个很舒适的爱巢啊。

桑迪 这是我的工作需要。为的是更好地理解那些我扮演的角色。

记者 您在大量的谈访里不止一次地说过，您将自己的成就归功于您的朋友和导师本托·邦切夫。但我们的读者提问：您是否对他怀有一种超乎人类普通感激之情的情感呢？

桑迪 本托为我做了很多。但他最让我感激的是：他让我的一生没有在虚伪和自我欺骗中度过。他给了我力量认识和接受自己的孤独。

记者 本托，您以当代道德最激进的批评者而闻名，为什么您的学生却能那么成功地传达爱情的微妙之处？

本托 桑迪是真正的专业人士。我无比尊敬她。我们进行了非常多的排练。我尽力配合她。我们排练得非常多。

〔*一群正在扮演牛仔的孩子在房间里跑来跑去。*

记者 您的孩子们很棒。

桑迪 他们占去了很多精力。因为孩子，我在排练时偶尔会不太

215

认真，本托常为此生气。

记者　可有孩子毕竟是一件很美妙的事情。

桑迪　当然。

记者　您有几个孩子?

桑迪　六个。本托是老大。前不久他成了一家著名法律公司的
　　　合伙人。然后……果沙、索菲亚、瓦希尔、瓦希尔卡、安
　　　东……总共是六个。或许还会有第七个。在当代医学条件下，
　　　这不是件很难的事情。

记者　您采用的是什么方法呢? 我知道很多女演员偏爱婴儿再
　　　造术。

桑迪　我甚至压根儿没考虑过这个。一切都是顺其自然所得。现
　　　在请您原谅我……我们该排练了……

记者　好，好的……多谢您接受我们访谈。

　　　　〔记者出去。本托送他。返回。

本托　我也想过，你是在用婴儿再造术。

桑迪　我连这是什么东西都不知道……

本托　这是一种很普遍的繁殖方法，它建立在……

桑迪　本托，我们该排练了。你不想让我失去状态吧?

本托　是，你说得对。这个鬼记者占去了我们整整一个小时。

桑迪　整整一个小时我们没排练。

本托　整一个小时。

桑迪　整一个小时。

本托　现在我们应当把失去的时间补回来。

桑迪　最主要的，我们不应该再浪费时间。

本托 我们失去了整整一个小时。

桑迪 比这要多。比这多多了。

　　　[本托与桑迪接吻。看得出他们是非常优秀的演员。

　　　　　　　　　　　　　　　　　　——幕落

坏　种

四幕悲剧

格尔曼·格列科夫　著

文导微　译

作者简介

格尔曼·维克多洛维奇·格列科夫（Герман Викторович Греков，1972—   ），俄罗斯剧作家、演员、戏剧导演。毕业于国立沃罗涅日大学戏剧系影视专业，曾在萨马拉高尔基模范剧院任演员和文学戏剧部负责人。2015 年开始任罗斯托夫 18+ 剧院的总导演。

译者简介

文导微，社科院外文所助理研究员。有译作《伯克利之春》（托马斯·温茨洛瓦作），《纳博科夫小说三篇》（弗拉基米尔·纳博科夫作）。

人　物

娜塔莎。

萨沙——她的小儿子。

德米特里——她的大儿子。

鲍里斯——她的丈夫。

彼得·谢苗诺维奇——她的情人。

叶卡捷琳娜·伊万诺夫娜——她的邻居。

济娜——她的朋友。

　　事情发生在娜塔莎家里。

第一幕

秋

娜塔莎家就一间房，不大，带门厅。门厅里有个煤气灶，旁边是厨房用桌、衣橱、老冰箱和悬壶洗手器。房子中间立着一张大餐桌，周围是几个做工粗糙的凳子。后景是个荷兰式大壁炉，壁炉与右墙之间有个不大的墙洞，一面黄色帘幕遮住壁炉与左墙之间所剩的空间。左墙的豆大小窗下有张简易木床，上面堆着一床布头拼成的被子，像一座山。床的前方是一台老电视，放在凳子上面。

娜塔莎走进房间。她的手里拿着一个大麻袋。娜塔莎把袋子放到桌上，开始从袋里拿出一网兜土豆、两个黑面包、一块裹在报纸里的肥肉、装有荞麦米的三升罐。

娜塔莎　萨沙！来，快，起了！

　　[帘幕后面传来不满的咕噜声。

　　快，快！看看，我带什么来了！（从袋里拿出一摞书）你

222

让借的都借了。快，起了！

　　〔帘幕拉开，后面出现萨沙。

　　噢，对喽！看看，带什么来了！

　　〔他走近桌子，开始查看这些书。

　　你让借的都借了。照小纸条借的。

萨沙　可纳博科夫[①]呢？

娜塔莎　没这撒旦。图书馆小姐说，一群人排着队等他。

萨沙　上回也是有人排队。她这母狗，存心不想借。

娜塔莎　也有可能。

萨沙　可这对吗？对吗，啊？

娜塔莎　你还啐了她。

萨沙　可怎么能不啐，啊？她连陀思妥耶夫斯基[②]都不知道！

娜塔莎　那又怎么样？我也不知道。

萨沙　怎么能不啐呀，啊？我说，借《死屋手记》，她却问"作者是谁？"

娜塔莎　你不该啐。

萨沙　为什么我该知道，她却不该，啊？我读的是寄宿学校，她读的是正规学校。所以，人们觉得我是个弱智，觉得她是聪明的。她不知道陀思妥耶夫斯基，可我知道。我们谁是弱智，啊？我就说了："你这蠢货，陀思妥耶夫斯基都不知道"，她却

<hr />

①　弗·纳博科夫（1899—1977），俄裔美籍作家，有《天赋》《洛丽塔》《〈叶甫盖尼·奥涅金〉译注》等作。

②　费·米·陀思妥耶夫斯基（1821—1881），俄国作家，有《死屋手记》《罪与罚》《卡拉马佐夫兄弟》等作。

说："你敢对我耍无赖。"——"你是什么人啊？你总见过些书吧，啊？"她说："我现在就叫警察！"——"你就叫上整个红军和北约军吧。"哼，我就啐了一口。觉得不爽。

娜塔莎　萨什 ①，好吧，起码得了这些书。

萨沙　怎么，我说得不对吗，啊？哪里不对了？

娜塔莎　萨什，我还去了趟市场。

萨沙　我看见了！

娜塔莎　肥肉现在炸还是晚点炸？

萨沙　现在吧。

　　〔娜塔莎拿起带来的食物，走进门厅，从厨房用桌的抽屉里取出一把刀，开始把肥肉切成小薄片。萨沙从桌上拿起书，掀开黄色帘幕，帘幕后面是一张宽敞的床，墙上有几层爬到天花板的搁架，上面搁着书。萨沙小心翼翼地把带来的书放上半空的书架。之后，从它们中间取出一本，躺到床上，扯上黄色帘幕。

　　〔传来敲门声。

娜塔莎　门开着呢！

　　〔叶卡捷琳娜·伊万诺夫娜拿着一个袋子走进门厅。

---

①　萨什为萨沙小称，下文即将出现的萨什卡也是萨沙小称。此外，下文中，卡季、卡佳、卡捷琳娜均为叶卡捷琳娜小称；季姆、季姆卡、季马、季马奇卡均为德米特里小称；娜塔什、娜塔什卡、娜塔莎均为娜塔利娅小称；鲍里、鲍里亚、鲍里卡均为鲍里斯小称；津、津卡均为济娜小称；别甲、别季、别季卡均为彼得小称；谢苗内奇即谢苗诺维奇；斯维塔奇卡、斯维特卡均为斯维塔小称。不再另作说明。

叶卡捷琳娜·伊万诺夫娜　你在家?

娜塔莎　是啊。

叶卡捷琳娜·伊万诺夫娜　我可带来了,照我答应的。(从袋里取出一个猪头,把它放上厨房用桌)啊,多漂亮!

娜塔莎　是的,谢谢你!

叶卡捷琳娜·伊万诺夫娜　客气什么!杂碎我明天给你带来。

娜塔莎　我该给你多少?

叶卡捷琳娜·伊万诺夫娜　不用了!

娜塔莎　不,卡季,我不能这样!

叶卡捷琳娜·伊万诺夫娜　跟你说不用了!再算吧。生活那么……

娜塔莎　真是。

叶卡捷琳娜·伊万诺夫娜　萨什卡在哪儿呢?

娜塔莎(压低嗓音)　在那儿,帘幕后面。在读书。

叶卡捷琳娜·伊万诺夫娜　没有胡闹?

娜塔莎　没呢。看来得了些好书。第三天那么安静了。他说:"妈妈,你给我从图书馆借些经典,当代的我没法读。"那时还敲打窗子,在他读哪个撒旦的时候。我跟他说:"萨什卡,就让他们见鬼去吧",他说:"妈妈,我没法读,他们叫我臭狗屎和肥肉。"我说:"谁能在书里那么叫你,书里可不写这些",可他说:"这里,看",然后就把书塞到我鼻子底下。我看了看,真的,那白纸黑字写着:"您是臭狗屎和肥肉。"

叶卡捷琳娜·伊万诺夫娜　怎么回事?图书馆借来这种书?

娜塔莎　不是,我们的艺术家给他读的。他们一起在面包房装袋。那人悄悄给他塞了这恶心东西。

叶卡捷琳娜·伊万诺夫娜　这真没想到……

娜塔莎　闹得个翻天覆地。桌子弄坏了，门打落了。后来还喝了一星期的酒。我后来碰到艺术家，我说，把你那本讲臭狗屎和肥肉的书拿走，可他笑了，说，我就想开个玩笑。开玩笑。

叶卡捷琳娜·伊万诺夫娜　我的小儿子想买辆车。货车。他说，妈妈，我们要扩大规模。他说，我要去运肉，让老婆在小摊叫卖。

娜塔莎　这是正事。他老婆，怎么，又要生了？

叶卡捷琳娜·伊万诺夫娜　是啊。已经第三次了。跟我说，生个娃，就像拉坨粑。

娜塔莎　我本来不想生萨什卡。已经准备打掉了。可鲍里斯那时说："生吧，娜塔莎，可能是个女孩。我喜欢女孩。"好吧，我就生了。可现在萨什卡一喝醉就冲我吼："你为什么要生我？"那我跟他说什么呢？卡季，你，要不，来点肥肉？

叶卡捷琳娜·伊万诺夫娜　不，我都要走了。对了，我一直忘了问，季姆卡什么时候来？

娜塔莎　他是这么写的："等我，妈妈，我没多久了。"但准确时间没写。我们就等着。

叶卡捷琳娜·伊万诺夫娜　哦。就是说，会来。

娜塔莎　会来。他在一个可靠的地方。他们一放人，就会来。

叶卡捷琳娜·伊万诺夫娜　那，我走了。还得去趟商店，买啤酒。媳妇很喜欢啤酒。

娜塔莎　啤酒，这不错。我自己年轻的时候也喜欢啤酒。卡季，谢谢你带来猪头。

叶卡捷琳娜·伊万诺夫娜　客气什么！那，好啦，我走了。

娜塔莎　好，走吧。

　　　　〔叶卡捷琳娜·伊万诺夫娜离开。

　　　　萨什呀，萨什？

萨沙　（帘幕后面）啥？

娜塔莎　来吃肥肉。（把有炸肥肉的平底煎锅放上餐桌，开始切面
　　包）萨什！

萨沙　（帘幕后面）来了！

娜塔莎　（把切好的面包放进盘里）萨什，全冷了！

萨沙　（帘幕后面）听到了！

　　　　〔娜塔莎坐到餐桌前面，从锅里拿起一小块肥肉，开始慢
　　慢咀嚼。帘幕敞开，其后出现手拿一本小书的萨沙。

　　　　啥？不等我就开始啦？

娜塔莎　要跟你说多少遍啊？

萨沙　该多少就多少。我在做事。（把书放到锅旁，拿起叉子、面
　　包，开始贪婪地吃起肥肉，眼睛不离开书页）

娜塔莎　看，叶卡捷琳娜·伊万诺夫娜带来了猪头。做肉冻的。

　　　　〔静场。萨沙贪婪地吃与读。

　　　　还答应明天带来杂碎。

萨沙　（突兀地）你跟我说什么，你这，啊？

娜塔莎　我什么？

萨沙　你在这儿跟我说什么？拿肉来，听见没有？你在这儿跟我说
　　"肉冻""杂碎"干什么！你拿肉来！肉在哪儿？这是肉？啊？

娜塔莎　那等退休金一到，我就去买肉。

萨沙 "肉冻"！"杂碎"！你别在这儿跟我说这些！全都已经……

（重新沉入书里的内容）

娜塔莎 一发退休金，我就去买……

[鲍里斯走进房间，朝娜塔利娅亲切微笑，静静坐到桌子一角。

萨沙 （吃完肥肉，把锅从身前推开，大声打嗝）给我把牛奶拿到床上。（拿着书退往帘幕之后）

[娜塔莎把锅推向鲍里斯，鲍里斯拿起叉子，开始吃肥肉。娜塔莎把面包盘子放到他面前。鲍里斯微笑感谢，拿起面包，继续吃。

娜塔莎 水打来了吗？

[鲍里斯点头肯定。

给了羊？

[鲍里斯点头，也没停止咀嚼。

叶卡捷琳娜·伊万诺夫娜带来了猪头。你把它砍了。做肉冻。

[鲍里斯再次点头。

（把山羊奶倒进一个带把的杯子，走向帘幕）已经冷起来了。你把柴也劈了吧。

[鲍里斯想说什么，但黄色帘幕猛然敞开，从它后面飞出萨沙。

萨沙 （把一本翻开的书拿在身前）这是什么，啊？什么？啊？

娜塔莎 怎么了，萨沙？

萨沙 这是什么，啊？他怎么能，啊？

娜塔莎　萨什，要不，来点儿奶，啊？（递给他盛奶的杯子）

萨沙　（贪婪地喝完奶，把杯子扔到一旁）他怎么，啊？在一开始？谁会这么干？啊？我为什么要知道，他决定干什么？谁逼他了？啊？怎么？我该怎么办？接着读？可我有意思吗，有意思吗，啊？有谁这么干啊？在一开始？呵，我要说了我打算干什么，那你后来会觉得有意思吗？啊？

娜塔莎　萨什，那你换另外一本书看吧……

萨沙　谁的另外一本呢？可能，我不懂，可能，我就看不了书？

娜塔莎　换另外一本吧。

萨沙　这本不好？不好，是吗？

娜塔莎　说是就是吧。

萨沙　要是这本不好，那我该读谁的书？啊？你知道你在说什么吗？这可是伟大的！……伟大的！但我不懂！我觉得没意思，懂吗？他突然一下就把什么都说了！侦探小说在哪儿，啊？得有意思才行啊！

娜塔莎　对，有意思，对……

萨沙　"对"什么？"对"什么？你知道我在说什么吗，啊？你自己都觉得没意思！

娜塔莎　有意思啊，萨什，有意思！

萨沙　"有意思""有意思"！干吗说个不停？（对鲍里斯说）你又干吗坐着？你只管吃就行了，对吧？你，总之，就……是吧？

　　〔鲍里斯停嘴，从桌前起身，惭愧地微笑着，望向萨沙。

　　看什么看？走开！

　　〔鲍里斯一直这么微笑着，慢慢退到门边。走出去。

229

再说没有谁懂。唉，p^①……我累……（重重地坐到椅子上。静场）妈，听着，给我钱。

娜塔莎 就没钱啊，萨什……

萨沙 你给我钱。

娜塔莎 萨什，我的退休金明天……

萨沙 你怎么，没看见吗，我不管……

娜塔莎 萨什，唉，好了吧，读本别的……

萨沙 他让我恶心，明白吗？一个该死的经典作家……（疲惫地起身，走进门厅，从厨房用桌上拿起盛有羊奶的带把高颈罐，贪婪地喝）

[娜塔莎开始收拾餐桌。

（喝完奶）那就是说，没了？

娜塔莎 还想喝奶吗？

萨沙 袋子在哪儿？

娜塔莎 袋子？

萨沙 嗯。给我袋子。

娜塔莎 在柜子上。

萨沙 （从柜上取下袋子，打开它）啊，看来没有。

娜塔莎 萨什，你在做什么？

萨沙 做这个！（拿起猪头，放进袋子）

娜塔莎 萨什，我是想弄成肉冻，你自己也爱……

萨沙 那我们再看看，谁爱吃、怎么吃、给谁吃！

---

① 原文为字母"6"，疑为可表沮丧、惊讶、愤怒等不同情绪的"блин"一词的省略，译文试以与其意相仿的语气词"呸"的声母"p"对应之。

娜塔莎　萨什……

　　〔萨沙把袋子背到肩上，离开。娜塔莎痛苦地叹了口气，坐到椅子上，一动不动地坐着，然后心不在焉地察看桌子，拂去桌上的碎渣，用抹布打死一只坐在萨沙书上的苍蝇，小心翼翼地打开书。

　　（逐个音节地读）威……廉·莎……士比亚 ①……理……查德·三……世。

　　（合上书，开始收拾桌子）

　　〔传来敲门声。

　　哎！

　　〔济娜走进房间。她的背上搭着一个袋子，右手拿着一根钓竿。

济娜　看看，我这里面有什么！这里，看。（打开袋子，展示里面的内容）

　　〔娜塔莎没精打采地朝袋里看去。

　　想不到啊，是吧？啊？多大啊！总共用了两个小时，想想吧？娜塔什，我正好突然想起来：就是说，在回家的路上，我在想，这多好啊，女儿啦孙孙们啦，大家的都够了，可这会儿突然又想起来：没油啦！你不能，啊？我不要多，就一小杯。怎么样？我会还的。

娜塔莎　（克制地）马上。（去门厅，打开衣橱，从那儿拿出一个装着葵花油的塑料瓶子）

---

　　①　俄文中"士比亚"为 спир，只有一个音节。同句的"查德"俄文为 чард，也只有一个音节。

231

济娜　啊哈，多谢多谢！其实我正好想起来了，就在你家边上！
　　听着，萨沙背了个袋子去哪儿了。我看见了。

娜塔莎　（把油倒进小罐子）你把钓竿放好吧。挡路了。

济娜（笑）你想想，我走着，就是说，拿着钓竿走着，男人们就
　　那样望着。我整个人都发抖了，还喘不过气来。就是这样。
　　可萨什卡去哪儿了？

娜塔莎　（用头指装了油的小罐）拿走。

济娜　太好啦！对了，你会不会碰巧有点面粉？其实我这儿都……
　　　　［娜塔莎从柜里取出一罐面粉。
　　　我的孙孙们爬遍了整座山，吃了野果子，连荚莲果都吃
　　了！隔壁的娘儿们今天一早就出发去采野果，我问："你们这
　　是去哪儿？"她们就说："采野果。"我没再跟她们说什么。让
　　她们去找。不过这萨什卡背着个袋子去哪儿了？

娜塔莎　（递给济娜一小袋面粉）喏。拿着。

济娜　哇，太好了！要给孙孙们吃。你怎么这么忧郁？谁欺负
　　你了？

娜塔莎　没什么。我得走了。

济娜　去哪儿？

娜塔莎　关你什么事？得走。

济娜　我不知道，娜塔莎，但我从不瞒你什么，因为你是我最亲
　　的人。

娜塔莎　这是你吗？

济娜　啊。是我。

娜塔莎　算了吧。别逗了。

济娜　怎么了？

娜塔莎　从不瞒？

济娜　可不！我可委屈着呢……

娜塔莎　那你怎么背着我荡到了煤气工那里，却不跟我说一个字……

济娜　看看，想起了什么？煤气工！

娜塔莎　怎么样？就是想起了！

济娜　煤气工的事……就是这样的！你在那儿做什么呢？

娜塔莎　那你呢？

济娜　我？我不是自己去的，我是被叫的……

娜塔莎　谁叫的？那有谁会叫你？以为我不知道？不知道你是怎么在车厢里荡来荡去，就像游来游去的红旗①！

济娜　就算我在车厢里荡来荡去，可你连车厢都进不去！以为我没听见？没听见怎么跟你说的？"老大娘，"他们问，"你往哪儿去？"你回答他们："好吧，来喝点儿……有人说，别喝水！"

娜塔莎　但跟我说，是个少妇！

济娜　少妇也不是少妇，但我到现在还被注意！我不该想起煤气工，我在那儿留下了爱情，可你只是又放荡了一次！

娜塔莎　哟，爱情！

济娜　对，爱情。他还给我写信。"爱你，"他说，"很快就来。"

娜塔莎　爱情！在你把全部车厢都走了个遍以后！

济娜　可你看见了吗？看见了吗？

娜塔莎　我知道！

---

①　苏联时期有著名巡防舰名为"红旗"。

济娜 你知道什么？说啊，你在嫉妒！

娜塔莎 嫉妒什么，什么？

济娜 嫉妒我有过爱情，可你却被派去拿酒。后来还笑：谁喝得多，老大娘就归谁。

娜塔莎 你为什么要说谎？

济娜 怎么，不是这样吗？

娜塔莎 你在说谎，明白吗？

济娜 我实话实说！

娜塔莎 你怎么说谎呢，啊？

济娜 我一句谎话也没说！事情就是这样！

娜塔莎 你这母狗，说谎！走开！

济娜 会走！会走！我们很需要它！

娜塔莎 还有这个……黄油拿去！

济娜 压压！

娜塔莎 面粉！

济娜 压压！

娜塔莎 自己压！可我那儿有……还有……可你不知道从谁那里飞来！

济娜 我从爱人那里飞来。

娜塔莎 所有爱人都在你那里！

济娜 所有倒不敢说，但我就是从爱人那里飞来，就是为爱人生娃！

娜塔莎 生了谁呢？你的德奇哈！

济娜 你看看你的萨什卡。

娜塔莎　萨什卡我本来不想生。我准备去打掉，但鲍里卡说："你生吧，万一是个女娃呢！"

济娜　我可没准备去打掉，因为是爱人的孩子！

娜塔莎　你干吗老说"爱人的，爱人的"！

济娜　因为你在数落人！对我来说什么人也没有！我只有过一片雾！我顾不上你！我有过爱情，可你却数落人……（坐到椅子上，开始拖长声音使劲痛哭）

娜塔莎　你这是……好了，津……

济娜　（边哭边说）数……落……我。可我……

娜塔莎　好了，津，你怎么像这……

济娜　我可能，受了伤……一辈子的……

娜塔莎　你这是……把油和面粉拿走吧！

济娜　不要……你的什么我都不要……我有过爱情，可你……

娜塔莎　你说什么，津！听着，我说，萨什卡把猪头装进袋里出去喝酒了，可我是想做肉冻的，喏，心情就不好了……

济娜　这么说，他带走了猪头？

娜塔莎　是啊。

济娜　我想破了脑袋，他那里面是什么、值多少钱？

娜塔莎　什么？

济娜　喏，头？

娜塔莎　是叶卡捷琳娜·伊万诺夫娜带来的，她说，账以后再算，她说，生活那么……

济娜　（叹气）没错……

娜塔莎　所以你……别难过。

济娜　好吧。不过我想知道，他到底把头带哪儿去了？

娜塔莎　这话问的。想喝酒的人还不多吗？

济娜　可他干吗？去喝酒？

娜塔莎　那你觉得呢？

济娜　唉，傻瓜！

娜塔莎　他不是傻瓜，他只是有点敏感。他读书……

济娜　可书里有什么！好吧，我走了。油……面粉……哦，我记不清我家的盐是还有呢，还是吃完了！为防万一还是给我一把盐吧。

　　　　〔娜塔莎从柜里取出一包盐，倒了一些到小纸袋里。

　　　　〔传来敲门声。

娜塔莎　哎！

　　　　〔门开了，走进彼得·谢苗诺维奇。他穿着一件旧的皮质长外套，左肩搭着一个麻袋，右手拿着一个巴扬手风琴套。

彼得·谢苗诺维奇　这是……您好！

　　　　〔静场。

济娜　哟，好！

娜塔莎　你怎么到这儿来了？我还打算去接你！

彼得·谢苗诺维奇　可我不想等着。就来了，问到了，怎么了？正常啊！

济娜　您是？亲戚？

彼得·谢苗诺维奇　我是来找娜塔莎的。

济娜　啊哈。待得久吗？

彼得·谢苗诺维奇　这得看情况。

济娜　可您站着做什么？进来吧。

彼得·谢苗诺维奇　嗯。马上。（把袋子和套子放到地板上）

济娜　看来，您带了巴扬？

彼得·谢苗诺维奇　不是。娜塔什，照着说好的。

　　　　（打开套子，里面塞满了土豆）喏。你菜园里的。

济娜　克拉斯诺波利耶来的？

彼得·谢苗诺维奇　啊。

济娜　您也从那儿来？

彼得·谢苗诺维奇　啊。

娜塔莎　津，你走吧。

济娜　怎么了？

娜塔莎　走就好了。

济娜　唉，好吧！

娜塔莎　走吧。你的孙孙们还饿着呢。

济娜　我会走，只是这……

娜塔莎　你走就好了。（递给济娜鱼竿、一小罐油、数小袋面粉和
　　盐、一袋鱼，把她推向门口）

济娜　（朝彼得·谢苗诺维奇）再见！

彼得·谢苗诺维奇　啊。再见。

　　　　〔济娜下。静场。

娜塔莎　你怎么没等着？我会去见你的。

彼得·谢苗诺维奇　是这样，我问了汽车司机，他就说了。他岳
　　母住在这边上。

娜塔莎　这么说来那就是米什卡。叶卡捷琳娜的女婿。他就在当

237

司机。

彼得·谢苗诺维奇 喏，我照着说好的，自己用东西挖出来了。（指着巴扬套）

娜塔莎 把它拿过来，我藏起来。（从彼得·谢苗诺维奇手里拿过麻袋，走进门厅，把袋子塞进橱柜）

彼得·谢苗诺维奇 可为什么这样？

娜塔莎 我跟萨什卡可什么也没说。我本来想，我带来书和肥肉，他就会有心情，可他读过哪个撒旦以后，就开始在这儿叫唤起来，然后拿了猪头，去喝酒了。这下醉醺醺地回来，又会打人，所以你呀，别说要住在这里，就只说，是来做客的。

彼得·谢苗诺维奇 明白了。那鲍里斯呢？

娜塔莎 鲍里卡吗？

彼得·谢苗诺维奇 嗯，是啊。

娜塔莎 跟鲍里卡什么也别说。他不需要这个。想吃东西吗？

彼得·谢苗诺维奇 啊。

娜塔莎 那就等等。我用肥肉来炒你的土豆。（拿起套子）

彼得·谢苗诺维奇 那济娜呢，是你邻居？

娜塔莎 问到她了。她是个朋友。（把套子拿去门厅）

〔彼得·谢苗诺维奇盲人似的眯缝着眼，开始端详房屋：摸摸荷兰炉，研究炉墙之间的洞，然后小心地把头探入黄色帘幕之后。鲍里斯走进房间，坐到桌前，微笑地看着客人。

彼得·谢苗诺维奇 （继续端详房屋，撞到鲍里斯）这是……您好！

〔鲍里斯照旧微笑着，点头。

彼得，我叫。谢苗诺维奇。（向鲍里斯伸出一只手）

〔鲍里斯用两只手握住他的手掌，开始摇晃①。

你是鲍里斯，对吗？

〔鲍里斯用力点头。

嗯，来两口，庆贺认识，怎么样，啊？我有。

〔鲍里斯更加用力地晃头。

我马上。（艰难地把手掌从鲍里斯的手里解放出来，走进门厅）娜塔什，那的……嘿，在我袋子那里。该跟鲍里斯……庆贺认识。

娜塔莎　不！别把伏特加白费在他身上。

彼得·谢苗诺维奇　嘿，娜塔莎，怎么也得人道一点……庆贺认识。

娜塔莎　好吧，那等等吧，先把土豆煎好。

彼得·谢苗诺维奇　我们就来一点点，这么点，边聊边咂。

娜塔莎　（叹气）去那儿拿，在柜里。

〔鲍里斯打开柜子，找到袋子，取出伏特加酒瓶。

杯子拿着。

彼得·谢苗诺维奇　啊。

娜塔莎　肥肉在那儿。就着面包吃点。

彼得·谢苗诺维奇　这不错。

娜塔莎　那个别喝太多。

彼得·谢苗诺维奇　我们就那样一点点，庆贺认识。（坐到桌前、鲍里斯旁边，打开酒瓶，往杯里倒酒）来，庆贺认识。

〔彼得·谢苗诺维奇和鲍里斯碰杯，干杯。吃两口肥肉和

---

① 表示非常欢迎。

239

面包。

　　嗯……好。再来？

　　［鲍里斯点头。

　　（往杯里倒酒）那就，祝好。

　　［鲍里斯点头肯定。彼得·谢苗诺维奇和鲍里斯碰杯、干杯、吃两口菜。

　　娜塔莎说，你以前是个饲养员？

　　［鲍里斯点头肯定。

　　那现在退休了？

　　［鲍里斯点头。

　　我也是。退休了。我从克拉斯诺波利耶来的。去过克拉斯诺波利耶吗？

　　［鲍里斯摇头否定。

　　我在那儿有个家。一个菜园。娜塔利娅在我家旁边买了一个菜园。

　　喏，来。（往杯里倒酒）

　　［碰杯，干杯，吃两口菜。

　　门厅里的巴扬套看到了吗？

　　［鲍里斯点头肯定。

　　我的。我有过一架巴扬。但被老鼠啃了。年轻的时候玩过，还有姑娘们在旁边跳舞。唔……来，再来一杯。

　　［娜塔莎走进房间，开始擦桌子。

娜塔莎　好了，该喝够了。现在土豆要上桌了。

彼得·谢苗诺维奇　但我们就喝一点点。

娜塔莎　已经够了。

彼得·谢苗诺维奇　够了就够了。

　　[娜塔利娅擦桌子，走出去。

　　怎么样，来吧，趁没人看见？

　　[鲍里斯点头肯定。

　　[彼得·谢苗诺维奇倒酒。

　　[迅速喝完。

　　我还宰过家养的畜生。一人宰整村的。每家都叫我。我有把好刀。德国刺刀。法西斯那来的。刻有老鹰。我就是用它来宰牲口。父亲教的。最主要的是，爱抚。你走进棚子，畜生就会闻出是外人。但我走近的时候，会用手抚摸、讲悄悄话。秘密全在话里。这就像祷文一样。只是意思模糊。对每种牲口都有一套词。有牛话、猪话、羊话。也是父亲教的。就这样在耳朵边悄悄说话、抚摸。牲口就开始温顺下来。我摸着、说着悄悄话，偷偷从皮靴筒里拔刀。畜生开始完全信我。它感觉不错。这时我马上一刀。完了。每种牲口都有特别的位置。那么轻轻一刺就完了。它甚至不觉得痛。好像是睡着了。再没起来。它感觉不错。从眼睛看得出来。这种死法不错。甜美。肉也一样。还有嚼头。可现在呢？用大锤砸角，用刀子割喉，用电击。这样来的肉都坏了。都不是那样了。可我那时宰的每头牲口，肉是肉、肠是肠……而且肯定不短斤少两。那时过得不错。受人尊敬。在自己没被砍伤的时候。高加索来的干私活的人们。因为一个婆娘。只剩一口气了。就这样。过去了。干不了了，就这样。人们千方百计请我。干不了，就这样。我去当了饲养员。就这样干到退休。现在连眼神也……在变差。

[娜塔莎把盛有炸土豆的平底煎锅拿进来，放在桌上。

娜塔莎 （对鲍里斯说）吃吗？

[鲍里斯点头肯定。

娜塔莎 那就去拿个叉子。我只拿了两个。

[鲍里斯走进门厅。

彼得·谢苗诺维奇 你干什么，怎么这么大声跟他说话？

娜塔莎 因为他什么也听不见。萨什卡去年把他痛打过一回，他就聋了。你还在这儿跟他扯你的一生。

彼得·谢苗诺维奇 他都懂。这里没耳朵什么事。

[鲍里斯拿着叉子进来，坐到桌前。

怎么样，像人们常说的，就着一块小土豆？娜塔什，你要吗？

娜塔莎 一点点。

彼得·谢苗诺维奇 得要个杯子。我去拿。

娜塔莎 不用。我去。（出去）

彼得·谢苗诺维奇 你真的什么也听不见？

[鲍里斯摇头否定。

这没什么。眼神好是主要的。你的眼神怎么样，还好吧？

[鲍里斯点头。

喏，这就好了。

[娜塔莎拿着杯子走进来，把它放到桌上，坐下。

（给大家倒酒）我想把酒喝完，因为我们在这儿待得这么好。鲍里斯耳背，我眼瞎，所以就会，像人们常说的，一起……

　　〔萨沙走进来。烂醉。

萨沙　在吃东西？就知道吃、吃……（发现桌上的伏特加）这是什么？（走近桌子，拿起酒瓶，贪婪地喝完剩下的酒；用浑浊的目光环顾众人）嗯？（看着彼得·谢苗诺维奇）你谁啊？

彼得·谢苗诺维奇　客。

萨沙　谁？

彼得·谢苗诺维奇　我是客。娜塔利娅的客。

萨沙　妈？！

娜塔莎　萨沙，这是我一个熟人。

萨沙　妈？！

娜塔莎　他是从克拉斯诺波利耶来的，一个熟人。

萨沙　你怎么，跟他？！

娜塔莎　萨什，你够了……

萨沙　就是说你跟他，啊？！

娜塔莎　萨什，你就问这个，过会儿再说，好吧？

萨沙　嘿，看这儿！（拿起盛着炸土豆的锅，扑向彼得·谢苗诺维奇）

娜塔莎　别甲，跑啊！

　　〔彼得·谢苗诺维奇跳起来，绊上凳子，倒下。萨沙朝他扬起锅子，娜塔莎吊在儿子的手上，儿子把她甩到一边。娜塔莎跌倒在地。彼得·谢苗诺维奇趁那一刻爬开桌子，藏在炉和右墙之间的洞里。鲍里斯坐着，一动不动地看着眼前的事。

萨沙　他在哪儿？啊？（环视房间，看看桌下；对鲍里斯说）他在哪儿，啊？

> ﹝鲍里斯抬起眼睛。

> （朝他扬起锅子）打死你！

> ﹝鲍里斯的眼睛朝洞望去。

> （扑向洞，试图爬过去，但没能做到）出来，出来，狗杂种！（试图用手够到彼得·谢苗诺维奇，又是一无所获。暴怒地用锅敲打炉子）我会抓到你的，会抓到的，狗杂种！

娜塔莎 （爬向他，抱住他的腿）萨沙，够了……

萨沙 （一腿甩开她，继续绝望地尝试，试图爬进空洞，最后，卡在那里）哎哟，p……（试图脱身）妈！

娜塔莎 萨沙！

萨沙 妈！

娜塔莎 怎么了？

萨沙 拖出来！拖我出来！哎哟，p……挤……喘不上气……

娜塔莎 给我手！手给我！

萨沙 马上。

> ﹝娜塔利娅拉住他伸来的手。

> 哎哟，p……痛！要死了！

娜塔莎 萨沙，忍忍。（对鲍里斯说）你坐着干什么？来，帮忙！

> ﹝鲍里斯加入娜塔利娅。

> 别拉手，拉脚。

> ﹝鲍里斯拉住萨沙的脚。

> 拉！

> ﹝鲍里斯和娜塔莎拽他的一只手和一条腿。

萨沙　啊——啊——啊——啊！放开！

娜塔莎　萨什……拉不动啊！

萨沙　喘不上气……

彼得·谢苗诺维奇　（声音）娜塔莎呀，娜塔莎？

娜塔莎　你干什么？

彼得·谢苗诺维奇　我那儿，袋里，还有瓶酒。你，那什么，把酒拿过来。

娜塔莎　什么，想喝完？

彼得·谢苗诺维奇　不，不是给我。你给萨什卡。让他喝完。让他全喝完。喝到断片。他一断片，我们就把他这个……

娜塔莎　什么"这个"？

彼得·谢苗诺维奇　喏，就是把他拖出来。他会放松下来。就拖。

　　　［娜塔利娅急忙跑进门厅，开始在橱柜里打捞。鲍里斯抓住萨沙的脚，温柔地抚摸。

萨沙　哎哟，好……我……你……你……怎……哟……M-m-m-m①……喘……不……

　　　［娜塔莎带着一个瓶子回来，打开瓶子。

娜塔莎　萨什呀，萨什？

萨沙　M-m-m……

娜塔莎　能喝酒吗？

萨沙　啊——啊！

娜塔莎　那就喝吧！（把瓶子塞向他的嘴）

---

　　① 原文为字母 м，疑为"мать"的首字母"м"，故译文试用"妈"的声母"m"对应之。

[他咽了几口，又把嘴从瓶口移开。

全喝了！

萨沙　不……喜^①……

娜塔莎　喝！

[他继续喝完。发出沉重的嘶哑声。

萨沙，萨什，你怎么样？

[萨沙的嘶哑声变成鼾声。然后他瘫了下去，开始慢慢往下掉。

彼得·谢苗诺维奇　现在，拽好了，我准备推了！

[娜塔莎和鲍里斯拽住萨沙的一只手和一条腿，彼得·谢苗诺维奇从里面帮他们。终于，萨沙变软的身体从洞里掉了出来，跟着出现满意的彼得·谢苗诺维奇。

彼得·谢苗诺维奇　喏，看，像人们常说的，拯救了一个人的生命，可以说。

娜塔莎　现在把他放到床上去吧。

[娜塔莎、鲍里斯和彼得·谢苗诺维奇把萨沙推到黄色帘幕后面。

唉，我也累了……

彼得·谢苗诺维奇　他给你那儿一下，不重吧？

娜塔莎　没事，还有更重的。我和鲍里卡为了躲他，逃去察普那里。反锁在里面。在那儿躺下睡觉。

彼得·谢苗诺维奇　这个察普是谁，邻居？

娜塔莎　这是我们的山羊。照当地习惯起的名，叫察普。就那样，

---

①　未完全讲出的"行"。

我们在察普那里躺下睡觉。它热乎乎的。

彼得·谢苗诺维奇　他老是胡闹吗？

娜塔莎　谁，察普？

彼得·谢苗诺维奇　当然不是。萨什卡。

娜塔莎　得看落他手里的是哪种书。要是好书，那整一星期也滴酒不沾，可要是哪个撒旦的书，就像今天这样，那夜里就得这么胡闹，到早上又没事了。都不用再喝点酒来解醉。因为他不会狂喝的。

彼得·谢苗诺维奇　不狂喝，这挺好。

娜塔莎　他是挺聪明。只不过有点敏感。我跟他说："你累坏我了，萨什卡。我要去克拉斯诺波利耶过了，或者去老人院过。"他好像马上难过起来："别啊，"他说，"妈妈，别走。我，"他说，"不要一个人过。我，"他说，"本来就没有人喜欢。"还哭了。我马上安慰他。然后他一星期都温顺听话。甚至不动鲍里卡。他怕我走。

　　〔鲍里斯脱下靴子，躺上简易木床。

　　鲍里卡，你妈！从床上下来！现在你得睡炉边去。拿上铺盖躺过去！

　　〔鲍里斯顺从地拿着铺盖和被子，给自己在炉边的地上铺了个床，躺在上面。

　　（躺到简易木床上）哦，好啊！别季，过来。

　　〔彼得·谢苗诺维奇脱下靴子，躺到她旁边。默默躺了一会儿。

　　别季……

彼得·谢苗诺维奇　娜塔什，喂，不方便，毕竟当着丈夫的面……

娜塔莎　他什么也听不见，让他自己睡他的吧……

彼得·谢苗诺维奇　但好像还是不方便……

娜塔莎　好了，你！习惯习惯！

　　　　［静场。开始寂静的纷乱。

鲍里斯　别季呀，别季？

　　　　［纷乱中断。

彼得·谢苗诺维奇　什么事？

鲍里斯　你现在别动娜塔什卡。她累了。走了一整天……你不管
　　怎么样也得过会儿……

彼得·谢苗诺维奇　好的，鲍里。不动。过会儿就过会儿……

第二幕

冬

　　房里到处都摊着衣服：衬衣、裙子、女短衫、裤子、皮夹克等。桌前坐着彼得·谢苗诺维奇，他正试着收拾绞肉机。绞肉机的零件掉到地板上，彼得·谢苗诺维奇开始找它们。黄色帘幕后面传来萨沙不满的声音。

萨沙　你在那儿轰轰什么？

彼得·谢苗诺维奇　我这个，绞肉机在这儿给……

萨沙　你那边轻点儿，知道吗？

彼得·谢苗诺维奇　好吧。（找到需要的零件，开始把绞肉机固定到桌上）

　　〔娜塔莎手拿一个麻袋走进来。

娜塔莎　嘿，怎么样？

彼得·谢苗诺维奇　（指着绞肉机）好像可以了。

娜塔莎　（压低声音）萨什卡怎么样？

彼得·谢苗诺维奇　没怎么样。在看书。

娜塔莎　好吧，感谢上帝。看来，得了好东西。叶卡捷琳娜·伊万诺夫娜现在过来,你得把刀磨磨,要不怎么切肉……

[彼得·谢苗诺维奇走进门厅。娜塔利娅从袋里取出鸡蛋、一袋面粉、一瓶醋、一罐酸奶油、一罐牛奶和一块黄油。

彼得·谢苗诺维奇 娜塔什,在哪儿磨呢?

娜塔莎 问鲍里卡,他在那儿,在外面扫雪。都是雪……

[彼得·谢苗诺维奇拿着刀走出去。娜塔利娅走进门厅,拿上菜板、筛子、擀面杖。叶卡捷琳娜·伊万诺夫娜手拎麻袋走进来。

叶卡捷琳娜·伊万诺夫娜 嘿,祝你新年好啊!

娜塔莎 也祝你好啊!进来!看,我这儿开始做饺子了。

叶卡捷琳娜·伊万诺夫娜 饺子?我都不记得什么时候做过饺子了,我们都是去商店买。

娜塔莎 我也想去商店买啊,好像那卖的好吃,大家都在夸,可萨什卡说,"你给我,"他说,"做家常饺子,别他妈去商店买,他们那儿的肉少。"

叶卡捷琳娜·伊万诺夫娜 (把麻袋放到桌上)娜塔什,你要的都在这儿:猪肉和牛肉。

娜塔莎 啊。我来了。(用围裙擦手,从怀里拿出叠了四折的手帕,里面是包好的钱。她用手指沾了口水,数出两叠纸币)

叶卡捷琳娜·伊万诺夫娜 (仔细环视房间)怎么,您在晒东西?

娜塔莎 没有。萨什卡把箱里、柜里的东西全都扔出来了。把书全都塞了进去。我们的图书馆关了门,书呢,就全被搬到了学校的板棚。喏,萨沙就是从那儿搬来的书。

叶卡捷琳娜·伊万诺夫娜 可他人在哪儿呢?

娜塔莎　（压低声音）在看书。已经安静一个多星期了。"嘿，"他说，"妈妈，过年包饺子吧。"他爱把饺子就着醋吃。

叶卡捷琳娜·伊万诺夫娜　这是件好事。德米特里什么时候解放？

娜塔莎　好像春天就该到吧。（把纸币递给叶卡捷琳娜·伊万诺夫娜）拿着，说好了的。

叶卡捷琳娜·伊万诺夫娜　（数钱）娜塔什，你给多了。

娜塔莎　一点不多。说好了的。

叶卡捷琳娜·伊万诺夫娜　（还一张纸币）拿着这个。

娜塔莎　不，不拿。

叶卡捷琳娜·伊万诺夫娜　拿着。过节呢。你还得买些东西。

娜塔莎　卡捷琳娜，我真不知道……

叶卡捷琳娜·伊万诺夫娜　（把那张纸币放到桌上）就这样。好了。喏。搁那儿吧。我不拿。

娜塔莎　（感动地）上帝保佑你健康。

叶卡捷琳娜·伊万诺夫娜　也保佑你，娜塔什。

娜塔莎　唉，可我还不知道，要送你什么……

叶卡捷琳娜·伊万诺夫娜　好了，你啊！我自己现在就去买礼物。给孙孙们。媳妇现在找了份商店的工作，所以她没时间，得在一小时内买好。

娜塔莎　咦，你有白桦笤帚吗？我有很多，房客编的。

叶卡捷琳娜·伊万诺夫娜　房客？

娜塔莎　嘿，就是彼得·谢苗诺维奇。你拿两把走吧？雪挺多的，正好能用它们拍靴子。

叶卡捷琳娜·伊万诺夫娜 那就给我吧，你要是舍得的话。房客怎么样？

娜塔莎 很好。他有不少退休金。他给萨什卡买报纸和杂志，萨什卡也不惹他。房子带菜园，也是在克拉斯诺波利耶。我们给萨什卡娶亲以后，就搬到那里去住。

叶卡捷琳娜·伊万诺夫娜 怎么，有未婚妻了？

娜塔莎 津卡介绍了自家的德奇哈，但萨什卡不喜欢。他说："想找个女老师。"

叶卡捷琳娜·伊万诺夫娜 那你上哪儿给他找个女老师？

娜塔莎 我自己也不知道。他不去好好追姑娘。她们怕他。他呢，经常躺着，发抖，像个小孩，他怕。我躺在他边上，抱住他，抚摸他，他也亲热起来，像只小狗崽……好高兴啊……

　　　　〔静场。

叶卡捷琳娜·伊万诺夫娜 不过……好吧，娜塔什，我在你这儿坐得太久了，我得走了。

娜塔莎 你把笤帚拿上。（从柜子后面取出两把白桦笤帚，交给叶卡捷琳娜·伊万诺夫娜）

叶卡捷琳娜·伊万诺夫娜 那就谢谢了。

娜塔莎 你说什么话？可不敢说谢啊！

叶卡捷琳娜·伊万诺夫娜 好吧，再问声新年好啦！

娜塔莎 新年好！卡季，你在院里能碰到彼得，让他来这儿切肉。

叶卡捷琳娜·伊万诺夫娜 好。（下）

　　　　〔娜塔莎开始准备面团。彼得·谢苗诺维奇上。

彼得·谢苗诺维奇 刚想在察普的羊圈里磨刀。就在那儿磨了磨。

娜塔莎 来,快切肉吧。(头指麻袋)拿肉。

> [彼得·谢苗诺维奇走进房间,把袋子放到桌上,取出肉,开始把肉切成小片。

萨沙 (从帘幕后面)妈,妈!

彼得·谢苗诺维奇 娜塔莎!

娜塔莎 干吗?

彼得·谢苗诺维奇 萨沙在叫你。

娜塔莎 (走进房间,走向黄色幕帘)萨什,你干吗?

萨沙 你啊,出去一趟,买点儿饼干吧。我想拿来下茶。

娜塔莎 可我在包饺子。要不,你自己跑一趟?

萨沙 不。让谢苗内奇去。

娜塔莎 可他在切肉。

萨沙 那你就自己去。

彼得·谢苗诺维奇 娜塔什,要不,让鲍里亚去?

娜塔莎 你这是什么话?他连钱也不会数。一卢布和一百卢布根本分不出。

彼得·谢苗诺维奇 是嘛!我也分不出。那他怎么领退休金啊?

娜塔莎 你哪次看到他自己去了?我跟他一起去啊。好吧,我去买。其实也对,毕竟过节,得买点什么下茶。

> [摘下围裙,穿上外套、毡靴,戴好柔毛头巾,出门。彼得·谢苗诺维奇继续切肉。

萨沙 (从帘幕后面出现)谢苗内奇,报刊买了吗?

彼得·谢苗诺维奇 好像买了。

萨沙 那儿,在哪儿?

彼得·谢苗诺维奇　在那儿，电视机上。

萨沙　（走向电视，拿起报纸和杂志）我去厕所。该把报刊放那儿。这样方便一点。

彼得·谢苗诺维奇　嗯。

　　　　〔萨沙穿上棉袄、毡靴，走出门。彼得·谢苗诺维奇开始把肉放进绞肉机。传来敲门声。

彼得·谢苗诺维奇　进来！

　　　　〔济娜两手拿着一个空麻袋走进来。

济娜　哦，您好，彼得·谢苗诺维奇！新年好！

彼得·谢苗诺维奇　新年好。

济娜　娜塔莎呢？

彼得·谢苗诺维奇　去商店买饼干了。这就来。

济娜　你在这儿干吗呢？做肉馅？

彼得·谢苗诺维奇　打算包饺子。

济娜　啊，懂了。我们决定做肉饼。可葱没了。所以我来拿根葱。

彼得·谢苗诺维奇　娜塔莎这就来了。

济娜　啊。那我就等等。（察看房间）您怎么样呢？

彼得·谢苗诺维奇　什么？

济娜　您过得怎么样？

彼得·谢苗诺维奇　啊，挺好。

济娜　那萨什卡呢，没欺负你？

彼得·谢苗诺维奇　没。要有什么，我就躲到那边的炉子后面。

济娜　那娜塔莎呢？

彼得·谢苗诺维奇　什么娜塔莎呢？

济娜　喏，娜塔莎怎么样，没欺负你？

彼得·谢苗诺维奇　没。我们过得挺好。

济娜　要不，要有什么，那您就想着……意思就是，您可以来找
　　我们，也就是说可以住在我们那儿。

彼得·谢苗诺维奇　为什么？

济娜　什么"为什么"？您有不少退休金，我有一个女儿，四个孙
　　孙，谁也不打人，不骂人，地方也有，我有个折叠椅，而且
　　我也比娜塔什卡年轻，也一样是女人，也有意义。

彼得·谢苗诺维奇　不用，我在这儿挺好。

济娜　这话还说早了，说早了。萨什卡总归不会让您好过。他是
　　跟娜塔什卡一起过的。

彼得·谢苗诺维奇　怎么过？

济娜　嘿，意思就是，像男人跟女人那样过。您怎么，不知道？

彼得·谢苗诺维奇　不。他可是儿子啊！

济娜　问题就在这儿，问题就在这儿。他醉醺醺地在村里走，他
　　妈跟在后面，"萨什，"她说，"我们回家吧！"可他说："给，
　　就回！"就这样。她对他说："萨什，我是你妈啊！"可他说：
　　"那有什么关系，你跟别人一样。"

彼得·谢苗诺维奇　但您自己也想把自家女儿嫁给萨什卡啊！

济娜　我女儿也没好到哪儿去！她德奇哈就是德奇哈！一年去野
　　一次，回来就怀上了。打了十次胎，开玩笑……她现在想出
　　了另一辙：出去野五个月，然后回家。还能做什么呢？所以
　　跟了萨什卡要好些，起码有个人管。

彼得·谢苗诺维奇　不过……

济娜　所以说您想想吧。其实什么都有可能。

彼得·谢苗诺维奇　我的眼神，那个，在变差。去看了医生。说要做手术。但手术得花钱。可我只存了一小点。但如果什么也不做，那半年以后可能就瞎了。谁会要我这样一个瞎子呢？

济娜　要用很多钱吗？

彼得·谢苗诺维奇　很多。一个人应付不来。

〔静场。

济娜　咦，娜塔什卡怎么去那么久？

彼得·谢苗诺维奇　这就来了。

〔鲍里斯抱一抱柴走进来。朝济娜点头，把柴平放在炉边，往炉里加柴。

济娜　鲍里呀，鲍里？

〔鲍里斯抬头看她。

我说，今年没买煤吗？

〔鲍里斯摇头否定。

都烧柴？！

〔鲍里斯点头。

我们拆了老板棚。拿它的板子来烧火。孙孙们还从那儿弄来些书。也是事儿。

〔娜塔莎上。

娜塔什，你好。祝你新年好！

娜塔莎　哦，也祝你好！

济娜　娜塔什，我们的葱没了，我们已经把肉剁了想做肉饼，正要做呢，可没葱。

娜塔莎　好吧，把袋子拿过来，给你装点葱。

济娜　袋子在那儿，我把它放在凳子上了。

　　　〔娜塔莎从凳子上拿起袋子，打开柜子，开始装葱。

　　　娜塔什，你们怎么把衣服摊得整屋都是？准备过新年，是吧？

娜塔莎　啊。准备过新年。这么多够了吗？

济娜　再装一点点吧，你要舍得的话。

娜塔莎　（把袋子递给济娜）给。拿去。

济娜　哇，谢谢哟！嗯，再说句，新年好！（下）

娜塔莎　喂，那馅怎么样了？

彼得·谢苗诺维奇　还好。

娜塔莎　全剁了？

彼得·谢苗诺维奇　还留了点儿。

娜塔莎　葱还要理理。

彼得·谢苗诺维奇　好。

娜塔莎　怎么一副死样？

彼得·谢苗诺维奇　没怎么。累了。

娜塔莎　你是说，累了？跟津卡聊天了？

彼得·谢苗诺维奇　嗯。聊了一点儿。

娜塔莎　她跟你说什么了？

彼得·谢苗诺维奇　就那样。没什么。

娜塔莎　我都看见了。她说什么了？叫你找她去？

彼得·谢苗诺维奇　叫了吧。

娜塔莎　嚯，她这母狗！还说什么了？

彼得·谢苗诺维奇　这个……过会儿再说，好吧？

娜塔莎　这样。懂了。鲍里卡！喂察普去！

　　　　［鲍里斯起身离开。

　　　　好了，说吧。

彼得·谢苗诺维奇　这个吧……你跟萨什卡一起过，是真的吗？

娜塔莎　就知道！我就知道！这个畜生，啊，还来要葱！让这葱
　　卡着你的喉咙吧，行尸走肉！地上爬的畜生！都传上闲话了！
　　然后呢？

彼得·谢苗诺维奇　什么？

娜塔莎　然后你是怎么想的？

彼得·谢苗诺维奇　没怎么想。我问你就行。

娜塔莎　蜈蚣变的！看我把你的头发全揪下来，还来找我！没想
　　到啊，啊？

彼得·谢苗诺维奇　娜塔什，你静静。

娜塔莎　那你信了，你信了？是吗？

彼得·谢苗诺维奇　我什么也没……

娜塔莎　贱货！贱货一个！她要的是你的退休金。你想都别想，
　　母狗，听见了吗？想都别想！

彼得·谢苗诺维奇　娜塔什，别这样，还过着节呢。

娜塔莎　什么人啊？不，什么人啊，啊？

彼得·谢苗诺维奇　娜塔什，好了……

娜塔莎　谁需要他呢，谁需要他，啊？没有一个女人跟他……可
　　他也跟所有人一样，需要……他也需要爱……

彼得·谢苗诺维奇　这个可以理解……

娜塔莎　那你干什么，在责怪？啊？

彼得·谢苗诺维奇　没有啊，我没有。只是……只是这好像不太像人，是吧……

娜塔莎　那如果他去强暴谁，这怎么，就像人了？

彼得·谢苗诺维奇　我不是这个意思……他该结婚，我是说。

娜塔莎　谁跟他结呢?!

彼得·谢苗诺维奇　随便……他……济娜有个女儿……

娜塔莎　你别跟我提这个母狗，听到没有？我还要找她好好聊聊。

彼得·谢苗诺维奇　我，那什么，比如……

娜塔莎　我的萨什卡需要一个聪明的小妻子。那边，看到了吧，他已经读了多少书？而且一直一声不发！但你却说……

　　　　〔萨沙走进房间，手拿一本杂志。

萨沙　你看见了吗？你看见了吗？啊？真没想到啊？他可是收买过整个国家！可现在瞧瞧吧，啊？

彼得·谢苗诺维奇　谁？

萨沙　（把杂志递给他）这儿，看！啊？这可是用我们的钱！看，游艇，这是他的女人，这是钻石。他在给女儿过生日！这是他的岛！看见了吧，一整座岛，p……这是怎么回事，啊？他卖的可是我们的石油！拿了钱就卖了！这用的可是你的钱、是我的钱，本来可以给大家过活的钱！可我们呢，在屎里，明白吗！我们坐在屎里，可他们……岛，钻石！总统还有支金笔。看见了吧，拿着支金笔。搞什么鬼，啊？他怎么，没笔用了吗，啊？可他就那么做！能信谁呢，谁能信呢，啊？

娜塔莎　萨什，喏，他们，啊，过着年呢……

萨沙　可没有信仰，明白吗？谁能信呢，啊？我们坐在屎堆里，可他们在钻石堆里！为什么，为什么啊？

彼得·谢苗诺维奇　唔，他们是在那个……在那儿思考。

萨沙　那我呢，没在思考吗？他们关了图书馆，还把书扔到棚里。因为谁都不读书。因为他们不用思考，只用在屎里坐着、不冒出来，在那儿拿着金笔……妈，你把伏特加拿来了吗？

娜塔莎　饺子还没做好……

萨沙　快去拿。

娜塔莎　萨什，过着年呢……

萨沙　那要我怎么样，坐着，看着，看他们在那儿……拿酒来。

娜塔莎　哦，老天！等会儿吧。

萨沙　我已经在等了。拿酒来。

　　〔娜塔莎走向橱柜，拿出一瓶伏特加，回来，把它放在儿子跟前。萨沙打开电视，打开瓶子，坐到电视机前，喝了一大口。鲍里斯走进来。

娜塔莎　嗯，齐了！坐下吧，包饺子！

　　〔鲍里斯听话地坐到桌前。

　　先洗手！

　　〔鲍里斯走向洗手器。

　　（对彼得·谢苗诺维奇说）你好了吗？

彼得·谢苗诺维奇　好像好了。

娜塔莎　那也来吧，坐下，包饺子。

　　〔彼得·谢苗诺维奇坐到桌前，娜塔利娅从门厅拿来擀好

的面，放上桌，再往桌上撒面粉。鲍里斯回来，坐在彼得·谢苗诺维奇旁边。（把一个装有肉馅的小盆放到鲍里斯面前）

开工。（用玻璃杯从面里压出圆轮形状的面皮，传给彼得·谢苗诺维奇和鲍里斯，他们从盆里舀一撮馅，开始包饺子）

萨沙　（从瓶里喝一大口后）这是什么，电影？嗯？能有什么，啊？都是一个样！这全是胡说八道！他们读过悲剧吗，啊？古希腊悲剧读过吗？啊？他们拍不出那些，哪儿能拍得出呢！他们这有什么——胡萝卜之恋[①]，可在那里，人们在死去！那里的爱情不像这样！那里的儿子拥有妈，然后弄死自己的爸！可这里什么都好好的，拿一把吉他，唱一支小歌！他们也好好的！可那里的男人抛弃了女人，女人杀死了自己的孩子。是那样的生活。可这是什么？什么，这是——生活？啊？谁这样生活？还写什么："人们需要童话。"为什么要，啊？他们一边拿这些童话给这个民族洗脑，一边拿人民的钱去给自己买那些岛、那些钻石。怎么？一切正常！这是什么？不用思考！在那儿才用思考，当男人剜掉自己一只眼睛的时候！

娜塔莎　萨什，你净讲些吓人的话！

萨莎　（喝一大口）"吓人"！这是生活！这些古希腊人什么也没留下，可他们全都了解生活！可这些，母狗们，他们知道什么生活？啊？自己的亲人怎么能吃……这是？是吧？去他们的吧！（一大口）妈，饺子呢？

娜塔莎　马上，已经快了……

萨沙　他们的一切都那么简单。可我能做什么呢？我能做什么呢，

[①]　俄罗斯电影（2007）。

啊？也是像那样拿一把吉他，啊？可我不想，懂吗？不想！
我最好像那里的人，而不是像这里的人。那里至少明白是为
了什么。可这里呢，明白吗？明白吗，啊？一辈子就那样抱
把吉他，嗯？（一大口）

娜塔莎　萨什，我已经把水放上了。

萨沙　但我不高兴！她把水放上了！我已经什么也不要了。我现
在就拿这个鬼电视……命运的捉弄①，我这就给您安排！

　　〔把瓶子放在地板上，走近电视机，把它抱在手里，抬过
头顶。

娜塔莎　萨沙，你在干什么？（试图妨碍他，不让电视机掉到地
板上）

萨沙　走开！

娜塔莎　萨什，新年呢！

萨沙　放屁！

娜塔莎　萨什，你想想我们，我们没有电视机怎么行！

萨沙　没什么不行！读书！

娜塔莎　萨什，总统就要祝贺新年啦！

萨沙　让他对你放屁去吧，从高高的钟楼，你的总统，他那笔让
人心烦，金笔！走开，我叫你走开！

彼得·谢苗诺维奇　萨什，你把他，这个，扔出去，扔到院子里
去。扔进雪堆里。让它从眼前完全消失！

萨沙　（对娜塔莎说）走开！（把电视机抬向门，走到外面）

　　〔娜塔莎跟着他。

---

① 俄罗斯电视片（1975）。常在新年反复播出。

262

彼得·谢苗诺维奇　我们呢，现在就往水里下饺子。（从桌上拿起放饺子的菜板，走进门厅，开始往沸水里扔饺子）

　　〔萨沙从外面气喘吁吁地跑进来，直接奔往留在地板上的酒瓶，拿起瓶子，贪婪地喝完剩下的酒。喝完后，坐在凳子上，呆呆地看着那个曾经放着电视机的地方。娜塔莎走进来，湿湿的，一身是雪。

娜塔莎　（对彼得·谢苗诺维奇说）你出的什么馊主意，畜生！他真从台阶上把它扔到一个最大的雪堆里了！

彼得·谢苗诺维奇　扔得对。

娜塔莎　对什么，对什么，啊？我们现在没有电视机了！

彼得·谢苗诺维奇　（轻声地）但总比扔到地板上好，知道吧？鲍里卡早上会把它从雪堆里拖出来，稍微晾晾，就能看了。要是他把它摔个粉碎，那怎么办？

娜塔莎　（明显高兴了）别季卡，你的头，真是。我就没猜到……桂叶放了吗？

彼得·谢苗诺维奇　我不知道在哪儿……

娜塔莎　马上。（打开柜子，开始在里面打捞）这是桂叶，这是胡椒，过会儿别忘了撒上。我现在去弄醋。

　　〔彼得·谢苗诺维奇往锅里放桂叶，娜塔利娅用水稀释醋，鲍里斯微笑地看着萨沙。

萨沙　（从昏呆状态回过神来，困惑不解地环顾房间）怎么了？啊？这是在哪儿？你们在这儿干吗？啊？走！都走！全坐在这儿！

（起身，带着威胁逼近坐着的鲍里斯）

娜塔莎　萨什，你在干什么？现在我们要吃饺子，你这是干什么？

263

萨沙 吃屎！（从桌上拿起擀面杖，打鲍里斯的头，鲍里斯跌到地板上）你们在这儿干什么，啊？没听见吗？啊！……（一脚把他踹到门边）

　　［鲍里斯爬向门口。

　　妈，过来！

娜塔莎 萨沙，别这样！

萨沙 快过来！

娜塔莎 萨沙！（粗鲁地抓住娜塔莎，把她扔上床，开始脱裤子）

彼得·谢苗诺维奇 （谨慎地从后面接近他）萨沙，看！

萨沙 （转身）啥？

彼得·谢苗诺维奇 看啊，萨沙！（冲他的脸送上一个打开的手掌，里面是一大把胡椒粉，把胡椒粉吹进他的眼睛）

萨沙 噢，呸！

彼得·谢苗诺维奇 娜塔什，快跟鲍里亚去察普那儿！

　　［娜塔莎从床上跳起来，跑向鲍里斯，扶起他，朝他扔去棉袄和护耳皮帽，戴上头巾，穿上皮袄。萨沙两手捂脸，在房里疯转。彼得·谢苗诺维奇藏到桌子下面。

娜塔莎 别季，你小心点！

　　［萨沙疯叫一声，扑往她的方向。娜塔莎和鲍里斯急速离开房间，把身后的门锁上。萨沙敲门，打喷嚏，含糊不清地骂娘。彼得·谢苗诺维奇爬向炉边的洞，藏在里面。萨沙把四周弄个乱七八糟，走向洗手池。感觉里面没有东西，就摸到水桶，把头放进去，那样站着几秒钟，然后，大声地喷鼻子，挺直身子，用衬衣边擦脸。发现桌上有个没标签的醋瓶，

像个酒瓶，拿起它，喝了一大口，号着吐出醋，把瓶子扔到一边，重新扑向水桶。贪婪喝水，然后挺直身子，擦脸。走进房间。

萨沙　谢苗内奇……嘿……狗杂种……哼……你在哪儿？

彼得·谢苗诺维奇　（从洞里）我在这儿，萨沙，我还能在哪儿？

萨沙　你是狗杂种，谢苗内奇。

彼得·谢苗诺维奇　可能，就是这样。

萨沙　你是坏蛋。

彼得·谢苗诺维奇　爱谁谁吧，萨什卡，只要别是笨蛋。

萨沙　别是笨蛋？

彼得·谢苗诺维奇　啊。因为这儿只有一个笨蛋。

萨沙　谁？

彼得·谢苗诺维奇　你，萨什卡。

萨沙　我？

彼得·谢苗诺维奇　嗯，你。

萨沙　啊。就是说，我是笨蛋，是吗？

彼得·谢苗诺维奇　笨蛋，萨什卡。虽然你读着聪明的书，但总归还是个笨蛋。

萨沙　那你好像是——聪明的？

彼得·谢苗诺维奇　可能吧。

萨沙　你怎么，你以为，我不知道，是吗？以为我不知道？

彼得·谢苗诺维奇　知道什么，萨什卡？

萨沙　知道你在这儿哄我。你以为，我不想？不想那样、像所有人一样，啊？要老婆、工作、孩子、房子……你以为，我不

265

想被人尊重，不想要这一切……你以为，我不想？只是我没
成功。成了笨蛋，没成聪明人。为什么你是聪明人？就因为，
你没成笨蛋。就是这样。你以为，我为什么去读聪明的书？
我读书，是为了安心。我读过俄狄浦斯，他跟我一模一样，
奸了母，杀了父。实际上，我没杀过自己的爸，但还是打过。
因为我就被定为这个了……

彼得·谢苗诺维奇　谁，萨什卡？

萨沙　什么谁？

彼得·谢苗诺维奇　被谁定的，萨什卡？

萨沙　谁，谁！他！

彼得·谢苗诺维奇　难道是，上帝？

萨沙　你爱怎么叫就怎么叫吧。上帝也行，命也行。

彼得·谢苗诺维奇　一派胡言，萨什卡。上帝是善良的，他没让
你变坏。

萨沙　那是谁让我变坏了？啊？是妈？

彼得·谢苗诺维奇　你妈爱你，萨什卡，而你却把她和你爸赶去
察普那儿……

萨沙　那是谁？怎么，我自己让自己变坏了？我生了自己，然后
为自己发明了这种敏感、选了这张脸、这个村，是吗？

彼得·谢苗诺维奇　你，萨什卡，这……说吧，说吧，但别只顾
说了。上帝愿意让你变好。

萨沙　我到底为什么坏啊？

彼得·谢苗诺维奇　就因为你是个笨蛋。

萨沙　那我跟你这么说：上帝要你现在坐在炉子后面，你就会坐

在炉子后面。你对这个什么也做不了。他要爸妈在察普那里过夜，要我赶走他们，那也会这样。如果他想来点别的事情，那也会这样。你什么也做不了，明白吗，嗯？俄狄浦斯，他本来想要另一种样子，结果呢？不过没什么，一切都朝着该朝的方向，明白吗？

彼得·谢苗诺维奇　我完全不了解你的俄狄浦斯。我跟你这么说：人，谋事，天，成事，明白吗？

萨沙　那又怎么样？

彼得·谢苗诺维奇　实际上……上帝的想法是不由我们掺和的，明白吗？

萨沙　那他怎么，不想跟人交流想法？

彼得·谢苗诺维奇　不是不想。该跟谁交流，就跟谁交流。

萨沙　那我，也就是说，生得不好，是吗？

彼得·谢苗诺维奇　你这个笨蛋，萨什卡。你哪里知道呢，可能，他明天就告诉你了。可你还在这儿发疯……

萨沙　啊，等等！马上！他也有自己的宠儿。

彼得·谢苗诺维奇　不，萨沙。他平等地爱着我们所有人，知道吗？

萨沙　那是为什么，啊？给一些人全部，可另一些人什么都没有？

彼得·谢苗诺维奇　因为他在考验我们。在考验我们的灵魂……

萨沙　什么灵魂？他在嘲笑我们，知道吗？

彼得·谢苗诺维奇　就是这样，萨什卡，上帝在考验我，在嘲笑你。

　　　　［静场。

萨沙　酒……

彼得·谢苗诺维奇 萨什呀，萨什？

萨沙 干什么？

彼得·谢苗诺维奇 那边灶上放着饺子。煮好的。

萨沙 那又怎么样？

彼得·谢苗诺维奇 能吃。

萨沙 吃不了。整条喉咙都给醋烧了。

彼得·谢苗诺维奇 那……你可以把锅塞给我。

萨沙 你想吃？

彼得·谢苗诺维奇 啊。饿啦。

萨沙 你有酒吗？

彼得·谢苗诺维奇 有点儿。准备明天喝的。我想，我们今天开始，明天继续……

萨沙 来吧。

彼得·谢苗诺维奇 那……先拿锅来，然后再……

　　〔萨沙走进门厅，从灶上取下锅，返回房间，把锅塞给彼得·谢苗诺维奇。从洞里滚出一个酒瓶。萨沙抓住它，打开，喝一大口。洞里传来响亮的吧嗒声。

萨沙 （坐到桌前，又从瓶里喝一大口）不，这个明白……这个明白。上帝……我们在给他跑腿。就像小丑。我们跌倒，而他觉得好笑。他觉得好笑，可我呢，也该笑？是吗？可我不觉得好笑，知道吗？上帝！我不觉得好笑！你怎么，喜欢这一切，啊？可我不喜欢，知道吗？知道吗，啊？还是说，你故意这么做，故意让我不喜欢？让我这么坐着，是吗？这么喝着酒、大喊大叫！是吗？可我不光能这样，我还能这样！（头撞桌子，瓶里喝酒）怎么，好笑，啊？不好笑？那我再来点儿。（又撞桌子，又喝一口）怎么样，喜欢吗？我还能。（撞桌子，喝酒）而且不光那样。还这样。（用酒瓶砸自己的头，倒地，失去知觉）

　　〔静场。从洞里爬出彼得·谢苗诺维奇，仔细察看萨沙，还摸了摸，满意地"哼哼"两声，走进门厅，披上皮袄，离开。静场。娜塔莎进入房间，跑向萨沙，摸他的头。彼得·谢苗诺维奇和鲍里斯走进来。

彼得·谢苗诺维奇　他一切正常。没出血。脑袋完整。你……把冰放毛巾里，毛巾放他额头上。

娜塔莎　马上。（跑到外面）

彼得·谢苗诺维奇　鲍里，我们把他抬上床。

　　〔彼得·谢苗诺维奇和鲍里斯抓住萨沙的手脚，把他拖到黄色帘幕后面的床上。娜塔莎两手拿着一块冰返回，把冰裹在毛巾里，走向萨沙。彼得·谢苗诺维奇和鲍里斯坐到桌前。没多久娜塔莎也跟他们坐到一起。

娜塔莎　（对鲍里斯说）坐着干什么？拿饺子来！

　　〔鲍里斯点头同意，猛地站起。

彼得·谢苗诺维奇　（让他坐下）那个……饺子没了。

娜塔莎　怎么没了？

彼得·谢苗诺维奇　萨什卡全吃完了。也喝光了汤。

娜塔莎　这，意思是……怎么会……

〔静场。

彼得·谢苗诺维奇　嗯。怎么着，就说声"新年快乐"吧！

〔鲍里斯微笑地看着彼得·谢苗诺维奇，开始大笑。彼得·谢苗诺维奇和娜塔利娅惊讶地望向他，然后也跟他一起大笑。

第三幕

春

　　娜塔莎拎着一桶水走进屋，把它放到地板上，点燃煤气灶，把桶放到火上。拿起笤帚、簸箕，走进房间，开始扫地板上的脏东西。彼得·谢苗诺维奇走进来，带着容量为三升的石灰罐子和油漆工用的刷子。他实际上瞎了，摸索着移动。

彼得·谢苗诺维奇　（停在炉边）娜塔什，这儿，你还没扫？

娜塔莎　涂吧。

彼得·谢苗诺维奇　啊。（开始把炉子刷白）

娜塔莎　（全神贯注地打扫）你别那么来回摆！整个屋子都弄脏了！

彼得·谢苗诺维奇　啊。

　　［鲍里斯走进来，拖着大小介于宽大的长凳和不大的简易木床之间的什么东西。

娜塔莎　喂，你要拖哪儿去，啊？没看见吗，我在收拾地板！

　　［鲍里斯微笑着，把简易木床拖出屋子。彼得·谢苗诺维奇和娜塔莎继续做自己的事。彼得·谢苗诺维奇打翻一个石

271

灰水罐子，白浆泼上地板。

别季卡，你妈！罐子！

彼得·谢苗诺维奇　什么？"罐子"？

娜塔莎　你打翻了罐子，瞎母鸡！

彼得·谢苗诺维奇　（用手摸索着寻找）哟！

娜塔莎　好啦！走开！

彼得·谢苗诺维奇　我擦干净……

娜塔莎　我说了，走！我自己来！

　　　　〔彼得·谢苗诺维奇摸索着走开。

跟你讲道理，等于从公山羊身上取奶……（嘟囔着，拿起抹布，开始擦抹地板上的石灰）

　　　　〔叶卡捷琳娜·伊万诺夫娜走进来。

叶卡捷琳娜·伊万诺夫娜　娜塔莎，你好。

娜塔莎　哦，卡季，好哇。来，喏，坐这里。别季卡，他妈的，把这儿都弄脏了……

叶卡捷琳娜·伊万诺夫娜　你们打算把炉子也刷白？

娜塔莎　是啊。不然它黑乎乎的。卡季，谢谢你的木板，鲍里卡铺了个舒服的床。要不季姆卡都没地方睡了。

叶卡捷琳娜·伊万诺夫娜　什么时候来？

娜塔莎　应该就来了。坐布图尔利诺夫卡①的公共汽车。

叶卡捷琳娜·伊万诺夫娜　娜塔什，原谅我，肉的事没办好。

娜塔莎　唉，怎么了？

叶卡捷琳娜·伊万诺夫娜　我儿子跟岳母吵架了，媳妇在小摊工

_____

①　俄罗斯城市。

作、工作，但挣的钱还不到四万一千卢布。还有些男人开始逛到摊上找她。儿子还打了架。可岳母在那儿说，"你，"她说，"别赶我女儿，我女儿没错！"这个没错的女儿，三十岁就开始跟男人私通，她妈还在十五岁就生了她。现在儿子到处借钱。因为……

娜塔莎　算了，卡季，我这儿还剩有肥肉。我们勉强能过。我那边还炸了土豆。

叶卡捷琳娜·伊万诺夫娜　萨什卡还没出院吗？

娜塔莎　没。还躺着。

叶卡捷琳娜·伊万诺夫娜　到底是什么人？没问出来？

娜塔莎　别想问出来……像是追德奇哈的人。但那都是些什么人，她没说。他也不说。主要就说，是流氓，趁黑扑了上来，痛打了一顿。把他打得没一处是好的。还得了脑震荡。

叶卡捷琳娜·伊万诺夫娜　那他怎么，找过德奇哈？

娜塔莎　他是活该挨痛！她自己死缠着他。好了，他就开始每晚都去找她。可这时就听说，她克拉斯诺波利耶的追求者们来找她了。

叶卡捷琳娜·伊万诺夫娜　他们到底是谁？

娜塔莎　戈波夫兄弟。她从家里跑出来的时候，住在他们家。可回来的时候带了个崽儿。

叶卡捷琳娜·伊万诺夫娜　所以，他们就打了萨什卡？

娜塔莎　所以，是这样。但有意义吗？萨什卡的嘴紧得像个死人。德奇哈又跑了，我也已经三个月没怎么跟津卡讲话了。

叶卡捷琳娜·伊万诺夫娜　不过……事情……好吧，我要走了。

娜塔莎，希望你们万事如意，我就不打扰了。

娜塔莎 怎么会呢！打扰什么，真是，看你说的……

叶卡捷琳娜·伊万诺夫娜 来，来，收拾吧，我走了。再道声歉。钱还你。（把钱放在桌上，离开）

　　［娜塔莎继续擦地。彼得·谢苗诺维奇走进来。

娜塔莎 别季卡！你去跟鲍里卡说，让他到地窖的小木桶后面取一块肥肉，拿过来。现在要炸肥肉。让他把那罐开过的腌黄瓜也拿来。

　　［彼得·谢苗诺维奇出去。娜塔莎拧干抹布，把它扔进桶里，带着怀疑的神色环顾地板，把桶放到正门边。彼得·谢苗诺维奇回来。

彼得·谢苗诺维奇 说了，更准确地说是，指了。完全听不见。可这是为什么呢……我也什么都听不见还好些……没什么比看不见更可怕的了。娜塔什呀，娜塔什？

娜塔莎 干什么？

彼得·谢苗诺维奇 你没生气吧？

娜塔莎 生什么气？

彼得·谢苗诺维奇 唔，那个，我把石灰罐子……

娜塔莎 好了，你！唠唠叨叨……

彼得·谢苗诺维奇 等我全瞎了，你可别把我送去老人院……

娜塔莎 我也没这打算。

彼得·谢苗诺维奇 你现在是这么说，可等我瞎了，就成了累赘。我会把退休金全给你，书里还有我的钱。但别把我送去老人院……那儿只给流食，可我喜欢吃肉，而且那儿也打老人……

娜塔莎　你在唠叨什么！还不如把水桶拎走。

彼得·谢苗诺维奇　在哪儿？

娜塔莎　就在那儿呢，门边。

　　〔彼得·谢苗诺维奇摸索着移动到门边，拿起桶，走到外面。鲍里斯上场，拿着一块裹在破布里的肥肉和容量为三升的黄瓜罐子。

　　到这儿来吧。

　　〔鲍里斯把罐子放到桌上，把肥肉放在罐子旁边。

　　去，把床搬来！知道吧！床！

　　〔鲍里斯点了点头，走出去。娜塔莎开始切肥肉。彼得·谢苗诺维奇拿着空桶回来。

　　刀钝死了！完全没法切！你该去磨磨！

　　〔彼得·谢苗诺维奇摸到窗台上的磨刀石，拿起刀开始磨。鲍里斯把简易木床推进门，把它放在炉子旁边。

　　嘿，你往哪儿放，啊？靠墙，靠墙放！不是那儿，是那儿！哦，天！（帮他放好木床）

　　〔德米特里走进房间，肩上搭着一个行军包和麻袋，把包放到地上。

　　〔静场。

　　哦，儿啊！

德米特里　嘿，你们好。（穿过房间，坐到桌前，把袋子放在自己旁边）

娜塔莎　哦，儿，我马上！（急忙奔进门厅，从彼得·谢苗诺维奇手上夺下刀，开始切肥肉）我马上……马上。（对彼得·谢苗诺维奇说）站着干吗，摆土豆啊。

　　〔彼得·谢苗诺维奇摸索着寻找平底煎锅。

　　好了！我自己来。（拿起平底锅，放到桌上）儿，这有小土豆。肥肉这就好。（走进门厅）

　　〔鲍里斯温柔地微笑着，看着德米特里。

德米特里　怎么着，爸？过得怎么样？没被欺负吧？

　　〔鲍里斯摇头否定。娜塔莎把肥肉和黄瓜放到桌上。

娜塔莎　好了，儿……我们这就吃……路上……

德米特里　那儿。包里。

娜塔莎　什么？

德米特里　到包里拿。瓶子。

娜塔莎　马上。（走进门厅，打开包，拿出一瓶伏特加，从桌上抓起几个玻璃杯和叉子，回到房间）

德米特里　坐啊，爸，要吃饭了。

　　〔鲍里斯坐到桌前。娜塔莎去厨房切面包。

　　（打开酒瓶，开始往玻璃杯倒酒）妈，你在哪儿呢？

娜塔莎　就来，儿，就来。

德米特里　（对彼得·谢苗诺维奇说）男子汉，你站着干什么。坐。

彼得·谢苗诺维奇　啊。（坐到桌前）

德米特里　妈！

娜塔莎　好了，季姆，来了。（把面包放上桌，坐在德米特里旁边）

德米特里　怎么着？我建议为团圆干杯！

　　〔大家喝酒，吃点儿东西。

娜塔莎　季姆，你完全回了还是怎么样？

德米特里　没有，妈，明天一早得走。

娜塔莎　去哪儿？

德米特里　去库德卡山 [①]。来，再干一杯，（倒酒）为了有家可归！

　　　　［大家喝酒，吃点儿东西。

娜塔莎　去得久吗？

德米特里　看情况吧。萨什卡在哪儿呢？

娜塔莎　他在医院。

德米特里　怎么了？

娜塔莎　他被打了。脑震荡。

德米特里　谁打的？

娜塔莎　鬼知道。萨什卡不说。

德米特里　就是说，该着。不然不会不说。你自己怎么样？

娜塔莎　没什么，一般过着。

德米特里　（头指彼得·谢苗诺维奇）这是谁？

娜塔莎　房客。住在我们这儿。

德米特里　你的汉子？

娜塔莎　你说什么话？我是说，在我们这里住的。他看不见。基本看不见。

德米特里　没欺负爸吧？

娜塔莎　你说什么话，季姆！谁什么时候欺负他了？

德米特里　爸？你怎么了？怎么不说话？

娜塔莎　他的耳朵是那样，听不见。

德米特里　这关耳朵什么事？话他总能说吧？

---

① 此为音译。意指"不知道去哪座山"即"不知道去哪儿"。

娜塔莎　鲍里！说点儿什么吧，儿请你说！

鲍里斯　（落泪）儿……为你干杯！

德米特里　这就对了！（倒酒）

　　　　〔大家喝酒，吃点儿东西。

娜塔莎　儿，你这边上放的袋里是什么？我把它放到门厅去吧……

德米特里　让它放那儿。别动袋子。明白吗？

娜塔莎　好，好。

德米特里　去门厅，再从包里拿瓶酒。

　　　　〔娜塔莎走进门厅，从包里取出一瓶酒。萨沙走进屋，额
　　上粘着膏药，呈十字形。

萨沙　怎么，来啦？

娜塔莎　啊。正吃饭。

萨沙　（走进房间）怎么着，哥，好哇！

德米特里　你也好哇。

萨沙　（坐到他对面）怎么，你这儿放着个袋子？挡路啊。

德米特里　让它放那儿。别动。

萨沙　什么啊，你那儿是？金子，钻石？

德米特里　别问。

萨沙　好吧，别问，那就不问。来，为团圆干杯。

　　　　〔德米特里倒酒。大家喝酒，吃点东西。

　　　　解放很久了？

德米特里　一个月了。

萨沙　在哪儿待着呢？

德米特里　别问。

278

萨沙　好吧，别问，那就不问。喝吗？

德米特里　我喝饱了。

萨沙　我要喝。（给自己倒酒，喝酒）

德米特里　你在哪儿挣钱？

萨沙　别问。

　　　　［静场。

娜塔莎　季姆，你怎么不吃？你吃！

德米特里　谢谢妈。我吃饱了。想喝茶。

娜塔莎　我马上。（去门厅摆茶具）

德米特里　妈，那包里有包茶。倒个半杯，再冲点儿开水。

娜塔莎　太多了吧？

德米特里　不多。

娜塔莎　（从包里取出一包茶，打开，把茶叶撒在杯子里）萨什，要给你泡茶吗？

萨沙　不用。喝酒更好。（给自己倒酒）

德米特里　也没不好意思？

萨沙　什么不好意思？

德米特里　自己喝？

萨沙　那你是怎么，舍不得？

德米特里　爸，酒喝吗？

　　　　［鲍里斯点头。

　　　　（对彼得·谢苗诺维奇说）你呢？

彼得·谢苗诺维奇　啊。

德米特里　给他们倒上。

〔萨沙不情愿地给鲍里斯和彼得·谢苗诺维奇倒酒。三人都喝下。

妈，那边的茶怎么样了？

娜塔莎 水已经开了，儿。

德米特里 倒上开水，拿到这儿来。

娜塔莎 啊。马上。

德米特里 还有茶壶。

娜塔莎 啊。（把杯子和茶壶拿上桌，放到德米特里面前）

德米特里 坐吧，妈。

〔娜塔莎坐到桌前。静场。

（环视房间）你们怎么，全睡在一张床上？

娜塔莎 不是。睡木床上。萨沙睡帘幕后面。那儿有他一张床。

德米特里 三个人睡这木床？

娜塔莎 不是。是我跟彼得·谢苗诺维奇。鲍里卡睡炉边垫子上。

德米特里 怎么能这样？

娜塔莎 是他自己想这样的。睡炉边。对吧，鲍里？

〔鲍里斯看着她，没有微笑。

喂，你看什么？说，对还是不对？

〔鲍里斯还是那样看着。

德米特里 懂了。还有，你说，萨什卡睡在帘幕后面？

娜塔莎 啊。

〔德米特里走近黄色帘幕，打开它。

德米特里 不错啊。他一张床有你们两张大！

娜塔莎 本来是我和鲍里亚睡的。后来萨什卡占了它。

德米特里　懂了。那么，准备让我睡哪儿？

娜塔莎　这儿呢。（展示鲍里斯的作品）你爸特别给你做的。

德米特里　懂了。牢里的板床还大些。就是说，这么着吧：你和爸睡
　　回床上去。萨什卡睡这板床。房客睡地板，我睡木床。就这样。
　　（静场。坐到桌前，从杯里喝了一口）妈，你们这儿抽烟吗？

娜塔莎　我们都不抽烟。

德米特里　妈，我在这儿抽点烟没什么吧？

娜塔莎　没什么，儿。

萨沙　去外面抽。

娜塔莎　萨什，让他在这儿抽，我一会儿再给屋子通风。

萨沙　让他去外面。

德米特里　妈，那边包里有烟，拿过来。

　　　　〔她从他的包里拿出烟，回到桌边，把它们放到桌上。

　　　　火柴。

　　　　〔她从门厅的桌子上拿来火柴，给他。

萨沙　你到外面去，好吧？

　　　　〔德米特里打开纸袋，拿出一支烟，吹了吹烟嘴，把烟放
　　进嘴里。

　　　　听见没有？你到外面去，懂吗？

　　　　〔德米特里拿出一根火柴，点上烟，抽起来。

　　　　到外面去，听见没有？

　　　　〔德米特里深吸一口，把烟吐到他脸上。萨沙从桌上拿起
　　平底煎锅，打德米特里的头。德米特里倒地。

娜塔莎　萨什卡，你干什么，完全疯了吗？

281

萨沙 我说了到外面去，他怎么，没听懂？

娜塔莎 （扑向德米特里，摸他的头）谢天谢地，没太撞伤。撒旦。

萨沙 他怎么，没听懂吗，啊？

娜塔莎 鲍里，别甲，来啊，把他放到床上。

　　〔鲍里斯、彼得·谢苗诺维奇和娜塔利娅抬起德米特里，
把他放上简易木床。

萨沙 到外面去……

娜塔莎 放他头底下……

　　〔鲍里斯往德米特里的头下放上一个枕头。

　　嗯，这样。头要冷敷……（对鲍里斯说）把毛巾浸湿。

　　〔鲍里斯走进门厅，从洗手器上取下毛巾，湿水。

萨沙 （低下头）快。快。到外面去。

娜塔莎 好啦，闭嘴！好好坐着，畜生！

　　〔鲍里斯把毛巾放上德米特里的额头。

德米特里 （开始苏醒）袋子……

娜塔莎 什么"袋子"？

德米特里 袋子……拿来……

娜塔莎 啊。马上。（对鲍里斯说）拿袋子来。

　　〔鲍里斯抓住袋子，拖向德米特里。

萨沙 （同一个姿势）快。快。我说了。

娜塔莎 喏。袋子。

德米特里 （慢慢抬起身子，把手放进袋子里，从那取出一把卡拉
　　什尼科夫冲锋枪①，扣动扳机，把枪对着萨沙；静）面向墙。

---

　　① 即"AK-47"自动步枪，其设计者为米·季·卡拉什尼科夫（1919—2013）。

娜塔莎　哦，圣母啊！

德米特里　你听见没有，丑八怪？我说了，面向墙。

萨沙（抬起头，看着枪）什么，就在这儿？

德米特里　面向墙。

　　　　〔萨沙走近墙。

　　　　手。

　　　　〔他把两手放墙上。

娜塔莎　季马，季马，别这样，季马奇卡……

　　　　〔德米特里走近萨沙，用枪托打他的腰。萨沙开始慢慢沿
　　墙爬下。德米特里用腿踢他肚子。萨沙倒地，缩成一团。

德米特里（用腿踢他屁股）到门口去。爬到门口去，混蛋。

　　　　〔萨沙慢慢爬向门。德米特里踹他后面。

娜塔莎　季马，可以了，够了。

德米特里　到门口去。不打算在这儿动手。

娜塔莎　哎哟哟！季马，你到底想干什么，啊？唉，你吓到他了，
　　会吓傻的！别这样，季马，他是你弟！

德米特里　现在不是。现在我没有弟。现在我不再有弟。

娜塔莎（扑向门，堵住出口）那就连我一起，那就连我一起杀了，
　　杀人犯！

德米特里　妈，走开！

娜塔莎　来吧，连我一起吧。

德米特里　走开，我说！

娜塔莎　你开枪吧，开枪！

萨沙（爬近她，抱住她的双腿）妈……

德米特里 松手，松手，杂种！（狠狠踢他）

　　[娜塔利娅试图推开德米特里。彼得·谢苗诺维奇沿着墙挪向他。鲍里斯坐在椅子上，垂着头，盯着一个点。

彼得·谢苗诺维奇 季马，季马！

　　[德米特里没有转身，继续疯打萨沙。

　　季马，季马，季马……（最后，挪到德米特里身边，从背后走向他）季马，季马，季马，季马……

　　[德米特里注意到彼得·谢苗诺维奇，试图用肘击摆脱他。彼得·谢苗诺维奇紧紧压住德米特里的背，在他耳边低语什么。德米特里失神回望，掉了枪，软了下来，身子慢慢下沉。彼得·谢苗诺维奇继续在他耳边低语什么，架着他的两只胳膊，把他拖进房间。拖到桌前，使他落座在凳子上，并未停止在他耳边低语。德米特里坐着，闭了眼睛。彼得·谢苗诺维奇从他耳边离开。德米特里俯身倒地。左侧肩胛骨下立着厨房用刀的刀把。

　　这就了了……（疲惫地坐到凳子上）

　　[娜塔莎呆呆地站在门边。萨沙抱着她的腿，轻轻地哭。鲍里斯仍然坐着，迟钝地盯着一个点。

第四幕

夏

娜塔莎的房子空了：电视没了，两个凳子没了，门厅里，碗碟和各种家什也稀稀落落。娜塔莎拎着桶走进来，桶里竖着鸡腿。娜塔莎走进房间，坐到桌边的凳子上，把桶放好，从里面取出鸡，开始拔毛。黄色帘幕后面传来嘶哑的呻吟。娜塔莎把鸡扔进桶里，走向帘幕，拉开。在萨沙床上，躺着彼得·谢苗诺维奇，盖着被子。

娜塔莎　嗯，怎么了？

〔彼得·谢苗诺维奇嗓音嘶哑、含糊不清地说着什么。

是不是喝点儿？

〔彼得·谢苗诺维奇点头。娜塔莎走进门厅，从灶上取来茶壶，想往杯里倒水，可茶壶却是空的。她试着从桶里倒水，但桶里没水。洗手器也是空的。

（拿桶，开门）萨什卡，去打水！（把桶放在门槛外，关门，走进房间，坐到凳子上，继续拔鸡毛）

〔传来敲门声。

285

哎！

　　[叶卡捷琳娜·伊万诺夫娜走进来。

叶卡捷琳娜·伊万诺夫娜　你好，娜塔莎。

娜塔莎　你好，卡佳。坐。

　　[叶卡捷琳娜·伊万诺夫娜坐到凳子上，叹气。静场。娜
　塔莎拔鸡毛。

叶卡捷琳娜·伊万诺夫娜　我看见，你买了鸡？

娜塔莎　哪儿买什么啊！萨什卡在哪儿偷的。给谢苗诺维奇炖汤。

叶卡捷琳娜·伊万诺夫娜　他怎么样了？

娜塔莎　不好。完全不行了。快要死了。

叶卡捷琳娜·伊万诺夫娜　啊……那鲍里斯呢？还没找到？

娜塔莎　没一点消息。

叶卡捷琳娜·伊万诺夫娜　是有一个月了吧？

娜塔莎　是啊。

叶卡捷琳娜·伊万诺夫娜　你报警了吗？

娜塔莎　报什么警？是他自己走的。没人赶他。可能哪个女人收
　留了他。走了倒好。

叶卡捷琳娜·伊万诺夫娜　怎么一点也不可怜他？

娜塔莎　我为什么要可怜他？我本来也不想嫁给他。你知道，我
　们啊，总是过得不怎么样。可他的情况还算不错。他妈欢迎
　我去他家。去做客，桌上有肥肉、鱼、鲜土豆，就吃吧。我
　总是吃不饱。就跟了他。可我本来想嫁给水兵。

叶卡捷琳娜·伊万诺夫娜　哪个水兵？

娜塔莎　哪个都行。我以前想，总会有个水兵随军过来，然后我

就嫁给他。不过……就是没等到。

　　〔静场。

叶卡捷琳娜·伊万诺夫娜　为什么是水兵呢？

娜塔莎　你老问这个干什么？因为我喜欢水兵。水兵……

　　（静场）你家的怎么样？

叶卡捷琳娜·伊万诺夫娜　就老喝酒。

娜塔莎　有多久了？一个多月了？

叶卡捷琳娜·伊万诺夫娜　啊。喝个不停。一早买瓶酒，喝，喝了睡。睡醒了，又喝，又睡。都开始尿床了。

娜塔莎　他老婆没露脸？

叶卡捷琳娜·伊万诺夫娜　关她什么事？她现在有了新老公。饭店厨师。刚开始想把孩子留给她妈，可她妈说："我要他们做什么鬼？你的娃，你来管！"这是在说孙孙，你能想象吗？她把尾巴翘到了天上，自己带走了孩子。她说："我老公喜欢娃娃。"可我儿子老是想她想得要死。每个星期都打电话。他说："扎娅，你在那边怎么样啊？"我跟他说："她是什么'扎娅'，这个妓女！"可他说："别这么说话，我爱她。"接着又喝。我跟他说："会喝死的！"可他说："咽了气比活着好。"就是这样。喝坏了。可我的退休金呢，你也知道，才有多少。这腿呢，也有毛病。喂，娜塔什，你还能不能借点儿钱？啊？我会还的！

娜塔莎　哪儿来的钱啊？你也看见了，我自己都这样……

叶卡捷琳娜·伊万诺夫娜　是看见了……只是我没人可找了。儿子的车还贷着款。真不知道，要怎么办了……

娜塔莎 卖点儿什么吧。

叶卡捷琳娜·伊万诺夫娜 有什么可以卖？卖给谁呢？

娜塔莎 唔，不知道……

　　　［静场。

叶卡捷琳娜·伊万诺夫娜 好吧，我走了。

娜塔莎 走吧。

叶卡捷琳娜·伊万诺夫娜 （走到门边，停下）你家萨什卡在街上
　　见了我，他说："谢谢，叶卡捷琳娜·伊万诺夫娜，谢谢《圣
　　经》。"一个月以前他找过《圣经》。而我的书就只有《圣经》。
　　他变得好像不一样了，有点傻气。

娜塔莎 不过……不一样了。

叶卡捷琳娜·伊万诺夫娜 好吧，我走了。

　　　［她走出屋，碰见拎着一桶水的萨沙。萨沙温和地朝她微
　　笑，她回以微笑，离开。萨沙把水倒进洗手器和茶壶。桶又
　　空了。

萨沙 我再跑一趟。

娜塔莎 去吧。

　　　［萨沙跑出房间。娜塔利娅把鸡扔进桶里，用围裙擦手，
　　走近炉子，打开炉门，取出一包破布裹着的东西，展开，把
　　几叠银行包装的钱放到桌上。拿起拆过封的一叠，数出几张，
　　放在怀里，快速卷起破布，把这包东西放回原位。坐到凳子
　　上，继续拔鸡毛。萨沙拎着水桶走进来，把水桶放到洗手器
　　旁边。

　　　（走近，开始洗手）你，那什么，给谢苗内奇一点水。再

把鸡拿到煤气上烧。我马上来。（离开）

萨沙　（把水倒进杯里，走进房间，拉开黄色帘幕）谢苗内奇，水
　　　来了，喝吧。（把杯子送到他的唇边，他大口地喝）马上要炖
　　　鸡。来碗汤，好吧？

　　　〔彼得·谢苗诺维奇喝完水，后仰躺回枕头上。

　　　还要水吗？

彼得·谢苗诺维奇　不……我这是……萨什卡……也就是说，我
　　　要死了……

萨沙　你说什么啊，谢苗内奇！你会渡过难关的！

彼得·谢苗诺维奇　不。我要死了。

萨沙　听我说，你……要不，叫医生？啊？

彼得·谢苗诺维奇　不用了。这儿不要医生，这儿需要上帝……
　　　我要去见上帝……

萨沙　你要活着啊！

彼得·谢苗诺维奇　为什么呢？我那样活过……够了……听我
　　　说，你……应该离开这里去哪儿……要不这儿……津卡什么
　　　都知道……她孙子夜里爬到叶卡捷琳娜·伊万诺夫娜家去偷
　　　铝，然后就看见了……看见您在菜园里埋季姆卡……津卡第
　　　二天过来，把娜塔什卡的东西全拖走了……我躺在这儿，全
　　　听见了……娜塔什卡把什么都跟她说了，但关于季马的包没
　　　说一个字……她说：“津卡，你想要什么，就问我拿，只是别
　　　报警。”喏，津卡这就赖上了……把一切清得干干净净，抢
　　　空整个房子……察普也牵走了……你根本没法想象……你正
　　　病着……

萨沙 可妈说，是爸把东西全带走了……

彼得·谢苗诺维奇 不是……鲍里卡只是从袋里拿了季姆卡的钱，也没拿完……他能用这些钱做什么呢……他都不认数啊……嗯，萨什卡，我感觉，津卡还是会报警……所以你该逃……娜塔什卡把钱藏在炉门里，她取钱的时候，我听见了……你该拿一些，她那儿有不少……然后逃吧……

萨沙 去哪儿，谢苗内奇？

彼得·谢苗诺维奇 不知道……去什么海边吧……你见过海吗？

萨沙 没。

彼得·谢苗诺维奇 嗯，那就去见。就算看一看，它是那么……

萨沙 那你呢？

彼得·谢苗诺维奇 我什么？

萨沙 你见过海吗？

彼得·谢苗诺维奇 看见……我看见海……一闭上眼睛，海就在那里……

萨沙 谢苗内奇，你……张开眼睛！

彼得·谢苗诺维奇 海……你看见，它那么……

萨沙 谢苗内奇，你……我在《圣经》里读过……里面讲了亚伯拉罕和他儿子……上帝命令亚伯拉罕拿自己的儿子去献祭，亚伯拉罕就去了……抓住儿子，去杀他。真的，最后一刻有天使引开了他的手……我就在想，上帝总是需要祭品。也就是说，你想好，就得杀谁。上帝甚至命令他们切断自己的根。所以你杀季姆卡，是为了我们好。就是这样。因为，如果上帝不想要，他就应该引开你的手。可他没有，这么说，你是把哥拿去献祭了……

彼得·谢苗诺维奇　这是罪……所有不幸都因为有罪……你跑吧，趁着来得及，要不就糟了……

萨沙　可是，谢苗内奇，我对自己也了解了很多。你让我睁开了眼睛。如果我是个笨蛋，就是说，世上有什么地方应该是聪明的。而我呢，看来就是，把那的所有愚蠢都拿到了自己身上。把自己拿去献祭，你懂吗？嗯，愚蠢和聪明——它们应该一样多。可如果有人的聪明比愚蠢多，那么，也有人的愚蠢比聪明多。嗯，比如说，那有个什么医生，聪明绝顶，他在非洲的什么地方救人，可我在这儿偿还他的愚蠢……你懂吗？这么说来，我也该……它就像……

彼得·谢苗诺维奇　萨什，你……去烧鸡吧，要不你妈来了会说你……我稍微……我要休息一下……

萨沙　啊。你睡吧，谢苗内奇，睡吧……（拉起帘幕，从桶里取出拔好毛的鸡，走进门厅，打开煤气，开始烧鸡）

　　　　〔津卡走进来。

　　　　您好。

济娜　怎么，白痴，玩到头了？

萨沙　到哪儿？

济娜　什么"到哪儿"？

萨沙　玩到哪儿？

济娜　该把你的蛋扯下来，恶棍，别再害人！

萨沙　为什么？

济娜　什么"为什么"？

萨沙　为什么扯下来？

济娜　娜塔什卡在哪儿？

萨沙　走了。

济娜　去哪儿？

萨沙　不知道。说了，要回来。

济娜　什么时候？

萨沙　什么"什么时候"？

济娜　什么时候回来？

萨沙　说，很快。

济娜　（头指鸡）那这是什么？

萨沙　鸡。

济娜　看见是鸡。哪儿来的？

萨沙　挣的。

济娜　哪儿？

萨沙　叶菲莫夫娜的栅栏倒了。那么，我就去修。弄了很久。她给我塞钱，但我说，最好给只鸡，给谢苗诺维奇炖汤喝。

济娜　还没咽气？

萨沙　谁？

济娜　你的谢苗诺维奇！

萨沙　他在休息。

济娜　（讽刺地重复）"他在休息！"流氓，说，是不是干了我女儿？

萨沙　德奇哈？

济娜　看我不打你，"德奇哈"！顺便说一句，她叫斯维塔！

萨沙　斯维塔？可我不知……

济娜　那奸了没有？

萨沙　谁没奸她？唔，有这事。有一次。她自己要求的。

济娜　什么时候？

萨沙　什么"什么时候"？

济娜　什么时候奸了她？

萨沙　都好久了，在冬天……可春天去找她的时候，戈波夫兄弟
　　　在那儿，把我痛打一顿。后来就没去了……

济娜　嗯，是那样!

萨沙　是什么？

济娜　是说，斯维特卡昨晚生了怀了七个月的娃。

萨沙　所以说，她之前都快生了？

济娜　你都不知道?!

萨沙　我是不知道，老实说。谁呢？

济娜　什么"谁呢"？

萨沙　生了谁呢？男孩女孩？

济娜　我可不知道，男孩女孩。她一生下小孩，就去公园埋了。

萨沙　为什么？

济娜　什么"为什么"？

萨沙　为什么埋了？

济娜　可她能上哪儿呢？她都有四个了。全都缠在我的脖子上①。
　　　所以我的斯维塔奇卡再也没有了……

萨沙　怎么，没有了？她怎么，死了?!

济娜　你的舌头长个瘤才好!她被抓了。在警局。这就要审了。

---

① 意指"全都靠我养活""全都是我的累赘"。

所以，来吧。

萨沙　什么"来吧"？

济娜　都是你的罪。如果她怀的是正常人的种，她就不会埋了，但显然，那是你的娃。所以，来吧，补偿一下。

萨沙　"补偿"什么？

济娜　物质损失。是那么叫的。只剩了我一人带着四个孙孙。

萨沙　我真没钱。

济娜　要是没钱，就给我干活。流氓，我要扒下你三层皮。

萨沙　那要做些什么？

济娜　我会给你找个活。所以来吧，准备。

萨沙　我还没弄好鸡……

济娜　鸡我要拿走，把它拿到这儿来！

萨沙　怎么能这样？谢苗内奇……

济娜　你的谢苗内奇没有鸡也会断气。来回折腾有什么好！所以，来吧，准备！（从萨沙那拿走鸡，把他推往门边）

　　　　〔门开了，门边是娜塔莎，拿着两个塑料袋。

娜塔莎　你们这是去哪儿啊？

济娜　不去哪儿，咱这是什么？（从她手里拿过袋子，放到桌上，从袋里取出罐头、干酪、香肠、火腿和巧克力）嗯。这又是什么呢？

娜塔莎　津，别做过了。

济娜　我是这么理解的：咱有钱。对吧？

娜塔莎　津，你真会变得更坏的。

济娜　但我已经不能再坏了。剩了我一个。四个孙孙在脖子上。

你的萨什卡让我的斯维塔奇卡怀了娃，但我女儿不想要你们的坏种，她现在在受苦。我这就把你们，把你们一家坏人全都送去那儿。你这些是从哪儿来的？

娜塔莎　买的。

济娜　就是说，你有钱？

娜塔莎　有。

济娜　拿到这儿来。

　　　　［娜塔莎从怀里掏出几张皱皱巴巴的纸币。

　　　　这什么，全部？

娜塔莎　嗯。

济娜　我不相信，知道吗？把钱全都交来！

娜塔莎　津，别这样。

济娜　交钱，或者去警局……

娜塔莎　去警局，你说？好。去警局。我到那儿把什么都说了。说你，这只母狗，是怎么把我的血一滴滴吸干。说你什么都知道，又什么也不说。你就跟我们一样，要知道，我们的血也在你身上。你怎么，不懂吗？

济娜　那你试试，去证明啊！

娜塔莎　可我有什么好证明的？你确实拿了我半间屋子。察普呢，因为那双美丽的眼睛，我送给你了，对吧？还有电视机呢？可这些谁信呢？你这只母狗，就连我的裤衩也不嫌弃。来吧，走！坐牢就坐牢！大家都坐。给我记好了，母狗，我会倒下，但也会咬住你、拖你陪葬，懂吗？还有你的小孙孙，小小偷！现在就走吧！

　　　　　〔静场。

济娜　你，这，娜塔什，静一静吧……毕竟我们也不是外人……

娜塔莎　从这儿离开，别让我的眼睛看见你。

济娜　我本来想好好……

娜塔莎　我说了，走!

　　　　　〔济娜走向门边。

　　　　　钱放桌上!

　　　　　〔济娜返回，把钱放到桌上，走向门边。

　　　　　鸡!

济娜　（返回，把鸡放到桌上）喏，没什么了，娜塔什卡，再走着
　　瞧，看谁厉害!

娜塔莎　走。

　　　　　〔济娜离开。娜塔莎在她身后锁上门，走进房间，筋疲力
　　尽地落座在凳子上。

萨沙　妈，你怎么了?

娜塔莎　没怎么……没什么。

萨沙　（指着食物）可这是为什么?

娜塔莎　没什么……想买。好了，摆桌子吧。让我们最后起码有
　　个人样地坐坐。

萨沙　可为什么是"最后"?

娜塔莎　来吧，把那些都切了。

萨沙　可鸡呢?

娜塔莎　晚点儿。鸡晚点儿切。

萨沙　啊。（走进门厅，开始在切板上切干酪、香肠和火腿）

娜塔莎　那包里还有白兰地。

萨沙　啥？

娜塔莎　白兰地，我说。以前喝过吗？

萨沙　没啊。

娜塔莎　我喝过。很久以前，是的。煤气工请的。还有巧克力……
好啦！拿过来吧。

萨沙　（把食物拿到桌上）罐头开吗？

娜塔莎　开"鳕鱼肝"①。大家都在说这罐头，可我还从没尝过它。

〔他走进门厅，开始用刀启罐头。

再拿上叉子。

〔他把打开的罐头和两把叉子放上桌。

拿白兰地来，还有两个杯子。

〔他拿来一瓶白兰地和两个杯子。

坐。

〔他在她对面坐下。

倒酒。

〔他往杯里倒白兰地。

怎么着，来吧，萨什卡，干。

萨沙　来吧。

〔他们干杯。萨沙皱眉。

娜塔莎　怎么，不喜欢？

萨沙　不是。只是奇怪……有臭虫的味道。

娜塔莎　你吃啊，坐着干吗！

---

①　俄罗斯及一些苏联国家的传统食品。

[萨沙开始津津有味地吃小食。

（看着他，手托着头）你好像变得怪怪的……有点儿傻气……

萨沙 我可昏迷了一星期。

娜塔莎 但你以前也昏迷过。它们只让你变得更恶了。这回却是另一种什么……但是什么呢，我不知道。

萨沙 妈，你怎么不吃？

娜塔莎 现在就吃。嗯……听着，萨什卡，我就不喜欢你这样。

萨沙 什么这样？

娜塔莎 不知道。你好像都不是我生的了。听着，离开这儿。

萨沙 去哪儿？

娜塔莎 去克拉斯诺波利耶。彼得·谢苗诺维奇在那儿的房子空着。住在那儿，好吗？

萨沙 可你在这儿？啊？

娜塔莎 怎么都行。或者也去哪儿。

萨沙 去哪儿？

娜塔莎 不知道，去海边……

[静场。

萨沙 妈，该喂谢苗诺维奇吃东西了。

娜塔莎 嗯，给他切点儿火腿。

萨沙 （切下一小片，走过去，拉开黄色帘幕）谢苗内奇！啊，谢苗内奇！醒醒！我们要吃肉了。谢苗内奇！（拽他，他没反应）妈！

娜塔莎 什么？

萨沙 这里，这，我想，完了……

娜塔莎　什么"完了"？

萨沙　谢苗内奇……

娜塔莎　（起身，走近彼得·谢苗诺维奇，摸他额头，掀起眼睑）
死了。

　　　　　〔静场。

萨沙　这，得，叫谁。

娜塔莎　谁？

萨沙　医生，可能。或者警察。

娜塔莎　嗯……我们还没受够警察吗。

萨沙　嗯，就是说，叫医生。我跑去叫？

娜塔莎　先坐着吧。天都要黑了，跑去哪儿？早晨再去。

萨沙　那他怎么办，要躺一整夜？

娜塔莎　就让他躺着吧，什么也做不了。你那什么，萨什卡，听
我说。明天去趟医院，叫医生，然后你自己就，坐公共汽车，
赶快去克拉斯诺波利耶。最好现在就拿上钱。（走向炉子，打
开炉门，取出那包东西，展开，拿出三叠钱）喏。拿上。

萨沙　我不会拿。

娜塔莎　为什么？

萨沙　我不会拿这些钱。也不会去克拉斯诺波利耶。我去那儿做
什么？不如把谢苗内奇好好葬了。

娜塔莎　傻瓜，你要知道，津卡不会保密太久，我了解这个蠢货
就像她被剥光了皮①。而且还有那些汽车……

萨沙　哪些汽车？

---

　　①　意指"我太了解这个蠢货了"。

娜塔莎 第二天我就看见了。两辆黑色的汽车。昨天在中心见过。今天又在街上见了。

萨沙 是什么汽车?

娜塔莎 不知道。但是,我心里感觉,它们是为季姆卡的钱来的。

萨沙 好了,你啊。一个月过去了,也没什么事。要来一早就来了。

娜塔莎 可谁知道呢?他上回在家还是十年前了。而且只来这儿待一天。可能,他们在别的地方找他。

萨沙 好了。我们那里有枪。要有什么,我们就开枪。

娜塔莎 唉,你也是个傻瓜,萨什卡。"我们就开枪"。开枪的人出现了。来吧,最好为缅怀彼得·谢苗诺维奇的灵魂干一杯。

萨沙 啊,来。(倒白兰地)

　　　　〔干杯,并未碰杯。

娜塔莎 唉……好久没喝了。才开始喝,就好像怕了……

萨沙 你怕什么?

　　　　〔静场。

娜塔莎 到底为什么我们该受这一切,啊?

萨沙 什么"为什么"?

娜塔莎 就是,活得一般,过得不好、受穷,但是活着。可现在全完了。我们为什么要受这些,啊?你在读《圣经》,那里面有什么是讲这个的吗?

萨沙 那一开头就是哥哥杀死弟弟。

娜塔莎 为什么?

萨沙 就是,上帝接受一个人的祭品,却不接受另一个的。那人生了气，把弟弟打死了。我想，用的是石头，砸的头。

娜塔莎　怎么，上帝不能两个人的都接受吗？

萨沙　不能。他总在那儿考验大家。有一回还打算淹死所有人。但后来变了主意。

娜塔莎　为什么他要那样对待人类？

萨沙　因为他们不听他的话。全都只想各做各的。

娜塔莎　那他怎么，还会说，该做什么？

萨沙　嗯，是的。

娜塔莎　对谁说？

萨沙　对大家。

娜塔莎　也对我说？

萨沙　嗯，是的。也对你说。

娜塔莎　不知道为什么我从来没听见。

萨沙　没听见，是因为没仔细去听。

娜塔莎　听谁？

萨沙　听自己！来，闭上眼睛，听。他在那里，坐在深处，需要细听他的声音。

娜塔莎　你胡说吧！

萨沙　没胡说，听！喏，闭上眼睛，闭上！

娜塔莎　嗯，闭了。

萨沙　现在就——听。

娜塔莎　什么？

萨沙　没什么。就坐着，听。

娜塔莎　什么也没听见。

萨沙 你听，听……（静场）喏，听见没有？深深的，深深的地方……（静场）听见了，对吧？（静场）听见没有？

娜塔莎 （眼睛闭着，脸上出现无比幸福的微笑）听见了……只是……他没说话……但沉默着多好……

　　　　〔萨沙看着她，也无比幸福地微笑。

　　　　〔传来急促的敲门声。

　　　　（颤抖）谁？

济娜 （在门边）娜塔什，是我！

娜塔莎 你要做什么？

济娜 娜塔什，你关门做什么？已经准备睡了？

娜塔莎 你来做什么？

济娜 娜塔什，有这么一件事……简单说，这样说不清楚。最好开门。

娜塔莎 到底什么事？

济娜 我孙子被杀死了。

娜塔莎 什么？被杀死了？

济娜 开门啊！

　　　　〔娜塔莎没从原地移动。

萨沙 妈，我来开。

娜塔莎 （低声地）坐着别动。

济娜 娜塔什，快开门！

娜塔莎 津，回去吧！

　　　　〔静场。

萨沙 她怎么？走了？

娜塔莎　（低声地）坐着。

萨沙　"坐着"干什么啊？可能，是真的出了什么事呢？（起身，朝门走去）

娜塔莎　（急忙站起，挡住他的路）别去！

萨沙　好了，你为什么……

娜塔莎　别去！

萨沙　妈，可如果那边，津卡的孙子真被杀了呢？

娜塔莎　那边没人被杀。拿枪。

萨沙　什么？

娜塔莎　拿枪。

萨沙　为什么？

　　〔传来猛烈的打门声。娜塔莎扑向炉墙之间的洞，从那取出一个长卷，打开，拿到枪，递给萨沙。

　　（拿起武器）喂，那边！你们在那儿别太……谁在那边？啊？

　　〔新力量开始闯门。突然，打门声中断。萨沙端着枪，瞄准门，娜塔莎惊恐地紧靠他的背。

　　〔静场。

　　〔房里的小灯开始微微闪烁，没过多久便完全熄灭。房间笼罩在黑暗之中。紧接着传来一声重击，门从门轴脱落下来。有人进了屋，传来他们的脚步声和叫骂声、凳子倒地的隆隆声、冲锋枪子弹刺耳的哒哒声，之后是手枪的几次射击，然后又是冲锋枪的子弹声、单独的一发射击和一个身体倒下的声音。

　　〔静场。

（呻吟）妈……你听见吗，还……我听见……这么响……妈？我听见……他说……说……完了……我们……全都结束了……妈？你听见吗？全都结束了……现在全……妈？走，走，妈……全都……我们已经死了……已经死了……

——幕落

黑　乳

两幕剧

瓦西里·西戈列夫　著

齐昕　译

作者简介

瓦西里·弗拉基米罗维奇·西戈列夫（Василий Владимирович Сигарев，1977— ），俄罗斯电影导演，编剧，制片人和剧作家。曾获得处女秀奖、反布克奖、新风格奖等。是俄罗斯社会教权化和"果戈理中心"政治迫害的反对者。

译者简介

齐昕，上海外国语大学俄罗斯东欧中亚学院讲师。翻译出版有俄罗斯青年作家安德烈·安季平中篇小说《布拉戈维申科号游轮》等。

人　物

"小不点儿"——本名舒拉，25 岁。

廖瓦——28 岁。

售票大妈——45 岁。

米沙——35 岁。

帕莎大婶——50 岁。

彼得罗夫娜——70 岁。

醉汉。

拿着多士炉的人群。

从哪儿开始呢？我也不清楚。小城的名字？其实这也算不上啥城市，连个小镇也算不上。不过也不能说是乡下。它根本就不是什么所谓的定居点，也就是一个小站吧。仅此而已。广袤祖国中央的星点一站。"中央"可不是指它位置多么居中。众所周知，我们的广袤祖国是个奇特的存在，众所周知，她的心蹦跶在脑子里。算了，不说这些心啊脑啊的了。来看看我们这故事发生在哪儿。我估摸了一下，我们应该是在祖国腰、骨盆的位置上，甚至是……不对，不用遮掩啥！事实就是事实。我们就是在她屁股的位置上，而且是在屁股的中心上。激烈运动的中心。这儿实在是太别扭了。不伦不类、歪斜扭曲。别扭得让人想大喊、咆哮、呼号……好让她听到我们的心声"去他妈的……祖国啊，你可真是个肮脏的妞儿！"她听得到不？能明白吗？能好好反思一下吗？

我也不清楚……

小站名称是"苔藓地"。站牌上却啥也没标。也没啥可标的。正经的火车在这儿是不停的。只有客货两运的老爷车才停。其余的品牌快车之类的嗖地穿过，毫不减速，甚至还加速，生怕不经意间看到啥不该看到的、不成体统的。电气慢车也不是都停，只有 06:37 和 22:41 的向东的两班和 09:13 的向西的一班。别的就没啥了。

基本就是这些……

第一幕

　　小站不过是铁轨旁的一座板岩顶的木屋。11月。阴冷。站台上已见积雪。雪中有条被踩出来的直通站门的小径。站里并不冷，甚至挺温暖。

　　怎么样，走进去看看？暖和一下？

　　走进小站。貌似尚可，没啥丢人的。墙壁不久前刚刷新过。应该也就是两三年吧。用的是深绿色的涂料。喜不喜欢看个人癖好……好吧，这就是墙。还有些啥？有地儿坐不？有。屋中间有两排长椅。墙上有一座嵌入式的廊柱形的铁炉，靠近铁炉的椅子上睡着一位爷们儿。头向后仰着，口大开。个头不大的一瘦弱爷们儿。他明显是喝高了。睡得挺熟。让他睡吧。咱先不惹他。咱先环顾一下。炉子旁是一堆柴火、一捧废纸垃圾。墙上被涂了字，还好不是啥脏话。墙上挂着一块标注火车时刻的三合板进站离站、停留时间啥的。板子上注明的火车停留时间基本都是一分钟。有道理。赶不上你就别坐车。好吧。还有啥？噢！居然有个自动储物柜，有六个格子，不过都坏了，锈烂得一塌糊涂。一扇铁门，挺新，没上色。距离铁门一米远的位置有扇装了栏杆的窗子。这就是售票处。窗上贴了张纸片。纸片上写着"售罄"。什么东西啥时候"售罄"的，完全没有解释。没啥，这也不是咱的事儿。窗后面坐着个女的。售票大妈。正处在"第二春"的年纪。身穿中国制的皮衣，脚踏毡毛长靴。脸上糊着波兰代工的法国牌子的便宜面膜。手里是毛线活儿。满眼无聊相。

一片寂静。

醉爷们儿偶尔发出些糊里八涂的声音。还能听见售票大妈手里的毛衣针穿梭的声音。没有任何别的声音了。一切像是画出来的，毫无现实感。

且慢……

听见没？有谁的声音。越来越近。近了，更近了……

这又是谁？

让我们瞧一眼……

门开了，进来一男一女，每人每手拎着三个格子图案的蛇皮袋。除此之外，看得出女的还有身孕。

女 我算是服了。差点儿就生了。他娘的为啥我们非得停在这荒郊野岭？

男 咋？不是挺好！狠狠捞了一笔。

女 （将袋子放到地上）他们在这种地方是咋过的？这一个个埋汰的！你看见他们的指甲没？

男 （将袋子放到地上）啥？

女 他们的指甲！博物馆里都看不到。像是黑鬼的指甲。看到他们的指甲没？

男 还真他娘的没注意……

女 （看着座椅）你说这儿能坐么？

男 又咋啦？

女 传染病啥的呢？！大肠杆菌啦、坏疽啦、结核啦。（拍了拍自己的肚子）这不都说不能随便乱坐么。又不能打预防针吃抗生素。

男 铺上报纸爱坐多久坐多久。

女 哦！行吧！报纸在哪儿？

男 在靠边那个包儿里。

女 （伸进包里掏出一叠报纸，铺在醉汉旁的椅子上，坐下，四处闻着）咋感觉周围一股胳肢窝味儿呢。记得那个老爹不？

男 （研究着时刻表，心不在焉听着）哪个老爹？

女 长着大胡子那个。具体啥的我也不记得了。

男 咋？

女 那一身味儿啊！你都想不到！

男 什么味儿？

女 我他娘的憋着，不敢呼大气儿。快他娘的把我憋死了。跟进了煤气炉差不多。我们干啥非他妈的在这操蛋地儿停留？你啊……

男 这不狠捞了一笔么！你嚷嚷个啥！

　　〔沉默。

女 妈的，真是谁的胳肢窝味儿。还是谁得了痔疮？！呸，去他娘

311

的！（拿出一瓶香水，围着自己一通乱喷。手碰到醉汉张着的大嘴，看了一眼，双眼圆睁，号叫着跳起来，奔出门外）

男 小不点儿，你咋啦？（看眼醉汉）操……（走上前）哎！大爷！有气儿不？（用脚踢了一下醉汉）你在这儿吓人么？喂！要不要多士炉？免费哒！哎！吱一声啊！哎！要不要多士炉？

小不点儿 （半开了门，小心朝里望）廖瓦，那是谁？

廖瓦 一大叔。

小不点儿 死了？

廖瓦 醉晕过去了。

小不点儿 啥？

廖瓦 醉晕过去啦。

小不点儿 （走进屋）畜生！吓得我差点早产！他倒是睡得安逸！

廖瓦 你不会看着点儿？

小不点儿 我能往哪儿看？！坐下了就行了呗！我算是对这帮渣滓无话可说了！他瘫在这儿要干啥？

廖瓦 睡着。咋？

小不点儿 让他回家去睡。

廖瓦 自个儿跟他说。

小不点儿 你跟他说！我才懒得理他！这蠢货还咬了我一口。

廖瓦 用啥咬的？

小不点儿 用嘴！

廖瓦 他根本没牙！说不定从来就没长过。

小不点儿 什么意思？

廖瓦　没啥意思。自个儿看去。

小不点儿　真的啊?!（走上前）

廖瓦　你看啊! 看啊!

小不点儿　（捂住鼻子，看了看醉汉的嘴巴）没错儿! 他的牙哪儿去啦?

廖瓦　喝酒喝的。

小不点儿　我好好问你哪!

廖瓦　估计得了啥病吧……

小不点儿　呸! 真他妈的!（用手帕擦手）

廖瓦　没用了。病毒已经进去咯!

小不点儿　什么?

廖瓦　要不了多久，你的牙也会吧啦吧啦往下掉。

小不点儿　滚一边儿去，你个混蛋!（转过身）我们为啥要在这破地方下车?! 净沾上些七邪八毒的。

廖瓦　（偷偷凑到她身后，猛地用食指戳她的腰）哇啊啊啊!!!

小不点儿　（大叫着跳开）你疯了是咋，混蛋! 我要是在这儿生了咋办? 你个跳梁小丑!

廖瓦　拉倒吧。小不点儿，你咋啦? 我这不是喜欢你才……

小不点儿　喜欢……你个天字号蠢货。（停顿）快买票去! 我们好赶紧离开! 我已经受不了了。都什么乱七八糟的! 给我来根薄荷烟。

廖瓦　（拿出一盒烟）这儿让抽烟么?

小不点儿　孕妇肯定让抽!（抽出一根烟，点着火，故作姿态地吞云吐雾）你傻愣着干啥? 像个亚洲种的蠢货! 赶紧买票去!

廖瓦 咋啦? 小不点儿, 你生气啦?

小不点儿 火着呢!

廖瓦 小不点儿, 你鼻子旁边都冒痘子啦!

小不点儿 不带这么取笑人的! 你就作吧你! 哪儿呢? (掏出面小镜子, 仔细看着) 估计是在这儿传染上啥了! 哪儿呢?

廖瓦 开玩笑啦。

小不点儿 给我滚开, 你个强盗! 真是受够你了!

廖瓦 你发哪门子牢骚?

小不点儿 咋的了!

廖瓦 那好。

小不点儿 有你的。

廖瓦 那是!

小不点儿 有种! (坐上了窗台, 望向窗外, 继续抽烟)

〔廖瓦迟疑了一会儿, 走到售票窗旁。售票大妈不理他。

廖瓦 我说小姐……

〔售票大妈不回答。

小姐, 劳驾……

售票大妈 你想咋的?

廖瓦 俄罗斯家用电器市场上的领军销售企业 "尤尼特" 公司给您备了一份超值大礼……

售票大妈 (起身将面膜洗掉) 滚一边儿去, 跟你说呢!

廖瓦 (面不改色) 小姐, 您没懂。俄罗斯家用电器市场上的领军销售企业 "尤尼特" 公司给您备了一份超值大礼——您厨房的好帮手、"康扎伊"公司生产的超级多士炉。"康扎伊"公司是家用电器行业的一流厂家，他们还生产各类影音设备。

售票大妈 滚一边儿去……

廖瓦 给您提供的这个超级多士炉有如下超级特性：炉体用高强度环保材料制成，使得产品对人体超级无害，且使用寿命超级长久。除此之外，烤炉托架所用材料为独一无二的超级合金，使得烤炉比普通同类产品节电 3—6 倍。该产品使用简单，无需技术支持，设计超现代。它可以节省您的宝贵时间，为您烤制超级的吐司片，从而使您一整天都精神焕发。毫无疑问，它将成为您的忠实朋友和家庭伙伴。如果您对我们所提供的信息感兴趣，且尚未拥有该超级多士炉，那么"尤尼特"公司愿慷慨将其奉送给您。如果由于某些原因您对我们的产品不感兴趣，或者已经拥有该超级多士炉，我们建议您订阅我们的产品目录。我们的网址：www.ru。

〔停顿。

售票大妈 完了？过瘾了？现在可以滚了吧？

廖瓦 我说小姐，您没听明白……

售票大妈 首先，我不是小姐，还是个大姑娘呢。

廖瓦 姑娘，您没明白。

售票大妈 其次，我自个儿卖过多年的货，所以你这点伎俩在我这儿不好使，明白了没？

小不点儿 廖瓦，你损她一通，她一准儿就服了。

售票大妈 （把头伸出窗子）你给我闭嘴，小贱货。烟到大街上抽去。她倒是在这儿抽得挺舒服。

小不点儿 （不看售票大妈）离我远点儿。

售票大妈 再说一遍？

小不点儿 还是那句话！哪儿来的蠢货！

售票大妈 谁是蠢货？还真没大没小了！

小不点儿 你外婆的孙女儿！

廖瓦 我说姑娘，您对我们的产品感兴趣不？

售票大妈 别挡在窗口，少班门弄斧，没看别人正忙着？！

廖瓦 真可惜啊！您不想拥有我们的超级多士炉。

售票大妈 得了得了！该有的我们都有了！

廖瓦 （离开售票窗，走近小不点儿）你发啥疯？把顾客都吓跑了！

小不点儿 谁是顾客？这个涂脂抹粉的婆娘？她不把你倒买倒卖了就不错了！我想吃棒棒糖！

廖瓦 想要才是好事，不想要才有害！

小不点儿 耍哪门子贫嘴？（停顿）咋啦，你那儿没有吗？

廖瓦 我这儿要啥有啥。

小不点儿 那就来一根儿。

廖瓦 嚷嚷啥。

小不点儿 快着点儿的！（停顿）藏哪儿去了？

廖瓦 给，给！（掏出棒棒糖）撑不死你！

小不点儿 （一把抓过棒棒糖，剥开糖纸，塞进嘴里）你才撑死！我们赶紧走吧！我真受够了。前不着村儿，后不着店儿。伸个懒腰的地儿都没有。

廖瓦 怎么没有？那爷们儿不是伸着呢么！？老实着呢！

小不点儿　你什么意思？也让我像他那样？

廖瓦　不行是咋的？灌一瓶子酒下去不就好啦？

小不点儿　你给我滚！估计他们这儿是自个儿用土豆酿私酒喝的。

售票大妈　（把头伸出窗外）可不是啥私酒！

廖瓦　喔！姑娘！我说姑娘啊，你是回心转意要成为超级多士炉的幸福拥有者了么？

售票大妈　亮出来看看吧！我瞧一眼。

廖瓦　（把手伸进蛇皮包里掏着）白给的还要瞎挑。

售票大妈　按我们这儿的规矩就是要挑。

廖瓦　"我们这儿"是哪儿？

售票大妈　这是我们销售从业人员的规矩！

廖瓦　嚯！口气不小！你们卖的是个啥呢？保密不？

销售大妈　还真就保密。

廖瓦　国家机密啊？（拿出一只多士炉）

售票大妈　差不多吧。（从售票窗口消失）

　　　　〔门闩响。铁门大开。

　　　　（走进大厅）拿出来看看吧，你那究竟是啥货。

廖瓦　（拿出多士炉，展示着）厨房里独一无二的好帮手！来自家用电器领军企业"康扎伊"公司的超级多士炉。该公司还生产各类影音设备。

售票大妈　（带着怀疑眼光打量着多士炉）你这家伙是骗你大妈吧?！这玩意儿不是用来烤面包的吗？我表姐那儿有一个。

小不点儿　没错啊，就是干这个的。

售票大妈　没问你！拿过来！（拿过多士炉，翻来覆去打量）中

317

国产的？

廖瓦 姑娘，您这是咋说话呢！马来西亚的！

售票大妈 蒙谁呢！我都看到了！过冬的靴子你有没有？

廖瓦 只有多士炉。

售票大妈 有手套的话我一准儿也买了。只要莱卡的。我有过一双莱卡的手套，落火车上了。我也不是本地人。在这儿上班罢了。每天乘电气火车来回。这不都两年了。刚学会酿点伏特加。在家里酿，然后带过来卖。我的酒质量是没得说的。本地老乡们满意得很。没人喝中毒过。呸、呸、呸！① 一个个的可真是能喝！供不应求啊！搞不懂他们为啥喝成这样。不过仔细想想，在这儿还能干啥？电影院没有。电视也没信号，这地儿属于信号不稳定区。荒郊野岭的。所以本地人就拼命喝酒。还多亏他们这么喝，我也算是挣到了几个钱。给家里装了原木的不抛光的墙，核桃木的。这不现在不流行抛光的么！让我想想还买了啥。在中国人那儿买了两件土耳其产的风衣。还买了冰箱。带那啥的。叫什么来着……双开门儿的。还有啥……给家里装修了一下。我吧，是不会离开现在这个位置的。我要一直干到退休。退休了以后要是留我，我继续干。我现在可是需要钱哪！该嫁女儿啦！我女儿叫瓦尔卡，大名瓦尔瓦拉。跟雅库波维奇② 女儿一个名儿！我可真是喜欢

---

① 斯拉夫民间受基督教影响的迷信习俗。按此说法，人的左肩后藏着小鬼。如果怕说出的话被小鬼听见引起不好的后果，就要往左肩后位置吐三口吐沫。

② 列奥尼德·雅库波维奇（Якубович Л. А., 1945—　 ），俄罗斯知名演员、主持人，自 1991 年起主持俄罗斯大型游戏竞猜类电视节目"奇异乐园"。

雅库波维奇，简直就是爱上他啦！（悄声）悄悄告诉你们啊，我很快也要去参加"奇异乐园"啦！这是我们之间的小秘密！我这女儿瓦尔卡可得赶紧嫁出去了。她都已经 25 岁了，连一个男人都没睡过。丑是丑了点儿。其实吧，丑得有点不像话，而且是越来越丑啊，一脸的青春痘。每半边脸上能有 70 来个。这是明摆着的，没被睡过呗！等嫁出去了就好了。这就得需要钱啊！得招个女婿来啊！招来了，还得让他跟瓦尔卡能过下去，都得需要钱！所以说啊，我得在这儿干到退休。这地儿不错！

廖瓦　那就更需要多士炉啦！让你女儿天天给他烤吐司，不就把他拴住了！

售票大妈　这我知道！你要个价吧！

廖瓦　完全免费！

售票大妈　别胡扯！免费？免费现在连个厕所都没得上。

廖瓦　真免费。你只需支付送货费用。

售票大妈　多少钱？

廖瓦　200 卢布。

售票大妈　啥？这玩意儿是坐专车过来的还是咋的？ 150！

廖瓦　200。姑娘，白送的是不……

售票大妈　白送的我们也得挑！ 160。

廖瓦　200。就送货费啊！

售票大妈　170！再公道没有的价格了！

小不点儿　这样的得值 500。瞎说啥！

售票大妈　没问你！ 170。不就是中国产的嘛！

廖瓦　马来西亚。

售票大妈　中国。别以为我不懂。180。

廖瓦　马来西亚。行了，成交!

售票大妈　还是170。

廖瓦　180。

售票大妈　我们不是刚说好170的么?

廖瓦　没说好。

售票大妈　说好的!

廖瓦　真没说好。算了，成交!

售票大妈　170?

廖瓦　170，170。

售票大妈　看看! 我就爱跟爷们儿们讲价，没法儿啦! 我去那个
"奇异乐园"走一趟，如果能拿个奖，我也得讲讲价。讲翻个
天! 让全国观众就此记住我! 我可是纯正的卖货的，可不光
是为了工作! 最能买卖的就是我! 还有啥可说的。在这儿我
不也有自己的生意? 你们看这小牌儿，挂起来就表明伏特加
卖完啦! 那儿不就是我的忠实客户么! 看着就让人兴奋! 我
可是不会离开这地儿哒! 踹都踹不走我! 真是个不错的地儿。
不过这本地人可千万别都死光了。最近一直有人死。再这么
下去我就没客户了! 这不还出现了抢生意的!

廖瓦　真来抢生意的?

售票大妈　一糟老太太，也酿点儿私酒。目前貌似还没啥影响。
不过要是我俩谁扩大生意，恐怕就要起冲突了。

　　　　[门吱呀了一声。众人立刻沉默下来，望着入口处。门半

开，一位蒙着头巾的老太探进头来。

　　嚯！真是说曹操曹操到啊！咋？彼得罗夫娜，想干啥？你咋到别人地盘儿上来了？

彼得罗夫娜 （走了进来，站在门边，手里握着多士炉和一瓶烧酒）我这不……我这不找他们来了么！孩子们，我来找你们呀！

售票大妈 你找他们干啥？你那酒他们不会要的！赶紧走吧！

彼得罗夫娜 我这不是找你们来了么，我的亲人们哪……（慢慢走上前）

廖瓦 出啥事儿了，阿婆？

彼得罗夫娜 我家老头子死了，孩子！

售票大妈 嗨，真能瞎编！你哪儿来的老头子？你那丈夫不死在战场上了吗！

彼得罗夫娜 我家老头子死了，孩子。这不没钱埋他呢么！

廖瓦 阿婆，这关我啥事儿？我又不是社会保障部门儿的！

彼得罗夫娜 你把你这玩意儿收回去吧，把我那钱……

廖瓦 阿婆，你这是脑子摔坏了，还是吃撑着了？

买票大妈 骂你呢，彼得罗夫娜！

廖瓦 什么你的钱？

彼得罗夫娜 我那钱……

廖瓦 我们这儿可没你的钱，阿婆！你赶紧家去吧！（转过身）

　　［彼得罗夫娜站着不走。

小不点儿 老太婆，赶紧走吧您呐！

彼得罗夫娜 我家老爷子死了啊，孩子！这不得埋了他么！

小不点儿　那你就去埋啊!

廖瓦　要不然还不得臭了!

彼得罗夫娜　我的钱得要回来啊。把这还给你们,（把多士炉递过来）这也是给你们的。（晃了晃手里的烧酒）礼物啊! 咋样,孩子?

售票大妈　彼得罗夫娜,我看你这是纠缠不休啊?!

彼得罗夫娜　这不老爷子没了么⋯⋯

售票大妈　哪儿来的老爷子? 你压根儿就没有!

彼得罗夫娜　有过啊! 这不死了么! 屋里桌上停着呢。新来的。

售票大妈　你这是又从哪儿招来的?

彼得罗夫娜　他自个儿来的。说是来搭个伴儿。过了三天就死了。

售票大妈　这到底是哪家的老爷子?

彼得罗夫娜　我家的啊!

售票大妈　在到你家之前呢?

彼得罗夫娜　那不知道。好像一直流浪来着。

售票大妈　也就是流浪汉咯?

彼得罗夫娜　谁说的! 人都叫他阿列克谢。

售票大妈　姓啥呢?

彼得罗夫娜　他自个儿也不记得了。

售票大妈　可真有你的,彼得罗夫娜! 老了老了还风流一把! 你来找这俩孩子干啥?

彼得罗夫娜　来要我的钱! 顺便把这还给他们。

售票大妈　这不关我的事儿。你们自己看着办吧。（走到炉子旁,往里填了几片柴火）

彼得罗夫娜 （看着廖瓦）咋说，孩子？

廖瓦 你想咋？

彼得罗夫娜 这不没钱埋人么……

廖瓦 关我啥事儿？没钱就别埋呗！扔出院子外，任他躺着去吧。有人要问，你就说压根儿不认识。这还用我教你吗？你又不是不识字，这辈子白活啦？

彼得罗夫娜 咋可以这样呢？这不造孽么？

廖瓦 多点孽少点孽有啥区别？上帝会宽恕你啦！

　　　　[停顿。

彼得罗夫娜 咋说，孩子？我这是完全没钱埋他。你就把这收回去吧。把这礼也收着。把我的钱还我就成……

小不点儿 廖瓦，你赶紧把她骂走。烦透了！

廖瓦 你这是哪儿来的磨叽老婆子？啥我也不收！是不是弄坏了，就想退回来啦？

彼得罗夫娜 用都没用过。对十字架发誓，完全没用过！（在胸前画着十字）

廖瓦 行了，阿婆！走吧，回家去吧！

彼得罗夫娜 咋能这样呢，孩子！这老爷子得埋吧？

小不点儿 廖瓦，你给我用标准国骂把她骂开！赶紧的！受不了啦！

廖瓦 听见没，阿婆？这有人提议把你骂走呢！咋的，是要我开骂呢，还是你自个儿滚？

　　　　[老太婆站着不动，不回答。她的眼睛湿了，突然跪了下去。

彼得罗夫娜 别逼人太甚啊，孩子们！多善良的一个老爷子，活着的时候，可爱跟人打招呼了。一路讨饭，这个遭罪啊！把腿冻坏三次。现在躺在我桌子上呢，都没来得及给他擦一把。等赶紧下葬啊。你们说吧，咋个埋法？你们咋说就咋埋！老天爷定会报答你们哒！让你们的财富翻倍！翻个成百上千倍，让你们这一族以后就躺在钱堆儿里享清福啦！

廖瓦 你这是咋啦，阿婆？（对着小不点儿）她这是要干啥？

小不点儿 这是疯了吧？

售票大妈 装死样子呢！

廖瓦 要不就把钱还她？

彼得罗夫娜 还给我吧，孩子！

廖瓦 行吧！（伸进腰包掏钱）老婆子，你可给我听好了，要是老天不显灵，不赏我个金银满钵，我到时候一定回来放把火把你那破屋给烧了！

彼得罗夫娜 肯定显灵，孩子！对十字架发誓，肯定显灵！

　　　[就在此时，门忽然大开。人群鱼贯进入大厅。男男女女都带着多士炉。走在最前面的是一个外表奇怪的大叔，留着山羊胡子。彼得罗夫娜很快站起来，把烧酒藏进怀里。

人群中的声音 看喔！彼得罗夫娜已经到啦！真有她的！你这是啥时候到的，彼得罗夫娜？

彼得罗夫娜 （怯怯地偷望着众人）该啥时候到，这不就到了么！

人群中的另一个声音 你那姘夫又喝高了，彼得罗夫娜！在院子里生了蓬火，正围着火堆瞎蹦哪！

彼得罗夫娜 让他蹦去！关你们啥事？

买票大妈　我说彼得罗夫娜，可真有你的！这一通忽悠啊！行啊你！我们都得跟你学着点儿！

　　　　　[众人大笑。

　　　　　[众人突然停住笑声，互相望着。

　　　　　[停顿。

小不点儿　廖瓦，你到底买票了没？

廖瓦　还没呢。（对着买票大妈）姑娘啊，怎么样？劳驾，卖我们两张票吧！

买票大妈　你们要去哪儿？

女一　（推了推留山羊胡的大叔）米沙，赶紧啊！

米沙　（脸煞白）这个……我说两位过路的同志啊……

男一　米沙，沉着点儿！

米沙　（脸不那么白了）先别忙着走，过路的同志！

廖瓦　姑娘，倒是有没有票啊？

售票大妈　我不是问了吗，你们要去哪儿？

米沙　（脸色愈发正常了，甚至有些泛红）过路的同志！跟你们说话呢！

售票大妈　叫你们呢。

廖瓦　（猛一转身）叫我？是跟我说话吗？（冲着米沙走过去）叫我，对吧，爷们儿？

米沙　（脸又发白了）是叫你们来着……

廖瓦　赶紧说，要干吗！（停顿）你这是咋啦？忘了要说啥？那你走吧！（转向售票大妈）最近的一班车是几点？

售票大妈　06:37 的电气火车。

廖瓦 （看了一眼表）没有更早的了？

售票大妈 没啦。

小不点儿 真他娘的！廖瓦，给我根儿薄荷烟！

廖瓦 操，等等！

小不点儿 藏哪儿啦？

廖瓦 叫你等下！（对售票大妈）一班像样点儿的火车都没有吗？

售票大妈 是啊。

廖瓦 这都是什么乱七八糟的？

米沙 同志，能不能跟您说两句……

售票大妈 又叫你们哪！

小不点儿 廖瓦，给我一根薄荷烟。你愣着干啥……

廖瓦 （掏出一包烟，扔给小不点儿）抽吧，抽吧！真烦透了！

小不点儿 你他妈的混蛋！（抽出一根烟，把剩下的塞进口袋）烟就放我这儿啦！

米沙 同志，能跟您说两句不？

小不点儿 你缠着他干啥？没看见他正跟别人说话吗？

米沙 我这不是……想要……

小不点儿 不是跟你说了，没你啥事儿么！赶紧拔腿儿往外走吧！走吧，走吧！（停顿）廖瓦，你把他骂走吧！你更能骂！

廖瓦 爷们儿，你这是有何贵十，我不明白……

米沙 有重要的事儿啊。

廖瓦 说明白点儿！

米沙 我这是来讨个公道。

廖瓦　行啊！讨呗，你那儿公道在哪儿？在这儿？（指着睡着的醉汉）

小不点儿　真有你的，廖瓦！真他妈能逗乐。

　　　　〔人群哄笑。米沙没有笑。

售票大妈　行了吧，米沙？把你嘲笑了吧？这可是来自首都的幽默。下回记住了啊！

女一　米沙，顶回去啊……

男一　米沙，用脑子治住他们！用脑子啊！

男二　有啥好怕的！

女二　看他还能咋的！死样！

米沙　（红着脸）我说同志们，他们可不是侮辱了我一个人，他们把你们都给骂了。把你们都骂啦！一个不落！你们还不出声？啥也不敢说？真够丢人的，同志们哪！

女一　我们有啥不敢的？我们就敢！你们把我们骗了！就这么回事儿！

小不点儿　啥？

女一　你们骗了我们。

小不点儿　（冲着女一走去）再说一遍，我的小可爱！

女一　（声音弱了下来）我们被骗了……

小不点儿　是吗？！廖瓦，你听见没？大家都听见了没？这算是正式宣言咯，大妈？你这是郑重对大伙儿宣布吗？

女一　宣布啥？

小不点儿　还有啥？你刚才的这番话侵害了我们公司的声誉，对我公司造成不良影响。我们得法庭上见了！这下明白了吧？

售票大妈 是喔！真糟！看来你的家产要赔给他们啦！

女一 （脸色惨白）我这不是……不是我说的……

小不点儿 那是谁？（冲着男一）是你？

男一 怎么突然扯到我这儿了？（把多士炉藏到身后）我这其实是买酒来了。柳霞大婶儿，你那儿还有酒吗？

售票大妈 卖完了。

小不点儿 （冲着男二）喂，戴帽子的这位，那么就是你说的咯？

　　　　　〔男二一头钻进人群里。

　　　　　好吧！行了！集会就此结束！请各回各家！

男三 得先搞清楚了啊！

小不点儿 你这是要搞清啥，好心人？

男三 都说你们这玩意儿在城里的摊子上也就卖 50 卢布。

小不点儿 我的小可爱，你自个儿亲眼看到了是咋的？

男三 我没见到。米沙看到过。

廖瓦 那又咋样？给你免费送上门的！高兴还来不及呢！

米沙 你们不能这么坑人！你们拿了我们所有人的钱！

廖瓦 大叔，你给我老实点儿！有谁对产品的质量不满吗？没有？这不就得了！我祝贺各位！各位拥有了厨房的好帮手——"康扎伊"牌多士炉。行了！再见！（坐了下来，掏出一根棒棒糖，剥去糖纸，塞进嘴里）

小不点儿 廖瓦，我也想吃棒棒糖。（在旁边坐下）

廖瓦 我已经给过你了。

小不点儿 啥时候？别他娘骗人！你只给过我薄荷烟。

廖瓦 棒棒糖也给过的。

小不点儿　没给过。给我一根儿！咋抠门儿得跟个犹太似的？

廖瓦　行了，拿着吧！别再烦我啦！

　　　　〔在上述对话进行的过程中，人们互相挥着手，叹着气，一个接一个离开。米沙试着留住他们，嘟囔着什么。没人听他的。众人纷纷离开。米沙也走了。只有彼得罗夫娜留了下来。

售票大妈　真有你们的！他们可真没少买你们这炉子！对他们能有个啥用？这儿连面包都没的卖。他们都是自家烤饼子吃。一群蠢货。也够让人可怜的。基本上都花了半个月工资，却买回个没用的废物。看他们现在吃啥！每家还都养着三五个孩儿。这估计是一时心软，还是犯了蠢……兴许还以为是国家来帮他们来了吧？！不折腾死他们就不错了！还能咋的……你们啊，来这儿骗他们干啥？！

廖瓦　狠捞了一笔啊！

售票大妈　没人怀疑你们狠赚了一笔！不过这以后他们是不会再信你们了！他们本以为那儿（用手指了一下不明方向）住的都是名演员啦、诗人啦，其实都是些……

小不点儿　得了吧你！这类的穷乡僻壤多了去了。

售票大妈　其实也难说吧。

小不点儿　反正我们这辈子是见得多了。

售票大妈　你们心知肚明就好。

廖瓦　多士炉还要不要？

售票大妈　算啦！再说估计要不了多久就会有人拿它来我这儿换酒喝。他们啊，玩儿个把月就会拿出去换这换那。行了，我休息一下。彼得罗夫娜，你是咋，还不回家吗？

彼得罗夫娜　我这不是找他们来了么……

售票大妈　行啦，你就折腾吧。（走进屋内）车进站前过来一下，我好把票卖给你们。（离开）

彼得罗夫娜　孩子啊，我这儿咋办呢？

廖瓦　你想咋的，阿婆？

彼得罗夫娜　老爷子这不死了么。

廖瓦　这是真的？

彼得罗夫娜　对十字架发誓！（画了个十字）

廖瓦　我说阿婆，你还是去蒸个澡吧。

彼得罗夫娜　洗过了啊，孩子。刚洗没两天。

廖瓦　再去洗一次吧。

小不点儿　让她还是滚远点儿的好！

彼得罗夫娜　去哪儿？

小不点儿　越远越好！

彼得罗夫娜　那又能咋？

小不点儿　不咋！（大笑起来，看了一眼廖瓦）

　　　　［廖瓦却并没笑。

　　　　赶紧的吧，老婆婆，回家去呀！天已经晚了。

彼得罗夫娜　那我那老爷子该咋办呢？

廖瓦　行了，蠢婆娘！烦透了！你自己都快见阎王了，还骚扰别人干啥？

彼得罗夫娜　（退后两步）见阎王……

廖瓦　对咯，见阎王！所以啊，这 200 卢布还能帮你是咋的？闭眼前你还能咋个花法?!

彼得罗夫娜　你们哪……我这就走。

廖瓦　早该走了。

彼得罗夫娜　谢了,我的好心人!(把多士炉放在地上)这个还给你们。我走了。(走出几步,又返回来,从怀里掏出一瓶酒,放在多士炉旁)这个也给你们。别忘了到时候祭奠我。我走啦……(离开)

小不点儿　她这是咋的了?

廖瓦　有啥好问的。赶紧把东西塞袋子里去!

小不点儿　使唤我么?

廖瓦　不愿意动啊?

小不点儿　费劲儿啊!肚子碍事儿。

廖瓦　真他妈的。烦死我了,你这大肚婆娘。(拿起多士炉,塞回蛇皮袋里)

小不点儿　你才烦人呢!烦人透顶!

廖瓦　滚一边儿去!

小不点儿　自个儿滚!屁股长脑子里去了你!

廖瓦　闭嘴,你个好吃懒做的烂货。

小不点儿　你个贱人!戴绿帽的贱人!

廖瓦　你以为你就啥帽子都没戴?你那帽子还不知道多绿呢!

小不点儿　(脸色通红)你给我滚远点儿,你个蠢货!听见没?(把棒棒糖扔过去)你个阳痿的货!(放声大哭)

廖瓦　哭吧,哭你的!帽子只会越戴越绿!

小不点儿　滚开,听见没?!(站起身)你不走我走。

廖瓦　你他妈的给我坐下。（把她按回座位上）往哪儿跑？等到家了你爱往哪儿跑就往哪儿跑。

小不点儿　我跑定了！

廖瓦　跑呗！

小不点儿　我就跑！

　　　　〔醉汉忽然醒过来，站起身，望着他们。

醉汉　我说你们这是怎么啦？

小不点儿　（哭着）没咋！

醉汉　有人死了还是怎么了？

廖瓦　睡吧！都活着呢。

醉汉　那就应该乐呵起来啊！你们哪……（重新坐下，闭上眼，嘟囔着）如果都活着，那就应该乐呵起来。要是谁死了，那……生活嘛……一会儿这样，一会儿那样……真要是谁死了，那可不管咋作都没用了。人哪，都在瞎想些个啥……他们只怕那种死法……那种死法嘛，其实没啥可怕。嗖地一下就完蛋。别的死法才可怕呢！真是可怕啊！因为连心都死透透的了。心啊，人的心那……（没声了）

　　　　〔有火车驶过车站。一切都似乎跟着晃动着吱吱作响。

　　　　〔沉默。

　　　　〔廖瓦坐到了小不点儿旁边，迟疑地用手擦干她的眼泪。

小不点儿　她刚才怎么说的，咱们的车啥时候来？

廖瓦　还早。

小不点儿　给我根儿薄荷烟。

廖瓦　（在口袋里掏了两下）不是在你那儿么。

小不点儿　我真他妈累了啊。就像那次去完土耳其之后。整个腰疼。

廖瓦　能有啥事儿？一路5袋子货不都拖过来了。

小不点儿　这不要生了么。

廖瓦　生呗！又能咋？

小不点儿　咋？我害怕啊！（把头靠在廖瓦肩上）我们睡会儿吧。

廖瓦　好主意。

　　　　〔两人闭上了眼。停顿。

小不点儿　廖瓦，你刚才说这醉汉的牙都病掉了是骗我呢吧？

廖瓦　怎么？

小不点儿　我这牙怎么好像也有点松动了呢。

廖瓦　我那是骗你的。

小不点儿　好吧，大概我想多了。

廖瓦　睡吧。

小不点儿　你自个儿睡吧。（睁开眼）就会指挥别人。害得我还把棒棒糖给扔了。没事儿净惹我！神经细胞可是不会恢复的！要是都损伤完了，我们就变成莫斯科商场里那个……对，假模特！对啥事儿都麻木了！所以啊……

廖瓦　不叫你睡会儿么！

小不点儿　我要吃东西。肚子已经叫了。听见没？

廖瓦　（不满地动了两下）真他妈的！烦死了！吃你的去！谁不让你吃了？都在包儿里呢！

小不点儿　我懒得动。

廖瓦　这可不关我的事儿。

小不点儿　就不能伺候一下孕妻？

廖瓦　谁伺候我啊！

小不点儿　还真他娘的是个浑球儿！

廖瓦　行，行，我是！

小不点儿　我这还得给你生一个。真难以想象……要是万一不小心害了啥病，你铁定麻溜儿就跑。我可是了解你！真要这样的话，还不如立马死了算了。

廖瓦　行了！不许瞎扯！听见没？刚要迷糊着，她他妈的就瞎嘞嘞开了……再嚷嚷看我不扇你！明白没？

小不点儿　别吓唬人！

廖瓦　我才懒得吓唬你……（离开她，坐在远处的位置上，合上眼）

小不点儿　你走你的！没你更消停……（环顾了一下，发现酒瓶）我他妈的现在就狂喝一通！信不信？

　　　　〔廖瓦不回答。

　　　　你就等着抬着我走吧！

廖瓦　（嘟囔着）喝不死你。

小不点儿　咋的，要把我扔在这儿？

　　　　〔廖瓦沉默着。

　　　　行，我这就喝给你看！（停顿）我们带了杯子没？（停顿）妈的，混蛋！（站起身，试图拿起酒瓶）

　　　　〔屋子一阵剧烈震动。屋门大开。廖瓦跳了起来。

　　　　〔米沙冲了进来。烂醉。手握双杆枪。

售票大妈的声音　你们咋回事？都昏头了吧？这都是咋……

米沙　把你们全部撂倒！一群鸟人！

　　　　［把枪对准廖瓦。

　　　　［廖瓦立马蹲下，藏到了座椅后面。

　　　　啊啊！咋的，害怕了吧！！！（把枪对准小不点儿）

　　　　［小不点脸色惨白，呆立不动，眯着眼。

　　　　藏啊，死娘们儿！看我毙了你！

售票大妈　（从窗口伸出头来）米沙，你发哪门子疯？

米沙　啊，啊！！！我说你……你他妈为啥把国家给整垮了，你这
　　下作婆娘？

售票大妈　米沙，你给我清醒点儿！犯什么浑？！

米沙　赶紧回答！叶若夫同志①问你呢！！

售票大妈　米沙，你是喝高了，正犯浑。可以理解。这是我啊，
　　柳霞大婶儿！

米沙　噢！！是你！我正找你！你他妈的要把俄罗斯人斩尽杀绝
　　是咋？

售票大妈　我这不是不小心吗，米沙。

米沙　不，不，不！你这是故意的！你这是执行西方的命令。他
　　们的特务命令你的！我对你可以了解得透透的，你个范
　　妮·卡普兰！②谁暗杀列宁来着？

售票大妈　米沙！行了！

---

　　①　这里指的是尼古拉·叶若夫（Ежов Н. И., 1895—1940），苏联内务人民
委员部首脑，苏联大清洗的主要执行人之一。

　　②　范妮·卡普兰（Каплан Ф. Е., 1890—1918），俄早期革命的参与者，曾
于1918年刺杀列宁。

米沙 老实交代！人名、地址，在哪儿秘密接头？军队又是谁毁的?！老实交代！

售票大妈 我呗！还能有谁……

米沙 行啊你！退休金、津贴、基金都哪儿去啦？是不是你贪了?！

售票大妈 是吧……

米沙 赶紧交代存赃款的银行！账户号、代码！数到三我就毙了你！老实交代！一……

售票大妈 我说米沙啊！你他妈的给我滚远点儿！

米沙 二……老实交代，你个反革命！

售票大妈 看我不把你眼睛打歪！

米沙 三！（按下扳机）

　　〔枪响。小不点儿一阵乱号，瘫坐在椅子上。

　　〔廖瓦躺倒，紧贴地面。

　　〔米沙立在烟雾中，摇摇晃晃。枪躺在他脚边。

　　〔售票大妈没了踪影。

　　〔一秒钟的死寂。两秒，三秒……十五秒钟的死寂。

　　〔终于，铁门的门闩响了。售票大妈冲了出来，毫发无损。她光着一只脚，手里攥着脱下来的靴子。

售票大妈 够了吧，你个蠢货！玩儿够了吧！真当自个儿是神枪手啦?！（跑到米沙跟前，用靴子敲他的头）我现在就毙了你！看我不把你毙得粉碎！

米沙 （用手护住头）我活该，柳霞大婶儿！

售票大妈 我让你该个够！让你该得一个月站不起来！（一把揪

住他的头发，将他按住，用毡鞋猛击他的屁股）

米沙　柳霞大婶儿，我再也不敢啦！原谅我吧……

售票大妈　听不见你嘟囔个啥！被你的枪震聋了！（继续打）

米沙　（叫起来）柳霞大婶儿，疼啊！柳霞大婶儿，可疼啦！疼死我啦，柳霞大婶儿！！（哀号）

售票大妈　（将其放开）给我滚！

米沙　（后退着，继续号）谢啦……

售票大妈　把破枪拿走，蠢货！

米沙　好，好……（躬身拾起枪）

　　　　〔售票大妈挥着毡鞋全力拍了一下他的背。米沙惨号一声，落荒而逃。

售票大妈　给我站住！

　　　　〔米沙愣住。

　　　　谁他妈把你灌醉的？

米沙　不，不，不记得了。

售票大妈　跟费加说一声，他要是再敢把枪给你，那就别想再拿回去了！听见了？

米沙　好吧……

售票大妈　赶紧滚！

　　　　〔米沙跑开。

　　　　真是个白痴！（穿上毡靴）那他兄弟费加也是个缺心眼儿的！总把枪给他。又不是不知道他这么混蛋。幸好给他的是空包弹。要哪天搞错了，那不就完蛋啦！他不得捅大娄子……想想都可怕，他这得伤多少人！怎么样，把你们吓着

337

了吧？

廖瓦 （抖了两下）还行吧……

售票大妈 你怎么样啦，小姑娘？

[小不点儿不说话。坐在了长椅边上，用手捂住肚子。

你这正怀着呢，可受不了惊吓。我怀瓦尔卡的时候，跟个坐过牢的爷们儿同居来着。他那一身全是文身，花里胡哨得吓人。他可是把我给折磨坏了。清醒的时候吧，他挺正常。常念叨着要把日子往好里过，不想再飘来荡去了。可一旦喝高了，那可就完了！疯号，用刀子往我这儿比画。（演示着）当然不是真要捅我，刮碰一下皮儿而已。那也够吓人的啦！我那时候还年轻啊，还没见过这些乱七八糟的。怕他怕得跟什么似的。现在想想啊，我那瓦尔卡不就因为这儿才生得那么丑！丑得我都不好意思带她去医院啦、托儿所啥的。娃娃们一般都多可爱啊！我那瓦尔卡却像个猪崽儿。邪门儿了，真像个猪崽儿。都搞不清她究竟长得像谁。动物里恐怕都没这么丑的。

廖瓦 他是咋的，脑子有问题？

售票大妈 我那汉子么？

廖瓦 刚才这家伙。

售票大妈 噢！鬼才知道！平常感觉没啥。他是卖《星火》报的，老跑去城里参加集会，举个牌儿"全世界无产者，团结起来"。我亲眼见到过。一旦哪天他喝醉，立马变成个白痴。不过他一般不咋喝，除非有谁特意灌他。这已经是第二次对着我放枪了，这混蛋！第一次放枪还是我刚开始卖酒的时候。

他跑来了，一开始还清醒的，游说了半天，让我"放弃这营生"。把我给烦得呀！我忍啊忍，最后一顿臭骂把他轰跑了。你猜他咋的？喝个烂醉，从兄弟那儿拿了这把破枪，对着窗口就冲我放了一枪。我当时正尿急，这一吓，全尿裤子里了。（笑着）当时我还想呢，完了，这下是活不成了，柳霞·利特维年科大婶儿就此上了西天。我当时不知道他兄弟费加给他都是空包弹。他对彼得罗夫娜也放过一枪，说人家是危害社会的因素。那老太婆可没被吓到。她把枪夺了下来。后来费加为了赎回枪，还……

廖瓦　早该把他送去治治了。

售票大妈　谁管这闲事儿呢？谁来操心他啊！真等他哪天伤到了谁还差不多。否则啊……（看了一眼小不点儿）姑娘，你这是咋啦？满脸煞白！哪儿不舒服吗？

　　　　［小不点儿摇摇头。

　　　　咋回事？我那儿有点酒，可以给你压压惊。

小不点儿　您知道是咋回事儿么？我下面好像湿乎乎的……

售票大妈　啥？

小不点儿　下面湿乎乎的。

售票大妈　（走上前）来，让我瞧瞧……

小不点儿　（夹紧腿）干啥？

售票大妈　赶紧的！你又不是小学生！成年的姑娘了都！（往里看）亲爱的，这是羊水。

小不点儿　什么？

售票大妈　羊水破啦！

小不点儿 咋回事儿？

售票大妈 还能咋！要生了呗！

小不点儿 我不想生！我们还得把剩下的货送回去呢。我不干……

售票大妈 这可不管你同意不同意。马上就得生咯！

廖瓦 怎么回事？应该还早啊！

售票大妈 已经几个月了？

小不点儿 8个月。

售票大妈 这不正好吗！都快生了，你们还跑到这鬼地方来
干啥？

廖瓦 一般不都9个月才生吗？

售票大妈 你听谁说的？

廖瓦 不一直都这样吗！书里也是这么写的啊！

售票大妈 大马路上写啥的都有！看上去你们挺精明的啊，咋相
信书上的话呢？真有你们的！你们看咋办吧！傻乎乎的相信
书上的！说9个月生就9个月生啊？你们这是领身份证还是
咋的？到时候就领？

小不点儿 我可不在这儿生！（起身）

廖瓦 医院远不远啊？

售票大妈 你给我坐下，瞎蹦跶啥！我的老天，这儿哪儿来的医
院！从来就没有过医院！从前有过一个医务所，早关门儿了！
医院是压根儿就没有过。这儿的人都是在家里生的。生孩子
在家里，养病也在家里，上西天也是在家。

廖瓦 啥意思？

售票大妈 就这意思！就这么简单！回到都城，给你们首都人民

讲讲，我们这罗斯国的劳苦大众是如何过活的！要不他们不是不知道么！尽管说是上帝造出来的都是平等的人。表面上看去是平等的，双腿、双脚，加上个脑袋瓜子。实际上啊，这人和人的遭遇可差得远哪！简直可怕！好吧，你们说咋办？真想去医院是咋？还想要个单间病房住住，是吧？我看你们就凑合凑合吧！这儿有个爷们儿曾经被炉子严重烫伤了。他老婆带着他坐火车赶去城里治病。他那一身皮都快烫掉了。俩人傻乎乎坐在车里，旁边的人躲都来不及。在站上还被警察拦下了。要查他们的证件。哪儿来的证件啊！他们这不是匆忙上路的么！这不就被拦下来了！警察开始盘问他们，到处打电话。那爷们儿忍了半天，最后还不就死了！连那些警察都没来得及骂！所以啊，我的两位爷，你们还要去医院不？作不死你们！

小不点儿　廖瓦！你给我把她骂开！

售票大妈　你还有工夫骂！

小不点儿　廖瓦！

售票大妈　给我闭嘴！

小不点儿　你才闭嘴呢，蠢婆娘！

售票大妈　我看你再瞎嘞嘞！

小不点儿　廖瓦，我们赶紧走吧！离开这里……

售票大妈　还想往哪儿去？我现在脱下靴子像揍米沙那样也给你一下子，看你还走不走！你以为我是操心你哪？我才懒得管你们这样的！我这是担心孩子！孩子犯啥错了！尽管是你们这些废物生出来的……

小不点儿 （眼睛湿了）廖瓦，把她骂开……

廖瓦 往哪儿骂呢？

小不点儿 随便。骂她个死逼。

廖瓦 你自个儿骂！烦死了！

小不点儿 你个混蛋，这是干啥！

廖瓦 给我滚开……（起身离开，坐到醉汉旁边，擦着脸）

售票大妈 行吧，我跑一趟。我去找一下帕什卡·拉夫莲尼奥娃。她生过五个孩儿，老有经验了。她给你们接生……你们帮我看着点售票窗啊！（起身）什么人哪！还想上医院……给他们一个带电视的单间病房算了……（离开）

〔沉默。

小不点儿 给我来根儿薄荷烟。

廖瓦 在你那儿呢。

小不点儿 在哪儿？（在口袋里翻着）在哪个口袋里？

廖瓦 我是神吗？

小不点儿 你是混蛋！你以为是谁。（拿出烟，试图点燃，点不着）给我点上！

〔廖瓦不情愿地起身，走到她跟前，点了烟。

（抓住他的手，带着和好的口吻）你是咋啦？

廖瓦 （恼怒地，但口气略有缓和）咋？

小不点儿 你咋这样！

廖瓦 咋样？

小不点儿 这样！

廖瓦 （抽回手）妈的你在这儿生什么生？

小不点儿　我这是故意的不成……

廖瓦　（戏谑地重复）"我这是故意的不成"……你就不能忍忍？再他妈的忍两天就不行？

小不点儿　行啊！我不生……

廖瓦　那就别生。

小不点儿　行了，不生！（起身将烟扔掉）走吧！（拿起蛇皮袋）

廖瓦　给我放下！

小不点儿　行了，走吧。我在这儿待够了。

廖瓦　我叫你放下！

小不点儿　走吧！

廖瓦　（一把抓过袋子）叫你放下，没明白是咋？

小不点儿　走吧！

廖瓦　你犯哪门子浑！坐下！

小不点儿　放开我！我自个儿走！

廖瓦　妈的坐下！烦透了！

小不点儿　放开我，混蛋！（抢过袋子）我让你放开！放开！放开！王八蛋！我恨透你了，你个渣滓！恨透你个蠢货了！（把袋子扔得满地都是）你他妈的给我滚，烂货！滚，死逼！滚远远的！（给了他一巴掌）滚远远的！（一屁股坐在地上，放声大号）你死了才好呢……我连埋都不埋你，恶棍！就让你臭着、烂着，明白了吧？！让苍蝇把你吞了，还在你身上拉屎，明白了吧！这崽儿你也永远别想见到！我把他扔铁轨上去！明白了没，问你呢？！！

　　〔廖瓦不回答。

明白了？明白没？明白没？明白没？明白没？明白没？明白没？

［她号叫着，火车越驶越近，火车的轰鸣也越来越近。

［小不点儿仍在大号，继续咆哮着。

［火车越驶越近。

［最后，这一切都淹没在某种阴森的铁质的轰鸣里，仿佛宇宙般巨大的锈迹斑斑的齿轮旋转起来……

［一片黑暗。

第二幕

十天过去了。清晨。

站还是原来那个站。还是那些长椅、那个自助储物柜。墙边的柴火依旧散堆着。一切照旧。醉汉却不知哪儿去了。原来贴着写有"售罄"纸片儿的地方，挂出了"临时停工"的告示。售票窗被厚厚的油布遮着。

小不点儿与一位年约五十的妇女走了进来。廖瓦推着一辆破旧不堪的婴儿车。小不点儿素面朝天，双眼浮肿，手里攥着一只半瘪的条纹袋子。中年妇女也拎着口袋。

廖瓦 （看了看表）还有差不多一小时。（对着小不点儿）你能坐下么？

妇女 她可以坐的。

　　　　〔小不点儿点头。

　　　　坐下吧，舒拉。

　　　　〔小不点儿坐下。

　　　　（将手里的口袋放到小不点儿旁边）这是奶。看着点儿，别打碎了。我都用毛巾包裹严实了。不过还是得小心点儿，别摔了。不然我还是送送你们吧……

小不点儿　不用啦，帕莎大婶儿，您走吧。

帕莎大婶儿　好吧，你们看着办。

廖瓦　这奶是干啥的？这不都是得这么喂吗……（指了指自己的胸）

小不点儿　孩子不吃我的奶了。我这不抽烟来着么，估计奶味儿苦吧。

廖瓦　神了！这还能有影响？

帕莎大婶儿　那你们以为呢？

廖瓦　（摇着婴儿车）我们可没大想……

帕莎大婶儿　尿布都在里面了。舒拉，用完了你不用晾，直接扔了就是，反正都是些旧布条儿。等到家了你们再买新的吧。我看看没忘了啥吧……（在口袋里翻着）我还给你们带了点吃的。路上别忘了，要不就馋了。

小不点儿　不用啦，帕莎大婶儿，我们自己路上会买的。

帕莎大婶儿　得了！干啥花那个冤枉钱？你们要用钱的地方可多着呢。你们可别看这些娃娃吃得少，在他们身上花起钱来可快着呢！我这不拉扯大了五个孩儿么！我可知道！

廖瓦　您可千万别吓唬我们。

帕莎大婶儿　有啥可吓唬的？我说的都是实话。孩子又不是牲口，又不能赶他们出去吃草！他们可耗费精力啦！有时候，也会想，这当初为啥要生呢！特别累的时候吧，看着他们也厌烦。不过等累劲儿一过，你就又会爱孩子啦！就这么回事儿！（停顿）怎么样，舒拉，咱们道个别吧？

小不点儿　好嘞！

帕莎大婶儿　对了，你注意点儿啊！自个儿喂的时候，别让奶头堵住了。孩子会闹的。要是拉粑粑了，先别给洗，用湿布擦干净就行。火车上供应开水不？

小不点儿　（点头）供应的。

帕莎大婶儿　就用烧过的水擦就行。注意可别烫着。

小不点儿　明白了。

　　　　〔停顿。

帕莎大婶儿　我看看忘了啥没……（在口袋里翻看着）都带上了。羊奶没给你们带。孩子好像不爱吃，可能太膻了。带的是牛奶，好牛下的奶。可千万别把瓶子给打碎了。真要那样的话，你们就在哪个站上买袋装的奶，再向列车员要点开水……我应该把奶装到铝罐儿里的。要不我再跑一趟吧。还来得及……

小不点儿　不用啦，帕莎大婶儿！

帕莎大婶儿　那就道个别吧？

小不点儿　好。

帕莎大婶儿　你们一到家就给我来个信儿，我也就放心了。我们现在这不跟亲人似的了么。

小不点儿　好。

廖瓦　我们给您发电报。

帕莎大婶儿　还是写信吧。既便宜，还能写得详细点儿。给孩子起个啥名儿，到时候也告诉我一声啊！

小不点儿　好的，帕莎大婶儿。

帕莎大婶儿　孩子受洗的时候，也通知我一声呗！

廖瓦 还用问！我们一定给您买好车票。

帕莎大婶儿 我自己买。这不得参加孩子的受洗礼么！（停顿）还有啥……对了，舒拉！我得提醒你一声，你注意着点儿，奶要经常挤挤，要不就没啦。谁知道啊，万一孩子啥时候又想吃了呢？明白了？

小不点儿 明白了。

帕莎大婶儿 行吧，这就差不多啦。舒拉，你别怪我接生的时候骂你来着啊。我后来才反应过来，你没经验。当时我还以为你是犯蠢呢，生怕你伤到孩子。你把她折腾来折腾去的，当时可把我吓坏了。我自己生了五个，也没少给别人接生，可每次接生还是怕得要命。看来这是注定的了。就像面对死亡一样吧。见是见多了，可还不是怕……所以啊，舒拉，你别怪我啊，好吧？

小不点儿 我都不记得了，帕莎大婶儿。

帕莎大婶儿 算了吧你，咋能不记得！我当时和柳霞把你这通骂！到现在我这还脸红呢。哪儿来这么多脏字儿呢！看来这是与生俱来的。真不是啥好事儿！随它去吧！（看了一眼廖瓦）女娃子像她爹。

廖瓦 真的吗？（往婴儿车里望去）您这是咋看出来的？孩子还没长成型呢！

帕莎大婶儿 像你！像你！

廖瓦 好吧，您眼睛尖。

　　　　〔停顿。

帕莎大婶 好吧，舒拉！你们一路顺风！看好孩子！这都多巧啊！

娃娃生在我们这儿，却要在城里长大，远离出生地呢！你们常带她回来看看吧！也算带她来看看出生的地方。也别忘了我们。我们永远都欢迎你们来！（拭了下泪）我这都迈不开步了，都跟你们熟了，像自己人一样了。像是看着自己的女儿和孙女儿。感觉像是一家人哪……行啦！我走啦！不然我可真要哭开来了。再见吧，舒拉女儿！（拥抱亲吻小不点儿）

小不点儿 再见啦，帕莎大婶儿……

帕莎大婶儿 好啦，好啦！我走啦。

小不点儿 帕莎大婶儿……

帕莎大婶儿 啥？舒拉，你要问啥？

小不点儿 没，没啥……

帕莎大婶儿 我还以为你要为啥。走啦。（走到廖瓦跟前，跟他握手）再见吧！

廖瓦 我得付您多少钱？

帕莎大婶儿 啥？！

廖瓦 （伸进腰包掏钱）您在她身上花了多少钱？

帕莎大婶儿 （倒退了一步）这是干啥！

廖瓦 我跟您说真的呢。

帕莎大婶儿 难道我……再见吧！（走向出口）你们不如把孩子推到这边来，别给她捂出汗来。这儿空气好些。

小不点儿 好的，帕莎大婶儿。

　　　〔帕莎大婶儿离开。

廖瓦 （把婴儿车推至门旁，走到小不点儿身旁，笑着）好心的阿婆啊！

小不点儿　她马上就 50 岁了。

廖瓦　那就是大婶。真能侃，总也不肯走！真难以想象，你在她家那十天是咋过的。没疯吧？

小不点儿　过得挺好。

廖瓦　换了我估计一枪把自个儿毙了。

小不点儿　我可不会。

廖瓦　别说胡话。猜猜我给你买了啥！

小不点儿　啥？

廖瓦　（掏出一个绿色的纸盒）薄荷烟！

小不点儿　我现在不能抽这些。

廖瓦　这又是咋啦？都说了啊，反正你也不是母乳喂她。

小不点儿　说不定过一阵还得喂呢。

廖瓦　算了吧！就让她喝牛奶呗！有啥区别！

小不点儿　区别很大。

廖瓦　爱咋咋！我可不强迫你。（把烟收起来。停顿）棒棒糖要不？

小不点儿　不要。

廖瓦　又咋啦？

小不点儿　不想吃呗。

廖瓦　拿着吧！

小不点儿　说了不想吃！

廖瓦　你这是怎么回事？

小不点儿　怎么？

廖瓦　什么德行！

小不点儿　啥德行？

廖瓦　咋说呢，看不起人呗。

小不点儿　我可没有……

廖瓦　当了妈就了不起了呗！我这可是也当了爹的，也可以了不起！

小不点儿　我可没觉得自己了不起。

廖瓦　（掏出棒棒糖）那你就拿着棒棒糖。

小不点儿　不想吃。

廖瓦　过会儿别要啊！（剥开糖纸，塞入口中。走近售票处，向里张望）那婆娘哪儿去了？不是她当班吗？

小不点儿　是她的班。

廖瓦　那她人呢？

小不点儿　辞职了。

廖瓦　这又是咋了！她不是说要干到退休嘛！

小不点儿　没成呗。

廖瓦　咋回事？

小不点儿　有人喝她的酒中毒了。

廖瓦　毒死了？

小不点儿　是的。

廖瓦　真他娘的。就是那爷们儿吗？带枪来的那个？

小不点儿　不是。

廖瓦　那是谁？（紧接着）那位跑哪儿去了？在这儿睡着的那个？还咬了你一口来着。

小不点儿　就是他中毒死了。

廖瓦 真是够呛，哎！你知道剩下的货我都咋处理了吗？

小不点儿 售票大妈掏钱把他给埋了。

廖瓦 就该这样，否则该进局子了！这不等于把自己赎出来了！估计还给了他亲戚封口费啥的。

小不点儿 他没啥亲戚，早都没了。

廖瓦 那她可逮着了！我啊，在你生孩子这当儿，把剩下的货全卖啦！

小不点儿 他还有座自己的屋子在这儿的。

廖瓦 你想啊……啥意思？

小不点儿 可以把这屋子买下来。很便宜的。

廖瓦 有个屁用？

小不点儿 这不是……

廖瓦 不是啥？

小不点儿 没啥。

廖瓦 要不我们跑到马加丹①也买个啥房子?!也"没啥"嘛！我们来个热炒全国房产得了！

小不点儿 这儿还有个伐木场的。也可以重建一下。

廖瓦 小不点儿，你是怎么了?!

小不点儿 怎么？

廖瓦 你那脑瓜儿没出问题吧？没疯吧？你这都是胡扯些啥呢？乱七八糟的。我看你是中了邪了。

小不点儿 没有。

---

① 马加丹（Магадан），俄罗斯远东边疆区港口城市，马加丹州首府。位于永久冻土带，环境较为严酷。

廖瓦　你可小心着点儿。来一根儿？（掏出烟）

小不点儿　不想抽。

廖瓦　这他娘的又是咋啦？说是不想抽，我看你是想抽得很！

小不点儿　不想抽。

廖瓦　肯定想！（抽出一根烟，往她嘴里塞）

　　　　［小不点儿并不反抗。

　　　　（塞进她的嘴。把烟点着）抽啊！吸气啊！还没着起来
　　呢。吸气！

小不点儿　（把烟吐掉）我不想抽。

廖瓦　行！（走开）好！他娘的……

小不点儿　我真不想抽，廖瓦。

廖瓦　行，我可不强迫你！好吧，不提这个了！我吧，在来这儿
　　的路上，在中途一个小站下了车。那儿比这儿还糟，不过人
　　可比这儿多。还有所学校呢！于是，我就进了那学校。我跟
　　他们说，想搞一场产品展示。塞了一百块给校长，一切搞定！
　　人可真没少来！把所有的货都给买了。我还坐车回去又拉了
　　一批货过去。没法多拿，因为你不在啊！不过总的来说还可
　　以！把我乐坏了！来回的路费转眼就赚回来了！这些地方的
　　人哪，可真是憨！跟小孩儿似的！在他们身上真能赚到钱，
　　你都想不到！你就狠狠捞吧！捞钱吧！……那醉汉是咋回事，
　　真毒死了么？

小不点儿　怎么？

廖瓦　我说那醉汉，真给毒死了吗？

小不点　嗯。

廖瓦 该不会是自个儿死的吧？活到头了呗。

小不点儿 毒死的。酒精质量不好。

廖瓦 可怜这卖票大妈了。这通生意做得……

小不点儿 她本想上吊来着。

廖瓦 不会吧！

小不点儿 是的。就在这儿上吊来着。人都吊着了。大家及时把她救下来了。活过来了。然后她一通狂哭……一直念叨没法活了。我也去劝过她。

廖瓦 你？

小不点儿 是的。

廖瓦 哟，小不点儿！我看你在这儿真是活动丰富啊！你都跟她说了啥？

小不点儿 说了不少。

廖瓦 比如？

小不点儿 不大记得了。

廖瓦 得了！你肯定都记得的！都跟她说了啥？

小不点儿 不记得了。

廖瓦 别糊弄人！我猜得到你说了啥！（宣布的口吻）人的一生只有一次，因此要好好过！以免日后对无谓浪费的年华感到痛苦懊丧……是这么说的吧？

小不点儿 不记得了。

廖瓦 小不点儿，我看你真是昏了头了，真可怕！该把你送进精神病院了。连个像样的话都不会说了。

小不点儿 怎么不会了？

廖瓦　旁观者清。看来我得让你恢复恢复！等回到家，咱们到那"三尾鱼"俱乐部里舒坦舒坦！玩儿他妈个通宵！起码在那儿你能跟正常人说上话。

小不点儿　那这儿呢？

廖瓦　什么这儿？

小不点儿　我当时跟她说，换个活法何时都不晚。

廖瓦　（不解地）跟谁说的？行了，小不点儿！别胡扯了！我都有点怕你了。听我来讲点而高尚的！知道我们现在有多少钱了不？

小不点儿　不知道。

廖瓦　让你猜三次。

小不点儿　不知道。

廖瓦　你就大致猜个数儿啊！咋的，不愿意？

小不点儿　100卢布。

廖瓦　滚一边儿去！真受够了……（在厅里踱步）整整700美金！高兴吧？

小不点儿　高兴。

廖瓦　那可不！我们还能挣！大把大把地挣！赚他娘个够！

小不点儿　为啥？

廖瓦　什么？

小不点儿　为啥？

廖瓦　（停下来）你这是诚心要惹我是吧？

小不点儿　没有。

廖瓦　那好。给我闭嘴，老实儿坐着。

小不点儿 好吧。

廖瓦 好你个鬼！你这是惹谁呢，我就不明白了?！

小不点儿 我没……

廖瓦 （嘲弄的口吻）"我没"……我可受够了！你又哪儿不满了？你生崽儿这些天，我他娘的像头驴一样东奔西跑……

小不点儿 别嚷嚷。会把孩子吓醒的。

廖瓦 我哪儿嚷嚷了？吓不醒的！你少瞧不起人！我也可以瞧不起人！我可以把你丢这鬼地方不管！她在这儿干坐着装死样，对啥都瞧不起。糖不吃，烟也不抽。你给我说说，究竟想咋地？脱裤子给你看吗?！

小不点儿 滚蛋吧你！

廖瓦 （笑了）喔！这可算把你认出来了！来来，再来几句生猛的！

小不点儿 （试着藏起微笑，咬住下唇）生猛的……

廖瓦 （放声狂笑）真他娘的……小不点儿，你都想不到你现在是个啥德行！脸红得跟块砖似的！（蹲了下去）

小不点儿 滚吧你……

廖瓦 脸真红得像块砖！（狂笑）

小不点儿 走开。

　　　〔停顿。

廖瓦 （停住笑）棒棒糖要不？

小不点儿 来一根儿吧。

廖瓦 香橙味儿的？

小不点儿 随便。

廖瓦　那就香橙味儿的。

小不点儿　可以。

廖瓦　（掏出棒棒糖，剥开糖纸）那个好心的大妈，收留你的那个，买过我们的货没？

小不点儿　买过的。

廖瓦　怎么样？

小不点儿　在她家搁着呢。

廖瓦　就那么放着？

小不点儿　是的。

廖瓦　可以。

小不点儿　她还以为是用来做面包的，往里塞了很多生面团，结果把电丝给烧了。

廖瓦　一群土人！无话可说！真想快点回家！（看了一眼表）我们先搭货车到车里雅宾斯克，到那儿我们再包一个软卧车厢！烂卧铺我真是坐够了！人挤人哪！那嘴脸，一个比一个蠢！拿着糖！（给她棒棒糖）

　　　　［小不点拿了糖，握在手里。

　　　　（看着婴儿车）你咋不跟我说一声婴儿车的事儿呢！这算啥破烂儿？在车上可得丢死人了。跟辆坦克似的！这是收破烂的装空酒瓶子用的！哪儿来的这破车？

小不点儿　帕莎大婶儿跟谁要的。

廖瓦　这车得有多脏！！

小不点儿　我们洗过的。

廖瓦　洗有什么用？行吧，等我们在哪个站停得久一点，我看能

357

不能下去买个新的。

小不点儿 廖瓦……

廖瓦 咋?

小不点儿 估计我……

　　　〔正在这时孩子哭了起来。

廖瓦 （走到车跟前）该咋办?

小不点儿 你摇一摇车。

廖瓦 再唱个催眠小曲儿?

小不点儿 不用。

　　　〔廖瓦摇着车。孩子的哭声停了。

廖瓦 可以了?

小不点儿 差不多吧。

廖瓦 （走近小不点儿）你刚才说啥来着? 我没明白。

　　　〔小不点儿不答,看着地板。

　　　喂!

小不点儿 （抬起头）廖瓦,我估计是不走了……

廖瓦 啥?!

　　　〔停顿。

小不点儿 我不想走了。

廖瓦 没明白。再说一遍!

小不点儿 （声音响了点）我不走。

廖瓦 你这是脑子摔坏了吗?

小不点儿 有可能吧。

廖瓦 行了! 别作了!

小不点儿　我不是作。我不过是不走罢了……

廖瓦　行了！难道是我做了啥？

小不点儿　跟你无关。是我自己累了，廖瓦。

廖瓦　怎么累了？拎袋子拎的？还是数钱数的？怎么就累了？！

小不点儿　当贱人当累了。

廖瓦　当什么？

小不点儿　（起身）贱人！贱人中的贱人！在咱们那儿流行当贱
　　人，流行大家互相鄙视仇恨！跟着混久了，自个儿也就犯贱
　　了。周围的人也一块儿比着犯贱！集体防卫啊！命里注定了
　　的。在街上走着，来个孩子向你讨两个买面包的零钱，你把
　　他狠狠骂开，哪怕你心里其实很想给他几个钱，不过你就是
　　把他骂开……谁都这样，我干吗装好人？！我也不当好人！一
　　边把孩子骂开，一边你自个还得想，这屁孩子说不定挣的比
　　我多……其实呢，他挨饿受冻的……

廖瓦　哪儿的孩子，什么乱七八糟的？

小不点儿　我不想再这么活了。我要活得像个人！像帕莎大婶儿
　　他们一样。我要这样活！你把垃圾塞给他们，他们却拿真心
　　回报你，甚至还道着歉，说回报得不够。我要像他们一样！
　　我的女儿也要这样活！不能再当贱人、再受罪了。你明白
　　了没？！

廖瓦　你号什么号，疯婆娘！

小不点儿　（轻声下来）我没号。

廖瓦　号不死你！

小不点儿　我没号。其实你心里都明白的。你完全清楚，自己活

　　得不像样，但就是这么继续活着。久而久之，你就习惯了，甚至爱上了这种犯贱发狠的日子。心却是一点点死掉了……

廖瓦　你他妈的屁股没跟着死吧？

小不点儿　住嘴！

廖瓦　你才该住嘴呢！还真以为自己悟到了天意是咋的？！

小不点儿　悟到了。

廖瓦　我看你是过得太舒坦了！想留下？请便！让你高举大旗、高唱凯歌地留下！你就跟这些当地的蠢货过吧，跟着他们一块儿鬼哭狼嚎！你还以为有谁会可惜你么？想得美！谁都不会哭你！谁都不需要你！留下吧！我倒是要看看，你能咋个过活！你以为待了十天你就能咋地了么？行啊，乐吧！在这粪坑里你顶多也就再翻滚一个月，然后你就受不了了！我还不了解你？！

小不点儿　不了解。

廖瓦　了解得透透的！

小不点儿　不了解。

廖瓦　行，你留下！我还能反对么！

小不点儿　你也可以留下的。

廖瓦　我？

小不点儿　你。

廖瓦　我脑子可没坏！我这脑瓜子至今还没摔过呢。

小不点儿　我说真的。

廖瓦　真哪门子？！你发疯了吧！

小不点儿　这儿有座伐木场的。我跟你说过啊。

廖瓦　那又咋?

小不点儿　可以重建起来。

廖瓦　然后呢? 绕着它唱歌儿? "小家伙要去坦波夫"……①

小不点儿　可以把我们那套公寓卖了。这不还有你刚挣的这些钱么。应该够了,我问过的。

廖瓦　你还真问过了?

小不点儿　问过的。

廖瓦　行! 看来你还真是认真的。没啥说的,我住嘴。

小不点儿　还能让本地人就业。

廖瓦　那当然! 还能给他们发工资! 还能找到活着的意义! 真行啊!

小不点儿　我们也能过上正常日子。

廖瓦　那可不! 我能不同意么?! 还能他娘的建起学校、马戏院、托儿所……对吧?

小不点儿　我说正经的。

廖瓦　我开玩笑吗? 我也说正经的啊! 你这想法真让人兴奋啊!

小不点儿　廖瓦……

廖瓦　廖瓦啥? 廖瓦已经开始设想怎么复兴俄罗斯了! 想着人们在他死后怎么给他塑纯金的雕像……

小不点儿　够了!

廖瓦　我这才刚开始呢! 之后啊,满怀感激的后代们还能在历史书里读到关于我廖瓦的记录,还带插图的呢。这不廖瓦迈出

---

①　俄罗斯少数民族流行歌手那斯洛夫(Насыров М. И., 1969—2007)于1997年发行的单曲《小家伙要去坦波夫》中的一句。

复兴俄罗斯的艰难第一步——卖房，这不廖瓦在给重建起来
的伐木场钉上最后一颗钉子……

小不点儿 行了！

廖瓦 ……这不廖瓦在本地某条粪坑河边上建起世界级的水
电站……

小不点儿 让你住嘴呢！

廖瓦 好吧，他娘的！可以啊！（看了一眼表）火车马上来了，
我们到站台上去吧。

小不点儿 我不走。

廖瓦 行了！上车我们继续讨论！

小不点儿 什么也不用讨论。我不走。

廖瓦 我不是说了，够了！行了，好好儿的！这破地儿马上就要
彻底荒了，变成原始森林。

小不点儿 我们那儿才要荒了呢！大家都互相斗死、咬死。

廖瓦 你真是发什么神经？

小不点儿 我算是明白了。生孩子的时候都明白了。然后……

廖瓦 我现在敲打你一下子，你就明白过来了！！把你脑袋瓜子装
回原地……

小不点儿 生孩子的时候，我见到了上帝……

廖瓦 真的哇？！他咋个模样？长着大胡子？

小不点儿 没胡子。

廖瓦 那就是冒牌儿的！上帝留着大胡子的！然后呢？

小不点儿 算了……

廖瓦 别介啊！继续啊！我爱听关于上帝的东西！我跟他可是好

哥们儿!

小不点儿　（停顿之后）他一开始站在屋角，一直看着我，念叨着什么……

廖瓦　祈祷呢呗！他还能干啥!

小不点儿　然后他走了过来，摸了摸我的额头，还亲了一下……

廖瓦　混蛋！亲别人的老婆！真他娘的……

小不点儿　（哭了起来）于是我就明白了，他没撇下我。我背叛了他、撇下过他，他却不会放弃我！他会一直跟随着我。谁他都不会放弃的。永远不会。

廖瓦　真是好样的!

小不点儿　我跟售票的柳霞大妈也谈起过他。她信了我，说不会再对自己下手了。她还说，要继续生活！说要继续生活！生活！我也要生活！生——活，廖瓦!

廖瓦　那就活呗！我又不反对！活他个一百年!

小不点儿　你没明白……

廖瓦　好了！行了吧！走吧?

小不点儿　不走。

廖瓦　那我们走。

小不点儿　你们是谁?

廖瓦　我们。还能是谁？（朝婴儿车的方向点了下头）和她一起啊！你以为我会把她扔下？做梦吧！没门儿！我是个贱人没错儿，但自己的崽儿我可不随便丢。

小不点儿　我不会让你带走她。

小不点儿　又没跟你商量。

小不点儿　不给！是我生下她的！

廖瓦　喔！！在这之前呢，有过些啥？来，来！回忆回忆！

小不点儿　没啥可回忆的。

廖瓦　你咋的了？我为了让你生孩子花了多少钱，啊？！你说啊！在外跟别人鬼混那阵子，你打过多少次胎，啊？装哪门子正经，去他娘的！悟透了天意、见到了上帝是吧，你？……

小不点儿　我会把钱还你的。

廖瓦　拿来啊！

小不点儿　会还的！

廖瓦　现在就得还！拿来！

小不点儿　钱在你那儿。其中也有我的份儿。

廖瓦　是嘛？！多少啊？

小不点儿　不清楚。

廖瓦　一分钱他妈的都没你的份儿！自己那份儿你早花完了！你以为我给你买衣服用的自己那份钱？做梦去吧，丫头！

小不点儿　我以后会还你钱的……

廖瓦　我信你！等啥时候把钱还给我了，你再来要孩子吧！

小不点儿　廖瓦，你这是开玩笑的，对吧？

廖瓦　当然是看玩笑咯！我他妈的不是玩笑大王么！

小不点儿　你是开玩笑的……

廖瓦　开玩笑啦！哈哈哈哈哈！你打胎多少次呀，丫头？连个儿都记不清了吧？要我提醒一下不？你有张病历卡的，记得不？妇科医生开的。那上面有这么一栏，名叫"人工流产"，下面标着具体数字。还记得数字是多少不？两位数，知道不？

12次还是15次来着，知道吧！你继续装清高啊！别人都他妈的是贱人，就她最高尚！你给我滚娘的蛋吧！上帝才不会理你这德行的呢，他躲都躲不及呢！还记得你有过多少姘夫不？不记得了？100个？200个？500个？一百万个？跟他们上床的时候，你咋没看见上帝呢，堕胎的时候呢，见到没，嗯？！（停顿）怎么样吧？你是现在还钱呢，还是我带着女儿走？

小不点儿　我恨你。

廖瓦　彼此彼此！咋的？

小不点儿　我——恨——你！

廖瓦　听——见——咯！

小不点儿　恨透你了！

廖瓦　闭嘴！把钱拿来！要不然我带孩子走了！怎么样？没钱？行吧，拜拜！（拿起格纹袋子，走到婴儿车跟前。将车往门外推）

小不点儿　不许碰她，混蛋！（跑上前，抓住婴儿车）

廖瓦　你他妈的要干啥？放开！

小不点儿　你不是开玩笑来着么，廖瓦……

廖瓦　谁？我？

小不点儿　你开玩笑的啊！你不需要这孩子啊！

廖瓦　需要！

小不点儿　你肯定把她养成个贱货……

廖瓦　那又咋样？

小不点儿　她长大了只会惦记着钱和衣服……

廖瓦 那又如何？挺好啊！行了吧！我就要这么着……

小不点儿 行行好吧，廖瓦！

廖瓦 姑娘，你这是怎么了？

小不点儿 放过我们吧，廖瓦……

廖瓦 付钱啊！这年头干啥都要钱的！

小不点儿 我以后还你。

廖瓦 你不是要重建伐木场么，对吧？

小不点儿 我一定把钱凑到……

廖瓦 我现在就要。而且数目不小。

小布丁 我凑得到……

廖瓦 妈的！够了！把手拿开！

小不点儿 我一定凑齐……

廖瓦 把手拿开，贱货！

小不点儿 绝不！

廖瓦 （看了一眼表）你他妈的咋回事！火车到了！

小不点儿 我不放你们！

廖瓦 行！你过来（走近售票处）我跟你说两句……

小不点儿 （跟着他）我无论如何不会放你们走的！

廖瓦 不放就不放。（停住）

小不点儿 （走到他跟前）说吧。

廖瓦 往这儿看……（指着墙）

　　　　［小不点儿看过去。

　　　　［廖瓦一拳打在她肚子上。

　　　　［小不点儿的脸扭曲了，退后两步，深吸着气。紧接着她

366

半蹲下来，并随后躺在了地上。

　　（大叫着）你个烂货，真让我受够了！明白了吧?！受够
了你一阵阵抽邪风！烂到底的臭货！你就躺着吧，喘息吧你！
烂死才好！苍蝇会爬满你全身，把你吃光、在你尸体上拉屎，
而不会来惹我，明白不?！装他妈的哪门子清纯，你个蠢透了
的浪荡娘们儿?！上帝还看她来了呢，亲了她呢！他没亲你，
他把你给干啦！把你个烂货给彻彻底底地上啦！你个不值钱
的婆娘！明白啦?！明白没?！行了！好自为之吧！（看了看
表）我们这就走！拜拜！（蹲下身，轻声念叨）滚他娘的蛋！
滚他娘的蛋！滚他娘的蛋……（走向出口，打开门，将婴儿
车推出，离开）

小不点儿　（转过身，望着出口，半号叫半念叨）我恨你！我恨
你！我恨你！我恨透你们所有人！所有你们这些贱人！贱人！
烂人！烂透了的贱人！你们都得下地狱！下地狱！下地狱！
贱人！渣滓!！烂虫子！在地狱里面烧死你们！烧光！你们抛
弃了他！背叛了他！背叛了他！背叛了他啊，你们这些渣滓！
下地狱吧！我恨透你们了!！

　　［孩子在门外哭了起来。

　　（用手捂住耳朵，坐起身，冲着天花板大叫）上帝啊，给
我力量吧！给我力量啊，上帝啊！给我力量吧，我的父！我
爱你，我的父！爱你啊！我的父！爱你！爱你！全心爱你！
给我力量吧，我的父！我的父啊！父亲啊!！

　　［火车近了，可以听见鸣笛声。

　　（将目光转向大门，随后又望向天花板，大叫）我恨你！

去他妈的吧！你给我滚！我不需要你！！我不是你的女儿！你对我来说啥都不是！！！我不需要你！！！你才是贱人！是你！不是我！！你才是贱人！明白吗！！！明白吗！！！明白了！！！明明明明明明白白白白白吗吗吗吗？？？！！！！

　　〔火车进站，继续鸣笛、晃动着。

　　〔天花板上落下一块石灰，迷住了小不点儿的眼睛。

　　〔帕莎大婶儿给的包裹从椅子上滚下来，掉落地上。有玻璃破碎的声音。

　　〔雪白的牛奶在地上流开来。牛奶缓缓流着，与地上的污垢混在一起，越流越黑，越流越黑，越流越黑……

　　〔最后，火车停住，一切安静下来。

　　〔寂静。

　　〔小不点儿站起身，擦了一下被石灰迷住的眼睛。廖瓦跑进来。

廖瓦　咋的，你还想干啥？我已经把婴儿车推上去了，火车这就开！

小不点儿　这就走。你没看见么，眼睛被糊住了。

廖瓦　快他妈走啊！

小不点儿　来啦！来啦！烦死了！给我来根烟！

廖瓦　上车再抽！

小不点儿　抠什么门儿啊？

廖瓦　给，给，给！（拿出烟）

　　〔两人离开。

　　〔只剩下地上一摊黑色液体。

　　［不知为何，它所倒映出来的不是天花板，而是天空。夜空。月亮映在其中。还有行星、恒星，无数的星星。漫天繁星，无法数计。仿佛整个宇宙都倒映其中。众星闪烁着，燃烧着，辉耀着。忽然，这摊液体褪去黑色，重又变得纯白。纯净的奶白。如初雪般的白，如······

——幕落

图书在版编目（CIP）数据

俄罗斯当代戏剧集.5/（俄罗斯）维·杜尔年科夫等著；苗军等译.—北京：中国国际广播出版社，2018.9
（中俄文学互译出版项目·俄罗斯文库）
ISBN 978-7-5078-4221-0

Ⅰ.①俄… Ⅱ.①维… ②苗… Ⅲ.①剧本－作品综合集－俄罗斯－现代
Ⅳ.①I512.35

中国版本图书馆CIP数据核字（2018）第169974号

《中俄文学互译出版项目·俄罗斯文库》由中国国家新闻出版署和俄罗斯出版与大众传媒署批准，中国文字著作权协会和俄罗斯翻译学院负责组织实施。

俄罗斯当代戏剧集 5

出 品 人	宇　清
策　　划	王钦仁
统　　筹	张娟平
主　　编	苏　玲
著　　者	［俄］维·杜尔年科夫　米·杜尔年科夫　等
译　　者	苗　军　赵艳秋　等
责任编辑	高　婧　张娟平
版式设计	国广设计室
责任校对	徐秀英

出版发行	中国国际广播出版社 ［010-83139469　010-83139489（传真）］
社　　址	北京市西城区天宁寺前街2号北院A座一层 邮编：100055
网　　址	www.chirp.com.cn
经　　销	新华书店
印　　刷	环球东方（北京）印务有限公司

开　　本	880×1230　1/32
字　　数	279千字
印　　张	12
版　　次	2018年9月 北京第一版
印　　次	2018年9月 第一次印刷
定　　价	68.00元